解读简·奥斯汀小说中的女性形象

徐翔　王丽　李汝成　著

新华出版社

图书在版编目（CIP）数据

解读简·奥斯汀小说中的女性形象 / 徐翔，王丽，李汝成著. -- 北京 : 新华出版社，2022.10

ISBN 978-7-5166-6509-1

Ⅰ. ①解… Ⅱ. ①徐… ②王… ③李… Ⅲ. ①奥斯丁(Austen, Jane 1775-1817)—小说研究 Ⅳ. ①I561.074

中国版本图书馆CIP数据核字（2022）第190601号

解读简·奥斯汀小说中的女性形象

作　　者：徐翔　王丽　李汝成

责任编辑：李　成

封面设计：树上微出版

出版发行：新华出版社

地　　址：北京石景山区京原路8号　　邮　　编：100040

网　　址：http://www.xinhuapub.com　　http://www.xinhuanet.com

经　　销：新华书店

购书热线：010-63077122　　中国新闻书店购书热线：010-63072012

照　　排：树上微出版

印　　刷：湖北金港彩印有限公司

成品尺寸：170mm×240mm

印　　张：18.75　　字　　数：201千字

版　　次：2022年10月第一版　　印　　次：2022年10月第一次印刷

书　　号：ISBN 978-7-5166-6509-1

定　　价：68.00元

前 言

简·奥斯汀是英国最著名的女性作家之一，她的小说素材根植于日常生活，被誉为能够“将小说视为现实生活最忠实记述的大师”。[①]家庭、爱情、婚姻、村居生活是她取之不尽用之不绝的题材，她在作品中深入开拓这些题材的魅力，将其发挥得淋漓尽致。同时，简·奥斯汀作品聚焦于对某一两位女性人物形象的刻画，记录着她们的生活、情感状态和需求、表达她们个人的女性意识、婚姻观和爱情观，并把故事放置到当时广阔的社会背景上，以针砭时弊、突出主题。

① Gilson D. , A Bibliography of Jane Austen[M]. Winchester: St.Paul’s Bibliographies, 1997: 91.

生活在十八世纪和十九世纪之交的简·奥斯汀，对于时代有着敏锐的洞察力。在当时的英国文学艺术作品中，并没有很多专注于女性情感和生活的题材。简·奥斯汀以理性的目光审视女性在社会中的尴尬处境以及在情感和生活中的选择，并以一种全新的视角和形式来展现女性的情感世界。这种以理性思考全面颠覆以往女性形象、塑造女性生活情景与情感需求的作品，对当时的女性文学的流行方向不啻是一种全新的挑战。理性的光芒在简·奥斯汀的小说中熠熠生辉，她的作品在当时引起了轰动，促使同时代的女性对于自身的地位、情感的诉求等方面进行思考。简·奥斯汀小说中的女性形象，或多或少地具备了反抗自身现状，反抗父权、男权社会的压迫，极力争取感情自由、人身自由的积极性。同时，她们自身也携带着沉重的时代桎梏。可以说，这些女性形象都非常立体、鲜活，足以让读者相信她们是有血有肉的真实的人。读者为她们的选择而热血激荡，也会因为她们的选择而惋惜不已。当然，也会为她们的幸福而欢呼雀跃，为她们的悲惨处境而心生怜悯。

简·奥斯汀的作品也真实描绘了英国社会的现实状况。通过对小说中女性人物的生活日常、情感定位与爱情婚姻等方面的描写，以及对他们最终结局的揭示，体现了简·奥斯汀的生态女性意识，以及当时在英国社会背景下，普通英国女性的生存困境和情感困境，乃至男权父权社会对女性的压迫。作品使用独特的叙事视角，对不同时期女性的困境、迷茫与期待进行了细腻描写。在十八世纪以前的英国小说中，女性角色很少作为主角出现，同时女性角色的塑造也非常扁平化。简·奥斯汀的小说完全颠覆了以往作品对女性形象塑造的陈词滥调，使之迅速成为那一时期世界女性文学中的佼佼者，奠定了奥斯汀在文学领域不可动摇的地位，并对世界女性文学的发展、女性主义的发展带来了积极影响。因此，很多当代学者认为，在英国小说发展史上，简·奥斯汀是一个承上启下的存在。她的作品为十九世纪的现实主义小说的高潮出现奠定了基础，更为女性主义题材小说的发展起到了铺垫的作用。更重要的是，她的成就激励了很多女性作者的创作自信。因此，评论界认为，简·奥斯汀的地位几乎可与莎士比亚相比。

作为成长于十八世纪与十九世纪之交的女性作家，简·奥斯汀的创作手法呈多样性的态势。她的作品中不仅有很多浪漫主义、理想主义的描写手法，也有现实主义的呈现与思考。这种多样化的创作手法使简·奥斯汀的小说在拥有细腻文字描写的同时，也拥有对现实社会的敏锐捕捉与刻画，兼具浪漫主义、理想主义的色彩，同时还有对现实生活的残酷批判，对社会问题的独特见解，以及对社会观点的独特表达①，视角精准，言辞犀利，时时闪烁出理性之光。如同狄更斯被誉为英国维多利亚时代的名片，奥斯汀则是英国摄政时代的代言人，她的作品展现了当时英国的社会风貌和普通人的日常生活，充满人文主义色彩和人性关怀。从婚姻礼仪到社会交往和传承，奥斯汀的小说可以被看作是一套丰富的英国社会风俗文化志。

简·奥斯汀创作的小说一共只有六部。但她的

① 王绍燕. 简•奥斯汀笔下女性人物形象分析[J]. 文化创新比较研究，2019，3(32):52—53.

作品胜在质量。毫不夸张地说，这六部小说部部经典。经过作者的精心打磨，小说中的每个人物形象都异常的立体和丰满。著名作家福斯特就曾说过，简·奥斯汀小说中的人物永远是丰满的、“圆形”的。①

1796年到1797年间，简·奥斯汀完成了小说《最初的印象》的初稿。这本小说描写了十八世纪末到十九世纪初生活在保守和闭塞的乡镇中的班纳特家族五个女儿的爱情经历，并通过对她们的日常生活的叙述，展现了当时英国乡村的现实与生活情景。但小说完成后，并没有马上获得出版机会。当时英国社会中以女性视角为主的文学作品相对较少，社会上流行的是伤感小说，具有辞藻华丽、矫揉造作的特点。因此，《最初的印象》并没有得到出版社的认可。直到简·奥斯汀将《理智与情感》修订完后自费出书，并得到了一定的认可和销售业绩之后，她才再次对《最初的印象》加以修订和润色，最终以《傲慢与偏见》为名正式出版。这一年是1813年，此后的几年中简·奥

① E.M.福斯特，冯涛译.小说面面观[M].上海:上海译文出版社，2016：45.

斯汀不断有新作问世，最终成为英国文学史上久负盛名的女性作家。而她的作品也成为热门小说，成为众多女性的必读作品，甚至是很多女性女权意识逐渐觉醒的重要读本。

时至今日，简·奥斯汀的很多小说依然是非常火热的文学“IP”，这些创作于十九世纪初期的作品并没有随着时间的流逝而被世人遗忘，小说的声誉也没有被其他作品湮灭，反而日益为人重视，其主要原因是作品探讨的主题依然是二十一世纪的人们所关注的问题，小说中女性对于情感选择时的迷茫，也同样是当代女性的主要情感困境。时代在变，但小说的精神内核以及对女性意识的挖掘、女性情感与生活的探索，依然能够给当下的女性以全新的理性思考的视角。《傲慢与偏见》《爱玛》等，都先后被改编成电影或电视剧，继续在新的时代、新的文化传播载体上，展现其独有的文化内涵，从而继续引起当代女性对婚姻与爱情的思考，这就是优秀女性文学艺术作品的独特魅力。

而基于简·奥斯汀作品的流传度以及人们对其中人物的喜爱，近年来，国内外有很多专家和学者，甚至是书迷，都对简·奥斯汀和她的小说进行了非常细致的研究，研究成果不仅有关于对小说写作手法、人物形象塑造、社会现实披露等方面的专题性研究论文，还有很多研究小说中的人物特点、日常生活的著作，“奥斯汀热”在国内外此起彼伏，由此可见人们对简·奥斯汀及其作品的喜爱。

目 录

第一章

第一章 简·奥斯汀的生平与成就

生活经历、成长历程对一个人思想的影响非常深远。出生于殷实家庭的简·奥斯汀，看到、听到、了解到的一切事物都是她亲身经历的。简·奥斯汀整个童年到青年时期，一直都生活在英国的乡村，这里是她接受人生启蒙的地方。她在这里出生并长大成人，在这里接受家庭教育、阅读文学艺术作品，同时也练习写作，创作自己的小说。英国乡村是简·奥斯汀心灵的归宿。而受限于并不发达的交通网络，这里的生活安逸闲适，相对而言，生活中的变化很少，生活中的事和人都较为简单，而且也集中发生在当地乡绅之间。这正是简·奥斯汀作品内容着重表现英国乡村生活的重要来源，很多人物形象也都与这个阶层的人物特点息息相关，作品描绘的也是普普通通乡绅子女们之间的爱情。而简·奥斯汀的女性身份不仅为她带来了非常敏锐的观察力，更让她有机会细致了解这个阶层的人物形象特点，从而把人物塑造得更加栩栩如生、引人入胜。

简·奥斯汀非常注重小说的真实性。为了达到这个目标，简·奥斯汀专注于描写她所熟悉的生活方式和人物形象。她自己是女性，她身边的母亲、姐妹、所交往的朋友也都是女性，因此她就以女性的视角展开情节，并将自己的价值观、婚姻观、爱情观融入其中。她的作品以真实

伊丽莎白与达西（《傲慢与偏见》好莱坞1940年版）

性为目标，致使简·奥斯汀的个人经历也对小说的故事情节与走向起着至关重要的作用。简·奥斯汀的小说充满着英国乡村生活的气息，满满的都是乡绅家庭的日常琐事，有传统思想的束缚与压迫，也有对自由生活的向往。即便“胸中有丘壑”，但身为出生于封建家庭的女性，简·奥斯汀非常清楚自身的局限性，也因此特别能够理解这个时代具有和她相同的家庭社会背景的女性群体的困境。这种心灵的沟通反映到小说中，呈现出来的是相似的人物出身和生活环境。而这正是简·奥斯汀现实生

活的真实写照。简·奥斯汀通过自己的小说，不断表达对当前时代女性生活的不满，以及对爱情的失望。她在小说中塑造何种平等的爱情，就说明内心对爱情有着怎样的期待。但处于封建现实的她几乎没有抗争的自由，只能以终身不婚来表达抗议。简·奥斯汀在世时从不以真名出版小说，正说明了她对现实生活的逃避，同时还有对女性创作者身份的回避，这也是她自身封建性的体现。

一、简·奥斯汀的生平及个人经历

简·奥斯汀的作品是轻松的、语言表述是幽默的，她的小说充满了喜剧冲突与效果，可读性很高。读者可以从她的生活状态中找到答案。简·奥斯汀的家庭生活比较平稳安逸。她出生在一个较为传统的英国农村教会家庭，接受了较为传统的英式教育，这使得她对于女性的传统美德有着积极的认可态度。除此之外，由于英国的礼教制度比较完善，人们的思想比较传统和保守，因此，尽管此时的英国已逐渐进入工业时代，但社会问题并不十分凸显，社会和经济的发展呈现出稳定向上的态势，整体社会环境较为安定。简·奥斯汀早期生活在英国汉普郡的史蒂文顿，作为英国的乡村，这里的未开化程度很高，致使她并没有到学校上学的经历，同时也导致简·奥斯汀的生活圈子比较狭小，她对世界的了解也大多仅限于阅读其他文学作品对社会生活的描写。这也导致简·奥斯汀的小说往往局限于讲述普通乡绅女儿的婚恋故事。她在小说中描写的人物之间的日常社交活动和对话，一定程度上反映了当时英国社会中的一些封建思想，记录了从英国十八世纪末期到十九世纪初，即从旧社会到新兴的现代社会的转变。小说借助了人们的对话交流，用幽默的口吻嘲讽着社会上的那些浮夸现象，并结合滑稽性的喜剧场景来讽刺有些人的愚蠢行径、自私势利以及令人发笑的盲目自信。而这种传统思想的表达以及对一部分人的趣味性嘲讽，也得到了当时大多数读者的喜爱。

简奥斯汀画像

简·奥斯汀意识到，工业的发展虽然带来了人类文明的进步，但也致使整个自然界遭到了前所未有的破坏。人性从此不断异化，人际关系也变得越来越疏远。她是一位尊重传统的作家。她的作品用她出众的才华体现出对文学传统的尊重。里维斯认为，对这些文学艺术作品的深刻理解，是简·奥斯汀走上创作道路的基础，而她的小说也有对当时流行文学写作形式、内容、人物形象塑造等方面的吸纳与借鉴。

浪漫派诗人威廉·考伯的创作风格对简·奥斯汀的创作影响很大。她激赏他的诗歌中对自然的真实而温柔的描写。这种欣赏体现在她的小说创作中，甚至影响着她的日常生活。她之所以喜欢考伯，是因为他们同样崇尚自然，讨厌虚伪。《理智与情感》中的两位女主人公身上集中体现了考柏最著名的观点，那就是创造花园的是上帝，而创造城市的是人类。玛丽安曾说过，考伯优美的诗句常常使她神魂颠倒。范妮还在小说中直接引用了考伯的话：我再一次哀悼你无辜的命运[①]。由此可见威廉·考伯的作品对简·奥斯汀的思想和创作的影响。

与此同时，简·奥斯汀也清醒地意识到当时很多小说对于女性形象塑造的单一化和片面化，人物特性不够鲜明，也不够真实。更重要的是，这样的女性形象在简·奥斯汀看来没有自我和独立意识，只不过是小说中的男性人物的附属品，是用来塑造男性人物形象的陪衬与装饰。因此，简·奥斯汀在学习了这些作品之所以受欢迎的创作技巧之外，对人物塑造的模式化因素进行了大胆的改革，尽可能使作品中的人物生活化、立体化起来。福斯特在《小说面面观》（The Aspects of Novels）中是这样评价简·奥斯汀的作品的："她是一位技艺高超的画家，但她从来不会在平面上涂写描画。她创造的所有人物都是圆的、立体的[②]。"简·奥斯汀对女性形象的立体塑造，既是对传统英国小说叙事风格的传承，同时也是对小说中人物形象塑造的创新，她开创了新时代、新世纪女性的新形象，小说中的女性独立思想促进了英国现实生活中女性意识、独立意识的觉醒。

简·奥斯汀的女性意识、独立意识也来源于父母对她的精心教育。

① 简·奥斯汀，孙致礼译．曼斯菲尔德庄园［M］．上海：译林出版社，2004：23．

② E.M. 福斯特，冯涛译．小说面面观［M］．上海：上海译文出版社，2016：47.

简·奥斯汀的父亲是英国汉普郡史蒂文顿的教区长，非常博学，母亲出身于一个相对富裕的家庭，受过一定的文化教育。父母双方的家庭背景及学识背景，也为简·奥斯汀的成长和教育奠定了良好的基础。尽管没有在学校读书，但较为优越的家庭条件和注重文化素养的父母也为她提供了良好的学习环境，同时还培养了简·奥斯汀的阅读爱好，逐步提高了她的写作能力和语言表达能力。童年到青年的漫长时期的经历，让简·奥斯汀拥有了比常人更加敏锐的文学感知力和语言表达能力，使她能非常敏锐地将人物内心的情感与周围生活情景水乳交融地表现出来。博览群书也为她后期文学作品的创作积累了大量的文学素养。而漫长而悠闲的乡村生活，让她对乡村的生活产生了浓浓的眷恋之情，因此在奥斯汀的小说中，读者随时可见对丰富而又真实的乡村生活情景的描写。

简·奥斯汀的家中有兄弟姐妹八个人，她与她的姐姐和母亲的关系也非常融洽，因此简·奥斯汀在塑造女性人物形象的同时，也非常注重女性之间情感关系的描写，对于此类情感的表述都异常真实，女性之间的情感关系的塑造也非常亲密。在她的小说中，姐妹之间的关系往往是非常密切的，她们互相帮助、互相倾诉。这也是奥斯汀生态女性主义思想的主要来源。但这段令简·奥斯汀十分快乐的乡村生活最终结束在父亲退休的时候。做了四十几年教区长的父亲，在退休后带着全家搬迁到了巴思。在这里，简·奥斯汀开始了全新的生活，但这并不是简·奥斯汀想要的，她并不喜欢这里的生活环境。对新环境的排斥再加上对乡村生活的怀念，使她最终患上了抑郁症。而在父亲过世后，简·奥斯汀和她的母亲、姐姐一起搬到英国南安普敦生活，随后又在1809年迁居乔登。直至1816年初，简·奥斯汀因身患重病而被送到温彻斯特接受治疗，并最终因病死去。

简·奥斯汀一生未婚，她对于爱情和婚姻始终都有自己的想法。她曾在青年时期遇见过一见钟情的爱人。此人是一位非常聪明而且与简·奥斯汀年龄相当的爱尔兰律师，名叫勒弗罗伊。简·奥斯汀在初见他的那一刻便深陷其中，对他倾注了满满的爱意。但这场爱恋最终没有得到圆满收场，因为作为传统的教会家族成员，简·奥斯汀的父母对未来女婿的经济实力还是非常看重的，勒弗罗伊并不符合简·奥斯汀父母的心理预期。再加上勒弗罗伊的父母对简·奥斯汀的家庭也有较高要求，他们希望与富贵家庭联姻，而这也是简·奥斯汀的家庭条件所不能满足的。就这样，一场年少的美好爱恋终结于双方父母对对方家庭财富的苛刻挑剔。而勒弗罗伊也遵从父母的意愿回到了家乡爱尔兰，并在那里娶妻生子。简·奥斯汀在勒弗罗伊走后非常伤心，她曾经在给妹妹卡桑德拉的信件中流露出了对爱人深厚的情感。之后，简·奥斯汀也曾被其他人所追求，尽管有些人的家庭条件得到了简·奥斯汀父母的认可，但奥斯汀却依然没有选择结婚，因为她清楚地认识到，她并不爱这个男人，他们之间也没有爱情。无论在什么样的情况下，简·奥斯汀对于爱情、对于婚姻都有自己的执念，当爱情无疾而终，当婚姻无法选择，奥斯汀便将她所有的感情和心血倾注到了她的文学创作中，同时也将自己对于爱情的思考融入其中，最终创作出一部又一部经典的文学作品，一个又一个鲜活立体的人物形象。

或许因为她没有真正步入过婚姻的殿堂，所以对待爱情，她还是心存浪漫的憧憬，或者说对于婚姻还是有所向往的。她内心还是希望所有的爱情最终都能走向婚姻这个完美的结局。因此，她的很多小说都为主角们安排了非常美满的婚姻，并以此作为故事的结局。这种安排，对于简·奥斯汀来说，是一种精神的寄托，也符合那个时代背景下女性的憧憬以及社会环境对女性最终归宿的期待。

简·奥斯汀小说中的故事主要发生在英国乡村，而此时英国的航海业已经逐渐走向末端，工业革命已经开始，新的生产模式也迅速崛起，新兴资产阶级在社会中崭露头角，社会蓬勃发展中新的思想逐渐影响着人们的生活。随着城市化进程的加速，无论是在城市还是在乡村，中产阶级成为一支越来越重要的社会力量，像牧师、商人、律师、乡绅等职业，虽然没有各种名头，但拥有越来越多的新资金，在社会经济生活中的影响也越来越大。在创造了可观的财富之后，他们当然希望提高自己的政治地位、品味和声誉。此时在英国乡村中又发生过几轮圈地运动，因此我们看到《理智与情感》中的男性人物，会在聊天的过程中涉及圈地运动的话题。而随着小说故事情节的不断展开，小说中各个阶层的人物差异也展现得更加明显。透过这些人物形象的特征，读者能注意到彼时英国社会中形形色色的人物。也正是基于对英国社会现状的真实反馈以及对相关人物的真实描写，英国文学人物画廊里才涌现出众多丰满的人物形象，这些形象让作品产生了独特而且真实的艺术效果。

二、简·奥斯汀的文学成就

如今，奥斯汀已去世二百年，她的小说也早已成为文学史上的经典作品，批评家对她的文学成就更是赞誉有加。《不列颠百科全书》上写道，奥斯汀是第一位用现实主义创作手法在作品中描写人物日常生活点滴的作家[①]。她展现的生活情景，将家庭的琐碎日常用喜剧的形式表现出来，探索了家庭文学样式的可能性。在男女主角相识并交往的过程中，奥斯汀一步步完善男女主角的性格特征和他们在这一过程中的成长。而这种叙事形式也让她的小说摆脱了十八世纪末期小说普遍存在的空洞与浮华的弊病，从而更具现代性。

美国学者威尔逊说过，“英国文学史上曾进行过好几次令人兴味盎然的革命。伴随着文学口味的翻新，以往的著名作家的声望或多或少地都会受到影响，只有莎士比亚和简·奥斯汀的作品历久弥新。[②]”至今，我们依然赞同威尔逊对奥斯汀的推崇。威尔逊还举了奥斯汀作品中的很多例子，比方说“英国文学史上怪事不少，怪得出奇的一桩，就是这种喜剧精神居然体现在一个教养良好的英国老处女和乡村牧师女儿的身上。她除了去过伦敦，在巴思小住几年之外，简直足不出户，而且她主要是在外省姑娘挑选丈夫的问题上寻找题材。”[③]

现在，简·奥斯汀的作品早已成为世界级的文学名著，简·奥斯汀的头像也出现在了新版十英镑纸币上。无论从身份地位还是知名度而言，

① 黄新叶，蒋高峰．论简•奥斯汀笔下的女性形象 [J]．南昌高专学报,2009,24(06):37—38.

② 艾德蒙•威尔逊，赵一凡译．漫谈简•奥斯汀 [M]．北京：中国文联出版公司,1985：136.

③ 艾德蒙•威尔逊，赵一凡译．漫谈简•奥斯汀 [M]．北京：中国文联出版公司,1985：137.

十英镑钞票上的简奥斯汀

如果说英国女王是整个英国的女王，那简·奥斯汀就是英国文学史的女王[①]。简·奥斯汀的小说不仅具有良好的文学性、可读性，同时还具备良好的创作空间与想象空间。这些都来源于简·奥斯汀个性鲜明的文学语言和立体鲜活的人物塑造。翻开简·奥斯汀的小说，读者会看到很多琐碎的家庭故事。小说中女性的爱情并不像传统意义上的浪漫爱情小说，充满着夸张而感人肺腑的情感流露，而在很多的生活化的场景中，爱情只占较少的一部分。就像很多现实生活中的女性一样，生活中更多的都是琐事，例如一起参加舞会、与友人打牌、去好友家拜访，当然还有女性之间必不可少的言语交流等。这种结构和形式凸显了作者对女性生活和情感的真实刻画。当然，对此类平凡琐事的描述，也展现出特定的时代背景、生活环境以及不同的角色特征。这种叙事手法在当时的英国文学界是非常罕见的，而将这些琐碎的内容叙述得相当具有趣味性、能够持续吸引读者的阅读，绝对是需要相当深厚的文学造诣。同时，这种将

① 钟瑜宁．女性主义叙事层面上的简·奥斯汀——以《傲慢与偏见》为例 [J]．好家长，2014(51)：253.

细节埋藏在故事主线中一步步展开的形式，也为当时的读者带来了全新的阅读体验。这些都是简·奥斯汀能够声名远及、坐稳英国文学史“女王”之位的重要因素。

1775 年到 1817 年间，不仅是世纪交替，也是英国乔治王时代向维多利亚时代过渡的时期，这个时期自然也避免不了思想文化的交替与过渡。从文学创作领域而言，简·奥斯汀继承了理查逊等文学家善于描写人物心理活动的现实主义手法的传统，塑造了个性鲜明、性格突出的女性形象，也借鉴了十八世纪浪漫主义和理想主义文学的优秀成果，从而使整个故事更加真实，小说中人物之间的情感格外动人。简·奥斯汀的作品开辟了以女性视角创作小说的新形式，此类以反映家庭生活为主线的小说，为英国小说的发展提供了新的方向。

十八世纪英国社会较为流行的情感小说，在略显伤感的同时，充斥着传统思想和不切合实际的浪漫主义思想，人物形象的塑造过于正面化，而对女性形象的塑造以及性格特征的表现都太过单一。但简·奥斯汀的小说完全打破了这种偏见与创作桎梏，不仅对人物性格进行反复推敲和分析，同时也结合心理学的一些表现特征来创作人物，进一步缩短了读者与人物的心理距离，让读者有更多的代入感，更加理解小说中的人物，为她们在情感生活中的选择而感到幸福或忧虑。在人物性格的塑造方面，简·奥斯汀并没有采用十八世纪末期的感伤主义理论，尽管这时期有很多文学家认为“感伤”是世界上最美好的情感，但事实上，简·奥斯汀在她的作品中对这种理论进行了讽刺与谴责。这反映了简·奥斯汀轻视所谓感伤主义理念的态度。因此她才会在小说中对此进行模仿和夸张，从而达到戏谑的目的。简·奥斯汀在作品中描写了莫拉和她朋友索菲亚这两个可笑人物，她们碰到预料之外的事时，就会悲痛地倒在沙发上。而与之相对的是充满理智的简、伊丽莎白等女性形象，她们会积极表现内心的情感，也会在爱情中有深入的理性思考，而不是一味沉浸在感伤中无法自拔。这样的人物形象塑造，颠覆了传统小说中女性形象的特点，使英国小说中的女性形象更加丰满。

在小说内容的创作方面，简·奥斯汀也首次成功地将戏剧小说的发展引领到顶峰。简·奥斯汀的小说中有生活的逻辑，因此在创作过程中，故事主线背景下的人和事件，也都遵循着现实生活的自然规律。这一时期传统的英国小说主要是利用事件的接替给读者带来阅读刺激，因此小说中的事件发展都有极大的戏剧性，而对小说事件的叠加叙述，也会进一步削弱对人物形象的塑造。此类小说虽然能够满足读者的幻想，但缺失了很多真实性，人物塑造也更加浅薄，即福斯特所说的“扁型人物”。简·奥斯汀的小说注重人物形象塑造、生活情景展示，对故事情节的创作更加严格。尤其是将人物的生活环境限定在有限的场景内，使得人物、事件、故事情节的联系变得异常紧密。事件推动着人物的行为，而人物也会在事件发展的过程中不断成长，故事情节也在不断改变着人们的性格，最终呈现出人物、事件、情节相互交织，人物形象逐渐丰满，人物、事件、情节环环相扣的艺术特色。而这种层层递进的故事情节发展，也是简·奥斯汀的小说的一大特色之一，从某种意义上来讲，她的小说进一步丰富了当时英国小说的叙事形式。

如今，简·奥斯汀不仅被誉为“散文中的莎士比亚”，也被称为“英国小说伟大传统的奠基人”，而且在世界各国拥有数量庞大的“简·奥斯汀迷”，为越来越多的读者所喜爱。显然，简·奥斯汀的小说经历了一个逐渐经典化的过程。正是通过一代又一代批评家的解读和研究，她才从一个生前几乎默默无闻的写者变成了举世公认的经典作家。[①]

① 安琦．简·奥斯汀研究中的若干焦点问题 [D]．吉林大学，2018.

第二章

第二章 简·奥斯汀文学作品对后世的影响

简·奥斯汀的文学作品，很大程度上受到她在乡村小镇生活经历的影响，从而呈现出以细腻的手法描述摄政时代的英国社会的特色。当时，十八世纪早期相对稳定的阶级制度开始瓦解，而中间阶层处于富有影响力的土地贵族构成的统治阶级与工人阶级之间，表现在奥斯汀的小说中也是一种非常安静的生活状态，并没有较大的社会矛盾冲突。简·奥斯汀把中产阶级的趋炎附势、炫耀社会地位以及各种偏见当作小说讽刺的对象，一幕幕轻喜剧随之展开。这种独特的文字表现形式，使她的小说一经问世，就受到了同时期英国人民的喜爱，并得到了“两寸牙雕”的美誉。在J·B·普利斯特里看来，正是这种社会阶层的分化重组，构成了《傲慢与偏见》的历史背景，而对势利攀比、趋炎附势及由此而衍生

国外《傲慢与偏见》出版封面

的种种行为所作的讽刺，便理所当然地成为该小说的主要内容。[①]

简·奥斯汀尽管受限于生活空间相对窄小，小说中的局限性很大，但她能够从一个窗口中窥视到整个社会，并准确反映到自己的创作中，从而呈现出独特的文学特点，在传承英国传统小说的同时也开启了英国小说的新时代，对英国文学而言确实是起到了承上启下的作用，因此能与莎士比亚平起平坐[②]。但简·奥斯汀本质上还是一名不折不扣的幽默家。她认为人性中的错觉、反应迟钝、自相矛盾等特质，本身就是乐趣的来源。这种引人发笑的乐趣在奥斯汀的小说中如此引人注目，足以表明她深受十八世纪戏剧的影响。布拉德雷指出："简·奥斯汀与约翰逊的主要区别在于：在她看来，世界上更多的是令人好笑的事物，而其中的大部分又都是合理的。与其说她是一位道德家，还不如用一位幽默家来形容她更适合。"[③]

同时，简·奥斯汀的小说也突破了时代给女性的层层限制，不仅仅

① J•B•普利斯特里:《奥斯丁的小世界:幽默与距离》，见苏珊娜•卡森编《为什么要读简•奥斯汀》，王丽亚译，南京：译林出版社，2011 年，第 119 页。

② 张仰媚．简·奥斯汀对英国小说的过渡作用 [J]．中国校外教育，2011(06):36.

③ A.C. Bradley, Jane Austen:A Lecture, in Ian Little wood ed, Jane Ausen: Crãical Assessments, vol.2, London Helm Information Ltd, 1998, P207.

是小说中的人物拥有能够冲破时代枷锁的理性之力，她的作品为女性文学的发展、女性作家的崛起也起到了有力的支持作用。在十八世纪末期的英国社会，女性的地位低下，除了成为家庭主妇，她们并没有什么其他职业可供选择，而关于婚姻，女性的选择也是非常有限的，大部分女性会受到家庭、父母的影响，并没有什么自主地进行婚姻选择的权利和机会，很多时候都是被动地成为某一个男人的妻子。在婚姻中、在生活中以及在爱情中的被忽视，使得女性的人生选择越来越少，最终都被局限在厨房里。尽管当时的女性作家玛丽·沃斯通克拉夫特曾写过著名的《女权辩》，号召女性争取自己应有的地位，但在当时的社会背景下，并没有什么人响应她的号召。而简·奥斯汀将自己对男女不平等的看法融入作品中，嘲笑传统观念中的男性与女性之间不平衡的情感关系。她笔下的女人也突破了传统，突破了当时社会对于女性行为举止的规范性要求。在《傲慢与偏见》中，伊丽莎白可以踏着泥泞的小路，去看望生病的姐姐，也可以如男人一样行事。在《劝导》中，简·奥斯汀传达出了女性也能受教育的思想。《傲慢与偏见》中，达西真诚地向伊丽莎白学习人生经验。这些

《劝导》原版封面

情节表现出了女人也能教育男人的思想意识，表达了女人与男人一样聪明的平等思想。十八世纪末期的英国乡村还没有进入工业时代，传统思想的传播也非常广泛，能像简·奥斯汀这般勇敢地将这些思想体现在作品中，已经是非常前卫的行为了。尽管奥斯汀描写的是平凡、琐屑的生活，但在她笔下却创造出了一个又一个蠢人、自命不凡者、世俗之徒，诸如柯林斯先生、沃尔特·艾略特爵士、班纳特太太之类。简·奥斯汀虽然作品不多，每部作品中的主要人物也只有几个，但作品质量很高。她吸收了理查逊心理描述的手法及菲尔丁的讽刺手法，发展了戏剧小说的形式，解决了许多作家无法解决的问题。她对女性题材小说的诸多贡献，作品的知名度和文学性、可读性等，都影响了英国小说的发展。

一、对女性文学艺术的影响

作为一名知名女作家，简·奥斯汀不仅对英国文学的发展起到了推动、促进的作用，更影响了同时期女性文学艺术的发展。杨绛先生曾经有过非常经典的评论，她认为，人们通常把《傲慢与偏见》称为爱情小说，事实上，这部小说关注的是年轻人的择偶和婚姻问题。奥斯汀小说中描写的爱情从来都是以婚姻为基础。要考虑双方的社会地位和经济基础之后才可以恋爱，才可以结婚。家庭地位有差异倒是其次的，但如果没有经济基础，万万不能。为了婚姻这桩大事，每个家庭都努力争取以免丧失机会。这是生存竞争的重要关头。男女老幼齐上阵，以获得争夺战的胜利。所以与其说这部小说谈论的是恋爱婚姻，还不如说描写的是世态人情①。简·奥斯汀确实是极为注重这种“世态人情”的表现。

十八世纪，英国妇女的地位普遍低下，以致当时的主流社会认为妇女的智力要远远低于男性，因而不仅少女的教育受到轻视，成年妇女的

① 杨绛．有什么好？——读小说漫论之工 [J]．文学评论，1982，3：129.

《傲慢与偏见》第一次出版时的封面

自立机会也受到了极大限制。这种限制有以下几点突出的表现。首先，如果想要得到一定的文学创作自由，当时社会中的妇女也要有条件拥有一个独立的房间以获得这个自由。弗吉尼亚·伍尔夫（Virginia Woolf）曾经认为，女人应该拥有属于自己的空间。可是，即使对于十九世纪的女作家来说，要拥有这样一个独立的空间仍然是难以实现的奢望。这种情况也发生在简·奥斯汀的身上。即便是简·奥斯汀这样的作家，在创作初期，也需要躲避其他人的目光进行写作。这样的窘境足以说明十九世纪女作家的实际生存和创作状况，同时也在一定程度上反映了在当时的社会背景和传统思想的影响下女性的社会地位。但《理性与情感》出版后，小说受到了大范围读者的认可，简·奥斯汀声誉日隆，她创作的自由度也随之得到了提升。从前背人耳目进行的创作活动，也逐渐走向了光明。

而身处这一时期的简·奥斯汀也不可避免地受到很多传统思想的影响，因此在她的小说中，不仅有传统思想的沿袭，也有在时代背景下对女性生活和情感选择的思考，既有对传统的保留，也有新时代进步思想的召唤。而这也极大地增加了这一时期女性读者对于简·奥斯汀作品的

《爱玛》英文版封面

接受程度。在简·奥斯汀看来，女人也拥有和男人一样的聪慧头脑，因此，她笔下的女人也可以做传道解惑的师者，这表现了简·奥斯汀对于女性才能的肯定。在《傲慢与偏见》中，达西与伊丽莎白互相学习、取长补短，在事件的发展中不断更新对彼此的认识、共同成长①。在《劝导》中，芬妮·普莱斯和安妮·艾略特也充当了埃德蒙·伯特伦和温特沃斯上校的精神向导。简·奥斯汀对于女性才能的进一步肯定，也正面否认了英国社会长期以来对女性才能的压迫，从根源上与传统思想产生了激烈的碰撞。

而这种激烈碰撞也潜移默化地促进了当时女性意识的觉醒。同时期的女性开始更多地关注反映女性生存状况的文学作品，同时还有一部分受过良好教育的女性开始投身文学创作，并且不再为文学创作者的身份感到尴尬和窘迫。简·奥斯汀的小说促使很多女作家逐渐摆脱心理和创作上的桎梏，进一步写出反映女性生活的文学作品。这对于整个女性文学创作的发展以及女性文学创作者群体的扩大来说，具有非常重要的引领意义。

① 李英．英国文学的灰姑娘：伊丽莎白•班纳特［J］．安顺学院学报，2012，14(01)：16—17+79.

（一）对女性作家的激励

简·奥斯汀在文学创作上的成功，极大地激励了同时代的女性文学爱好者和女性文学创作者，甚至在普通生活境况下的女性群体中都产生了共鸣。人们看到了一种全新的、有别于传统女性的独立生活方式。英国社会中的妇女在经济、政治以及受教育等方面的权利长期以来都被限制着。因为没有得到良好的教育机会，女性能够选择的职业领域非常狭小，她们囿于家庭，成为只能依附于丈夫的家庭主妇。即便是有文学创作的兴趣，由于社会的压力和歧视而无法进行。十九世纪，女性的地位开始有所提升，但女性依赖丈夫的状况并没有得到实质性的改变。当时的流行小说的创作，更多的是出于商业目的，因此写小说并不是一个体面的职业，致使很多女性创作者包括简·奥斯汀在内也并不以自己是一名小说家为荣，甚至在创作生涯前期，奥斯汀曾经竭力避免别人发现她在进行小说创作。小说出版时也大多署以笔名。

在简·奥斯汀以前的十八世纪末期的女性作家主要以女性情感为创作主题，但简·奥斯汀的小说却正视女性内心的真实需求和困境，忠实地描绘了乡绅家庭女性的恋爱、婚姻和生活，同时也肯定了她们的才华与智慧。从纵向来看，简·奥斯汀笔下的女性大都追求独立自主的生活，而在她之后的女性作家们则更注重对女性独立人格意识的表现，她们的作品更倾向于展现女性自尊自爱的品格。例如，夏洛蒂·勃朗特的《简·爱》深刻揭露了社会对出身贫寒但是有很高素养的女性的压制，女主人公简·爱的坚毅、耐心、力量和自尊的人格魅力都展现出她与男性社会积极对抗的决心与意志，这也是对追求独立自主的女性内心世界的深层次刻画。而艾米莉·勃朗特的《呼啸山庄》虽然曾被看作是年轻的女作家脱离现实创作的天马行空式的作品，但从作者描述的激烈的阶级斗争和当时的社会现象中，读者不难发现作者对女性解放和独立所面临的困难的深深忧虑。随着社会的发展和人类思想的进步，之后的盖斯凯尔夫人的作品不仅详细描述了十九世纪英国工业革命时期的社会现实，而且将她的女性主义思想倾向渗透其中。在她的作品中，女性形象大都生活独立，有独立的经济来源，而且对于男权社会的反抗也更加激烈。例如，《玛丽·巴顿》中的女主人公为了追求爱情而强烈反抗父权统治。而再往后的乔治·艾略特在小说《米德尔马契》中塑造了一百五十个人物，向读者展示了一个完整的社会结构。而在这些人物当中，出现了很多独立自主、不断进取的新女性形象，作品将女性形象的塑造推向了一个新的高度。

简·奥斯汀也在创作过程中找到了一种以讽刺为主要创作手法的形式，用来表现当时的社会背景下女性思想意识的崛起。同时，从女性的实际生存困境入手，描写她们对情感的需求和对婚姻生活的追求。这对于很多女性作家来说，是一种创作上的激励和启发。因为较同时代的男性作家而言，女性创作者能接触到的社会层面相对较小，生活环境也较为闭塞，而对于简单的闺阁生活、家庭生活，女性又有着非常细腻的观察力和极为便利的观察条件，因此从女性的自身条件和生活环境入手，可以创作出更具女性特点的艺术作品。

简·奥斯汀在小说中充分认可了女性的才华与天分，肯定了女性传统意义上的道德品质，也创作出了一个又一个有智慧和勇气、却也不乏温柔知性和优雅气质的女性人物形象。对女性才华的肯定，很大程度上也是对女性作家创作的激励。因为在当时，女性很少有读书的机会，并且始终受到男权社会中“女性比男人笨”等封建传统思想的桎梏。女性在家庭生活中缺乏自信，也缺少对外界探索的野心和勇气。女性群体被边缘化，逐渐丧失在社会中的话语权。但简·奥斯汀的成功无疑是为广大女性打了一剂强心针，为她们提供了学习知识、向外探索、实现心中理想的信心支持。

另外，简·奥斯汀的未婚经历，也为很多女性群体提供了一种可以参考的新的生活方式。对于十八世纪到十九世纪的人们来说，婚姻是一个女人需要而且唯一需要关注的东西，不过也有一部分女性会因为宗教信仰、经济环境等问题选择不婚。但她们最终的结局也并不如想象中那般如意。尤其是到了十九世纪初期，由于包括工业革命在内的一系列因素的影响，社会、经济和历史环境发生了巨大的变化。尽管当时结婚的女性人数增加了，但仍有相当一部分人没有结婚。作为不婚者的简·奥斯汀的成功，也让很多未婚女性群体看到了新的希望。

（二）对女性主义文学创作的贡献

从十八世纪到十九世纪，英国社会环境对于女性的约束愈发严格，这种状况进一步增加了女性性格中的软弱无能的成分，也剥夺了她们面

班纳特家族的五个女儿（《傲慢与偏见》好莱坞 1940 年版）

对社会和迎接挑战的勇气与决心。这种剥夺对女性来说极其残忍，通过社会观念上的潜移默化，加之女性受教育方面的薄弱，导致女性在社会中逐渐成了男性的附属物。而当时的很多文学作品对女性形象的塑造也是非常片面的，她们仅仅作为男性的附属品和陪衬而存在。此时的文学家大多是男性身份，他们以男性的视角进行叙事，通过对女性形象、道德、行为等方面的嘲讽，给当时的女性洗脑，试图让英国女性按照他们的要求而不断完善自己。[1]看穿了这种荒唐可笑的行径，简·奥斯汀充分认识到，文学作品尤其是小说等较为通俗易懂的文学形式，对人类的思想教育会起到积极作用。因此，简·奥斯汀在作品中推翻了以往英国文学传统中的男性叙事视角，从女性视角进行叙事，表达女性的真实想法，

① 陈珊，王瑾．中国与英美文学作品中女性形象分析 [J]．语文建设，2015(14)：51—52.

打破男性视角下女性形象的固有特征，重新建立起真实、丰满、立体的女性人物形象。这种人物形象塑造方式与角度的颠覆，打击了很多男性作家的理念与观点，并对传统的封建思想观念以及对女性束缚和压制的行为，进行了有力的批判和抨击。这种创作视角的颠覆性革新，不仅提高了全体女性的觉醒意识，推动了女性争取平等权利的历史进程，更为英国女性主义文学创作提供了开拓性的范本。

《傲慢与偏见》以反讽的手法对父权制度以及女性旧秩序维护者进行抨击；以同情的笔触描述屈从于父权制度的女性的隐忍和痛苦，从而助力女性走上自由平等的道路。简·奥斯汀坚信，女性应该把追求自由当作人生目标。她的进步思想为女性主义文学的发展尤其是女性意识内涵的创作做出了贡献。这种通过描绘琐碎的家庭生活以及女性的爱情与成长来反映与折射社会问题的写作方法，对后世产生了重大的影响。之后的《安娜·卡列尼娜》《简·爱》《呼啸山庄》《玛丽·巴顿》以及《米德尔马契》等都是其中的代表。尽管这些作品中的女主人公出身以及受教育程度各不相同，但她们无论经历多少艰难困苦，依然按照自己的标准来选择恋爱和婚姻。这是女性意识得到进一步发展的生动体现，也是对英国社会现实的深刻解读。

十八世纪前的英国小说中的女性形象大多出身高贵，并且有着出众的美貌，但在简·奥斯汀的小说《傲慢与偏见》中，女性形象更加平民化，更注重自我意识，因此评论界把该作品当作英国女性文学形成的标志。而在这之后，英国小说中就很少存在过于完美的女性形象了，她们或是平民出身，或是相貌平庸，但都借助高贵的灵魂击败了精神匮乏的庸脂俗粉，赢得了理想的爱情。例如夏洛蒂·勃朗特的代表作品《简·爱》中的简，再如母亲早逝、自幼生活困苦，但在宪章运动中引起社会风暴的玛丽·巴顿，等等。这些女性人物形象并不完美，她们的生活并不安逸，但她们具有旺盛的、坚强的生命力，也有着对现实生活的冷静和理性。她们的选择虽然无奈，但也反映出女性崛起的独立意识。

另外，在简·奥斯汀的文学作品中，女性姐妹之间的情谊非常珍贵，而且能够互相给予勇气与支撑的力量。在《傲慢与偏见》中，伊丽莎白的姐姐简就是她生活中最大的支持者。姐妹俩互相帮助，共同面对爱情和生活中的难题。在这种互帮互助中，她们也完成了女性的共同成长。此类题材在以往的英国文学作品中是极少出现的，而此种女性角色之间的互助关系，也为后世的女性主义文学创作提供了良好的素材。

弗吉尼亚·伍尔夫曾经说过，简·奥斯汀完全可以称得上是亨利·詹姆斯和普鲁斯特的先驱。简·奥斯汀的整个创作生涯，都在通过文学艺术的力量，传播着对女性主义的理解，为同时代背景下的女性发声。同时，她通过在小说中塑造父权缺席的“父亲”，来反讽维护父权旧秩序的“女性施动者”，并进一步在文学作品中肯定女性的才能与积极作用，赞美女性的独立意识，把为拥有独立意识和思想的自信女性“安排”美好的婚姻作为故事的结局，以此来激励女性能够在生活中追求独立、助力女性意识觉醒、鼓励女性寻求真正的平等。从这个角度讲，简·奥斯汀是那一时代女性意识的传播者和先驱者，不仅超越了时代背景的限制，也影响了很多后代的女性主义文学创作者，进一步推动了女性主义文学创作的发展。

（三）生态女性主义视角下的奥斯汀作品

简·奥斯汀小说的魅力就在于，小说的精神内核早已超越时代背景下传统思想的束缚，在作品中展现创新思想，即生态女性主义思想。生态女性主义运动是二十世纪九十年代女性主义和生态保护主义运动融合的产物。“生态女性主义”一词，最早由弗朗索瓦·德奥博恩（Francoise D’Eaubonne）在《女权主义或死亡》(Feminism or Death) 一书中提出。之后，凯伦·J·沃伦（Karen J Warren）又进一步在《女性主义与生态学》（Feminism and Ecology）一书中阐述了它的核心思想：首先，对妇女的压迫等同于对自然的压迫，两者之间有紧密的联系；其次，要理解这种压迫，就必须先理解这种联系的本质；再次，研究女性主义必须从生态学的视角出发；最后，解决生态问题必须包含女性主义的观点，因为二者缺一不可。[①]

生态女性主义的目的就是消除一切包括性别对立在内的二元对立现象，其特征就是强调女性主义与生态保护运动的开展密不可分。它不反对女性高于男性的双重转变，但反对任何形式的歧视、践踏、征服和统治，倡导多元平等、和平共处、和谐对话，这是一种具有实际社会和生态效应的变化，男性也需要参与其中，从而促进现实社会和生态效果的改变。生态女性主义理论认为，任何缺乏生态视野的女性主义以及任何缺乏生

① Karen J Warren. The Power and Promise of Ecological Feminism[J]. Environmental Ethics, 1990(2): 132.

两对完美的恋人（《傲慢与偏见》好莱坞1940年版）

态女性主义的环境哲学，都存在着理论缺陷[①]。

简·奥斯汀的生态女性主义思想对现实社会的发展也具有重要意义。她的作品反映的是十八世纪末、十九世纪初英国社会与家庭生活的现状，描写的是普通人家女性的生活情境，但作品对于女性意识的表达、对女性才华以及对女性追求独立自由生活的肯定，在二十一世纪的当下，依然可以找到参照物。当代社会，物质和精神生活非常丰富，然而，性别平等的问题从本质上并没有得到解决。换句话说，简·奥斯汀关注的女性问题，特别是性别平等问题依然会在当代社会产生共鸣。在简·奥斯汀作品中所涉及的女性生存困境、道德压迫，以及在婚姻、爱情、社会

① 贾靓．生态女性主义研究综述 [J]．中华女子学院学报，2009(06)：34.

中与男性不平等的地位关系，与男性群体相比有较大的经济落差等问题依然存在，即便是在国内的环境中也同样如此。例如，在某些偏远地区，女婴依然会受到歧视，在性别筛选后堕掉女婴的行径被屡禁不止，剥夺女性受教育权利的情况屡见不鲜，甚至很多城市的男女比例严重失衡。即便是一些成年的女性群体，也会因为缺乏正确的婚恋观念的引导，无法获得个人能力的逐步提升以建立稳定的经济基础和生存环境，从而很容易陷入家庭和生育的陷阱中无法脱身，这对于整个女性群体甚至社会发展而言，都是非常不利的。

在重视女性生存现状、平等独立的女性意识的表达的同时，简·奥斯汀也始终心系自然、人类和社会，并在小说中探讨了人、社会、自然之间的关系，并力图在作品中寻求一个完美的平衡。但很遗憾的是，人、社会、自然之间的关系始终处于微妙的状态，人类一直无法全盘控制自身对生活更高品质的追求，导致人类无法在经济、城市、社会发展的过程中控制自己的欲望和野心，从而无法创造出平和的社会关系。这是所有时代都难以回答的命题。

读者在简·奥斯汀的作品中随处可见那些真心热爱自然的女性人物，她们期盼与自然和谐相处，而生态女性主义的核心之一就是强调女性与自然之间的紧密联系。简·奥斯汀的生态女性主义理论的来源主要有两个层面，一个是受到了早期生态女性主义文学作品的影响，另一方面就是简·奥斯汀在长久的乡村生活中逐渐形成的生态女性主义思想意识[1]，或许两者之间也有互相影响的因素，但总而言之，简·奥斯汀对于生态女性主义理念的种种理解，都体现在她的小说中。

在《理智与情感》和《诺桑觉寺》中，简·奥斯汀借鉴了范妮·伯尼（Fanny Burney）小说中常用的戏仿的手法，来讽刺小说中的一些女性形象，即使是她的代表作《傲慢与偏见》中也有这种创作手法的痕迹。细心的读者从中可以看到范妮·伯尼的感伤小说《塞西莉亚》的影子。而十八世纪末期的女性作家玛丽·沃斯通克拉夫特(Mary Wollstonecraft)，是一位思想超前且非常激进的英国女作家，曾经发表过《女权辩》(A Vindication of the Rights of Women)，一经推出就轰动了整个英国社会，为十八世纪末期的传统英国社会思想的进步产生了深远的影响。而在这部作品中，有关于男女平等、主张女性与男性应拥有同等社会权利、能够参与社会活动、反对男尊女卑等传统思想的论点，改变了简·奥斯汀对于同时代女性的看法，并最终使其形成了具有逻辑性的女性意识，并将其渗透到她的作品中，成为推动女性主义思想的重要方式。

简·奥斯汀小说中对英国乡村自然景色的描写非常细腻，透过文字的描述我们似乎能够看到英国乡村“如画”般的美景。有人指出，无论简·奥斯汀的现实生活有多么困难，她描述的世界看起来总是那么优雅美丽，英格兰的风景也从来没有如此可爱。而在简·奥斯汀的小说中，不仅有对自然、乡村生活的讴歌，对旺盛生命力的赞扬，更充溢着对女

① 王丽娜.《吕蓓卡》与西方女性主义的道德重建[D]. 大连：辽宁师范大学，2015.

性的智慧与美德的赞美。在她看来，在宁静而美丽的乡村生活中，女性的生活充满着令人愉悦的惬意，而小说中通过自然的美丽来展现人性光彩的处理，也体现了简·奥斯汀对于平和的精神世界的追求，充分体现了女性和自然的紧密联系。

简·奥斯汀作品中富有生命气息的自然风景随处可见，而小说中的女主人也无时无刻不在表达着对自然的眷恋和依赖。如在《傲慢与偏见》中，伊丽莎白经常“随意”看向窗外，窗外四季美景常在，时时刻刻都在装点着伊丽莎白的生活，读者透过伊丽莎白的视角，也能够看到伊丽莎白曾经到达过的“丛林密布的小山”“处处都很绮丽的自然风光”“林木夹岸在蜿蜒的山谷中穿梭的河川”这些山水景观，不仅使伊丽莎白赏心悦目，更让读者浏览到了一幅幅吉尔品式的“如画”美景，同时也感受到了简·奥斯汀想要传达出来的与自然和谐相处且充满诗意的乡村生活情景。

如果说《傲慢与偏见》表现了女性与自然和谐相处的情景以及女性人物形象对自然景观的欣赏与向往，那么《理智与情感》则表达了女人与自然之间的联系比男性与自然之间的联系更为密切。不仅埃莉诺、玛丽安两姐妹都对自然风光的鉴赏有着独特的见解，凯瑟琳也对自然情有独钟，并认为正处在工业化后期的城市没有入画的风景。而这也说明了小说中的女性形象对自然景观的依恋，同时也揭示了简·奥斯汀对英国十八世纪后期工业化和城市化进程的态度。尽管她的小说没有直接谈及对伦敦、巴斯等城市生活的不满，但读者依然能够通过凯瑟琳对巴斯城城市景观的评价——“巴斯城全景没有取入风景画的价值”而看到简·奥斯汀对于城市发展所抱有的怀疑态度，再联想到简·奥斯汀本人也正是因为脱离了原有的乡村生活，才会在之后的日子里患上抑郁症，这种怀疑态度已经昭然若揭了。另外，读者在阅读这些小说时会发现，城市成为大都会式傲慢的象征，从深层角度来看，这种傲慢也意味着堕落。

简·奥斯汀的生态女性主义思想还体现在对种种父权压迫的描写上，小说列举了女性在社会和家庭中所受到的不公待遇，以此来呼吁女性应受到社会的尊重。其实，简·奥斯汀塑造的女性形象并非十全十美，她们有着各自的缺点，在现实生活中依然不算如意，在面临选择的时候也会慌乱手脚，而她们自己的见解，也因其声源空间相对窄小而显得有些幼稚。这样的女性形象在以往的英国小说中是不可能存在的。在传统的英国作品中，女性人物大多只有两种类型，一种是温柔、美丽、端庄得体的“天使”形象，而另一种则是疯子、歇斯底里、蛮横无理的“魔鬼”形象。当然“天使”必然是小说的女主人公，她们全心全意地爱着男主人公，安心当他们的附属品，而这样的女性形象也不可避免地沦为男主人公身边最为华美的装饰，映衬着男主人公的男性魅力与成功。而“魔鬼”形象则一定是小说中的反派，用来衬托男主人公的绅士风度。从人性的角度来看，这两种极端的女性形象，在现实生活中是极少存在的，因此，早期的英国小说对这两种性质迥异的女性形象的塑造，就是对女性个人意志的抹杀，也是对真实世界中女性形象的歪曲，彻彻底底地将女性视为推进故事情节走向的“工具人”。受到生态女性主义思想深刻影响的简·奥斯汀，在作品中挑战了这种传统的、片面的女性观点，以自身对女性的认识，来塑造更加真实的女性形象。简·奥斯汀的行为是勇敢的，她敢于挑战英国小说的传统人物塑造方式，也敢于挑战社会对女性的固有认知，因为英国社会对女性的看法与态度，完全是基于男性凝视之下的，而简·奥斯汀的行为不仅仅展现了女性的多元化，更是对父权思想的反击。

同时，简·奥斯汀的生态女性主义思想也不是极端、直接地将女性人物形象与男性角色隔离开，她的作品颠覆了性别中的二元对立，强调男性和女性的二元互补，认为男人和女人可以共同完成一件事情。简·奥斯汀肯定了女人的才华与聪慧，认为男人和女人是平等的，因此读者可以在小说《劝导》中看到，在克罗夫特将军驾驶马车的过程中，妻子会帮助他规避行驶过程中的风险。这样的夫妻在情感上和生活上都是互相帮助的，并不存在谁依存谁而生活的问题，这种描写极大肯定了女性在家庭中的地位。另外，简·奥斯汀注重的是两者互补，所以她也关注男性在家庭生活中是否幸福。例如在小说《曼斯菲尔德庄园》中，范妮·普莱斯夫妇幸福的婚姻状态惹人艳羡，这份幸福也不仅仅是属于范妮·普莱斯一个人的，她的丈夫也收获了一样美好的幸福生活。由此可见，简·奥斯汀的生态女性主义思想，是非常泛化的，不仅仅拘泥于女性形象本身。她希望社会中的每个成员都能亲切、温和地各行其责，从而实现社会和家庭中每一个成员的幸福。其实从某种层面上讲，简·奥斯汀对于幸福的理解，有一点类似于我们中国人对于“大同社会”的认知，她对人们的幸福生活有着殷切的期盼，是一种非常朴素且真实的想法，从这个角度来看，简·奥斯汀是一个内心非常柔软、善良的人。

《傲慢与偏见》中的伊丽莎白与达西之间的爱情发展过程深刻体现了简·奥斯汀的生态女性主义思想。小说中伊丽莎白始终保持了自己高度的独立性，面对达西这样一个社会地位高于自己的世家公子，伊丽莎白也是以平等的姿态与他对话，不仅从来没有丢掉自己的尊严与自信，甚至还对达西的行为举止进行批判，认为达西过于傲慢：“任你采取什

伊丽莎白与达西（《傲慢与偏见》好莱坞 1940 年版）

么方式向我求婚，也不会诱使我答应你……从我最初认识你的时候起，几乎可以说，从我刚认识你的那刻起，你的言谈举止就使我充分意识到，你为人狂妄自大，自私自利，无视别人的感情，这就导致了我对你的不满，

以后又有许多事，致使我对你深恶痛绝。我认识你还不到一个月的时候，就觉得哪怕我一辈子找不到男人，也休想让我嫁给你。”[①]这段经典独白明确展示了简·奥斯汀的女性独立意识，同时也体现了伊丽莎白独特的个性以及对自我价值的肯定。这种行为方式在当时的社会思想语境下，是非常大胆的，但伊丽莎白就是这样的女孩，她会以自己的理性视角审视自己的生活与感情，她对于感情的选择出于她的本心，而不是在世俗影响下进行的选择，因此伊丽莎白才会在达西的眼中闪闪发亮，也会成为无数读者心中的“白月光”。

克罗夫特将军与妻子、伊丽莎白与达西都是由两个自由平等的灵魂组成的灵魂伴侣，他们彼此需要又彼此互补，两性之间和谐交融，是简·奥斯汀小说中两性相处的最优状态。与此同时，简·奥斯汀的生态女性主义思想还提倡关注女性自身的成长，提倡男女之间互相学习，在充分认识世界、了解事物的过程中，不断促成双方的自我成长。《爱玛》中的爱玛对爱情和婚姻有着独到的见解，她热情地为周围的女性朋友介绍伴侣，但由于自身生活圈子过于安逸，对很多东西了解得不够深入，有很多行为令人难以接受，因此也搞出了很多糗事，但就在这个曲折的过程中，爱玛·伍德豪斯最终认识到了自己对婚姻和爱情还有很多不能理解的内容，她的思想在小说中得到了成长。

生态女性主义的另外一个核心问题也在简·奥斯汀的小说中有所体现，那就是人的生态性。生态女性主义者认为，很多西方国家将不同的

---

① 简·奥斯汀，李继宏译．傲慢与偏见 [M]．天津人民出版社，2016：34.

社会阶层和家庭进行分级的行为是违背自然发展规律和人文精神的[①]。人人平等应该是没有社会等级之分，没有性别、种族、国籍差别的平等。简·奥斯汀的小说不仅有对女性角色理性思想的赞美与认可，同时也有个性鲜明的群像刻画，展现了不同类型的女性魅力，也展现了英国十九世纪初期的众生相。在她的小说中，一个理性懂得利用自己的个性的女人，无论有着怎样的家庭背景和社会地位，都能够最终获得幸福，而这也是生态女性主义思想所倡导的和谐共处、共生发展的思维模式。如《诺桑觉寺》中的女主人公莫兰，她只是一个非常普通的女孩，但正是因为独特的理性气质，尤其是对爱情和情感的理性审视，最终使她获得了美好的爱情。

二、对女性意识觉醒的影响

良好的家庭教育和自小培养起来的阅读习惯，让简·奥斯汀具备了独立思考的能力，在接触到生态女性主义思想的过程中，女性意识也在不断觉醒。她开始向往更加广阔的世界和更加自由的生活，期望能够在婚姻和爱情中，掌握更多的自主权。但身处英国乡村封建传统宗教家庭中的简·奥斯汀，几乎无法逃脱出原生家庭的桎梏。面对无法摆脱的困境，

① 姜雪梅.《傲慢与偏见》与卢梭的自然主义女性观[J]. 大连大学学报,2014,35(04):52—55.

简·奥斯汀除了在小说中将不满宣泄出来，在现实中也只能反抗婚姻，尤其是反抗当时社会中以金钱为导向的婚姻。在当时英国的社会背景下，男女可以自由恋爱，但婚姻关系一旦建立起来，基本上就无法解除了。如果是因为妻子不忠，丈夫想要与之离婚，那么根据英国议会法律规定，大概率可以判准离婚。但如果是因无法忍受丈夫的家暴行径和不忠行为，妻子是没有权利提起离婚诉讼的。这种极为不公平的法律规定，是对女性人格的蔑视，同时也使女性在婚姻生活中极易陷入痛苦的困境。当时选择不婚的女性是需要一定的勇气的，而且也要兼具一定的财力。因此很多女性会选择与家庭条件、社会地位相对较高的男性结婚。这也导致了从一开始，男女双方的婚姻关系就建立在了经济和社会地位不平等的基础上，更增添了婚姻关系的不稳定性因素。因此，简·奥斯汀极力反对这样的婚姻关系，她期望能够在现实生活中遇到真正的爱人，并与之进入婚姻的殿堂。令人遗憾的是，简·奥斯汀毕生没有实现她的愿望。

简·奥斯汀未婚的原因有很多，可能和她有一定经济基础、但又不算富裕的家庭经济情况有关。但更有可能的因素应该是，过于理性的简·奥斯汀在审视婚姻和爱情时，比同时代的女性更加苛刻。毕竟现实生活中并没有什么所谓的白马王子、霸道总裁、温和清俊的少年、儒雅风流的帅哥，大家都只是普通人，不出众就是普通人的最大特点。所以过于理性的简·奥斯汀只能保持未婚的状态，并继续以她的女性意识审视周围的社会环境，观察别人的性格、成长与生活。这其实是女性意识觉醒之后面对的必然困局，就像醒了的人无法再和迷茫的人一起在世间浑浑噩噩地生活。女性意识觉醒之后，对现实生活的苛责必然出现，但简·奥斯汀以及同时代的女性群体，因为受到了社会环境的束缚与压迫，独自在社会中无法生存，因此也就无法摆脱这样的困局。她们的选择无非是无奈地看着自己沉沦下去，抑或是清醒地面对残酷的事实。

不可否认的是，当时的英国女性社会地位低下，没有选举权，几乎不参与社会事务。而男权社会对女性的束缚，导致她们只能安于做家庭中的“天使”。简·奥斯汀的六部小说，都体现出了女主人公在女性意识觉醒之后所观察到的女性情感与生活的困局。面对这样的困局，故事中的主人公们拥有更大的自由度，因为她们可以随着简·奥斯汀的心意，轻而易举地打破这场现实生活中女性无法解脱的困境，并收获美满的婚姻、幸福的爱情和美好的婚后生活，成为令人艳羡的神仙眷侣。同时，简·奥斯汀也借助这些最终收获美满爱情和幸福婚姻的女性角色，来引导现实生活中的女性注重对爱情和婚姻的追求，这对于当时的社会背景和女性状况而言，具有一定的启发女性意识觉醒的积极作用。

简·奥斯汀的小说表达了女性的现实困境，同时也饱含着对女性群体命运的深切关怀，但我们也应该注意到，简·奥斯汀并没有创造出非常完美的女性形象，她们虽然具备对婚姻和爱情的理性审视，但在对女性意识的认知方面还存在问题，这种问题产生的原因有很多，导致她们在感情生活中的选择也会出现一些错误。简·奥斯汀通过对这些错误的嘲讽和批判，讲述着女性的自我认知和成长的过程。而这一过程也是简·奥斯汀笔下的人物们女性意识不断觉醒、不断完善的过程。从这一层面而言，简·奥斯汀小说探讨的主题，并不仅仅关乎女性的爱情与婚姻，还兼具对女性成长的启迪和教育，而这种启示与教育也是每一个时代中的女性所需要面对和处理的问题，这可能也是简·奥斯汀的小说至今仍然受到女性读者喜爱的原因之一。

（一）女权主义下的女性权益反思

在当时的社会背景下，父权、男权是社会思想中绝对的权威，现实生活中，女性完全依附男性生存，在婚姻与爱情中毫无自主权，在家庭生活中也没有可以自由享受生活的权利。在没有经济保障的父权社会，爱情有时会成为物质的牺牲品，因此很多女性会为了物质生活而去选择条件相对较好的男性。在同时期的小说作品中，女性也同样是男性的附属品，甚至她们完全没有了自我，只一味地讨好男性。这些作品对女性的困境视而不见，对女性的牺牲视若无睹。而随着社会中女性意识的觉醒，女性作家也开始呼吁社会为女性提供一定的工作机会，并实现最终的男女平等，但效果着实让人一言难尽。父权社会制度的长期统治，助长了男性在生活中的骄傲与自大，而女人又长期受到压迫，连独立生存的机会都没有，更不要提在社会中进行反抗。鉴于现实生活中的女性意识并没有得到社会层面的认可，简·奥斯汀在她的小说中突出体现了对女性权益的反思。

首先，在很多英国传统小说中的女性，形象没有自我可言，也没有独立的财产、独立的意识，如果想要获得权益，那么首先要就要获得物质基础。因此，在女权主义视角下，简·奥斯汀塑造的女性形象，有很大一部分属于“灰姑娘”的范畴，她们通过婚姻来改变自己的出身和经济物质条件基础。但她们并非因为物质生活条件而选择了婚姻，主要还是基于爱情，因此，简·奥斯汀并没有完全塑造出一个为了物质财产而寻求婚姻的扁平化的女性形象，而是在女性形象的塑造中表现出了极大的女性独立意识，从而使女主人公吸引到更加高质量的男性。例如，《傲慢与偏见》中的伊丽莎白对于爱情与婚姻的要求比身边的女性更加苛刻，理智地确定她的婚姻需要满足情感、道德、物质三方面的需求，因此，当物质条件还不错的柯林斯向她求婚时，伊丽莎白会因为他的精神世界不够丰满，以及他们之间没有任何爱情而拒绝他。即便是面对物质条件良好、社会地位出众的达西，伊丽莎白也因为他的傲慢而拒绝了他的第一次求婚，这正是伊丽莎白思想独立的体现，也是简·奥斯汀对于女权主义和女性权益的思考。这样的思想与性格，注定让伊丽莎白止步于沦为男性的陪衬。奥斯汀用很多赞美的言辞来描写伊丽莎白，因为这个人物就是奥斯汀自身的女性人格理想和崭新的妇女观的最佳体现。简·奥斯汀所赞成的理智冷静的爱情观，是对男权社会的反抗。此外，《傲慢与偏见》还言辞犀利地痛批了男权社会中女性的不公平待遇，因此，我们可以把简·奥斯汀的小说当成女性主义思想的集大成者来仔细研究和品味。

（二）促进女权意识的觉醒

简·奥斯汀所处的时代，英国女性几乎毫无社会、家庭地位可言。

造成这一现象的主要原因是女性根本没有接受良好教育的机会，从没有在社会、家庭中得到过肯定。她们没有自己的事业，经济不够独立，从而无法获得自主权。此外，女性的家庭地位相对低下，即使从小家境优渥也无法同家庭中的男性成员一样有经济继承权，即使为家庭奋斗终生，也无法获得经济上的独立。再者，在婚姻选择方面女性也没有自主权，女性成年后唯一的选择就是嫁人，因此很多为吸引理想丈夫而学习的各种技艺，以及性格中的柔顺、体贴等特点都成了女性的所谓“美德”。家境优渥的中产阶级妇女从小便学习弹琴、唱歌或画画等技艺，培养谦卑顺从温柔贤惠的淑女品德，目的是在适当的时机吸引更高阶层的男性的注意，并最终与之步入婚姻殿堂，迎接更好的婚姻生活。而家庭经济条件不好的女性，也将婚姻视作改变个人身份的阶梯，竭力追求更高品质的男性，以获得优渥的生活条件，抑或是仅仅为自己的人生寻求一个还算体面的退路。至于那些家境贫寒的女性，则几乎不会受到男性的青睐，更没有机会获得理想的婚姻伴侣。当时的英国社会经常会出现贫穷女孩终身未婚的情况。更可悲的是，未婚的女孩没有权利继承家庭财产，以至于她们未来的生活也势必更加困顿。即便是有微薄的机会吸引到男性，她们依然没有决定权，而是必须先征求父亲的意见。如果父亲同意，这桩婚事才算落定，如果不同意，再好的机会也只能就此打住。在这个过程中，任何一位父亲都不会把女儿的意见放在首位，他们考虑的无非是门第经济之类。无论父亲如何决定，做女儿的都要顺从家长的意愿，“未嫁从父，既嫁从夫，夫死从子”是对现实生活中女性群体人生、命运的最好归纳。

班纳特夫人为女儿们的婚事担心（《傲慢与偏见》好莱坞 1940 年版）

同时期的文学艺术作品中塑造的女性形象也毫无社会和家庭地位可言。当时的小说作者大都是男性作家，他们文学创作的过程很大程度上会受到现实社会的影响，这些男性作家蔑视女性的价值与智慧，对女性生活与形象的描写更多的是他们个人内心的臆想。作品基本上从男性的角度，以高高在上的姿态反复描述她们性格中的乖顺、温柔、弱小，这样的女性形象反映了父权制背景下男性对女性的要求，从男性视角将女性作为“事物”进行观察，从而塑造出“物化”形象。其目的无非是借助文学艺术形式，对现实生活中的女性进行规劝，或者说是洗脑，试图让所有女性都能向她们所想要的“完美形象”靠拢。但作为女性作家的简·奥斯汀却颠覆了同时期男性作家们对女性身上的臆想性杜撰，以女性的视角刻画女性形象，关注女性的生活、困难和选择，从女性的角度肯定女性的行为与思想，揭示压制女性的陈旧观念，鼓励女性积极寻找自己的人生方向。

简·奥斯汀画像

简·奥斯汀并不是当时英国社会第一个提出质疑父权制的女性。这一时期欧洲启蒙运动所倡导的自由、平等和民主的思想，在英国社会广泛流行，极大推动了新兴思想的演化与发展，女权意识也逐渐席卷了整个欧洲，激发了女性争取平权的斗志。法国知识妇女古热发表的《女权宣言》、英国女作家玛丽发表的《女权辩》等等，都在英国各个社会阶层产生了极大的反响。相对而言，简·奥斯汀则是利用简洁、平实的语言，引导女性读者进入小说的故事情节，让她们设身处地地为人物的命运而思考，从而激发她们的女权意识。

这一时期英国爆发的工业革命，催生出了新的生产模式和家庭模式，推动了新兴资本主义的发展，也让女性有机会参与到工业生产劳动中。女性有条件获得独立资本，受教育的程度也在不断提高。很多女性从传统的家庭生活中解脱出来，有了更多的空闲时间。此时英国出现了大量的女性读者，甚至还有大批的女性作家。她们的出现打破了传统文学艺术领域内男性一统天下的局面，从而促进了女性文学的兴起。作为英国评论家心目中的“女性小说家的时代”，这一时期女性文学得到了蓬勃发展，也深刻影响了世界文学的发展进程。这些女性小说家中，最具有代表性的就是简·奥斯汀。

简·奥斯汀的作品反映了当时社会中女性的困境，同时也塑造了复杂且不甚完美的女性形象。她们的出身各不相同，受教育的程度也不相同，但她们都勇敢地追求自己的幸福，勇敢地反击束缚女性的旧的道德和礼教。一定意义上说，这就是简·奥斯汀女性意识进一步觉醒、女权意识逐渐形成的象征。从对自身和环境有着充分的认知，再到争取幸福的权利、掌控自己的人生，简·奥斯汀小说中的女性角色在不断成长，不断追求着女性的权利，同时也不断与英国传统的父系男权社会做着抗争。简·奥斯汀之后，女性作者们开始致力于把女性情感作为创作主题，因此，一大批身份与背景各异的女性形象在各自的人生中执着地追寻着理想生活。女性群体越来越多地占据着小说的篇幅，她们的形象逐渐变得立体丰满，逐渐拥有了更加广阔的世界。她们不再是小说中的配角，而是引领着现实生活中的女性打破现实世界对于女性的束缚，去追求属于女性的权利与幸福。就像小说中的伊丽莎白、本内特、凯瑟琳·恩肖和玛丽·巴顿那般，勇敢追求自己想要的生活。在当时缺乏正面引导教育致使女性几乎完全丧失自我的社会环境下，奥斯汀发挥文学的启蒙作用，助力唤醒女性意识，为女性走上争取自由和平等权利的道路作铺垫，对当时女性的女权意识觉醒起到了重要的推动作用。

而在倡导现实生活中的女性追求平等的爱情、婚姻的同时，简·奥斯汀也塑造出了传统男性观念中所不具备的女性美德，即自我、聪慧、重感情、有独立思考的能力和意愿、敢作敢为、勇于反叛男性的权威，不再盲从于男人和世俗的要求。尽管她们并不美丽，家庭贫寒，但依然充满着独特的个人魅力。这样的女性形象，虽然并不符合传统小说中的女性形象特征，同时也不符合男权社会视角下对于淑女形象和淑女品德的定义，但她们为当时的女性树立了新榜样，更重要的是能够引起同时代女性的共鸣，有助于唤醒女性争取平等自由权利的意识。

简·奥斯汀的小说中所描写的女性情谊也是颠覆以往传统小说中女性形象的特征之一。在传统小说中，女性形象大多非黑即白，这种二元对立的形象造就了很多女性形象之间的对立局面，她们不可能成为朋友或者是姐妹。但简·奥斯汀为女主角们安排了能够同甘共苦，互为依赖的优质姐妹。例如在《傲慢与偏见》中，奥斯汀为女主角安排了姐姐简的形象。简的性格更加稳重，能够给伊丽莎白支持的力量，同时伊丽莎白的思想也在引领着简的思想，她们互相帮助共同面对生活中遇到的问题，组成了一个微型女性乌托邦。在姐妹互助的女性乌托邦里，女性通过互相帮助、互相支撑渡过了生活难关，也完成了女性整体的成长：女性可以不依附男人独立生活，女性意识因而觉醒。当简遇到宾利并倾心于她的时候，简表面云淡风轻，但却与妹妹表白了对宾利的倾慕。当宾利一家突然回伦敦，简的心七上八下无处安放时，伊丽莎白陪在她身边安慰开导她。当伊丽莎白知道是达西拆散了简和宾利时，愤怒不已，为简出头，并把这作为拒绝达西求婚的主要理由。而当两姐妹彼此相伴时，也会保持密切的通信联络，一同面对各自生活中的难题。这是一种非常依赖的关系。伊丽莎白与简的互相依赖和帮助，也进一步补充了伊丽莎白与简的性格塑造，使她们的形象变得更加立体，她们之间的情感成为推动故事情节发展、展开人物形象塑造的重要线索，从而进一步丰富了小说的叙事结构。可以说，简·奥斯汀小说中的女性形象，不仅打破了西方作品女性形象塑造的传统，抨击了父权男权社会的现状，批评了男权思维下的女性形象塑造，肯定了女性之间的互助关系，为女性之间团结力量、互帮互助、共同颠覆传统男权社会的枷锁，提供了一个新方向，从而促进了女权意识的觉醒。

（三）铺垫与推动女权运动

简·奥斯汀在作品中抨击英国父权制社会的旧秩序、塑造不同以往的女性新形象、肯定女性智慧以及鼓励女性勇敢追求新生活的行为，吹响了女权运动的号角，为广大女性提供了模仿对象，进一步唤醒了女性群体的女权意识，对女权运动的发展起到了铺垫和推动的作用。

在简·奥斯汀的小说中，父亲大多都不是一个讨喜的形象，甚至可以说父亲形象是一个“隐形”的存在。这主要表现在家庭生活中，父亲的权威性是隐形的，他们不会对妻子和女儿有更多的关注，对她们的行为也没有任何约束。例如《傲慢与偏见》里伊丽莎白父亲——班内特先生，在小说中极少出场，对待妻女的态度也非常冷漠，更不要提对妻子和女儿的约束和照料。班内特先生的形象颠覆了父权社会父亲的常见形象，脱离了父亲权威的干预，伊丽莎白与她的姐妹们也获得了更大的自由度，她们能够更好地、更加顺利地追求自己想要的生活与幸福。此类形象也表明了在当时的社会背景下，父亲的权威即使不是女性获得幸福的绊脚石，也绝不可能是女性获得幸福的必要条件。这其实是否定了父权在女儿婚姻和未来生活规划中的必要作用。对父权的刻意弱化证明了简·奥斯汀对英国父权制的强烈抗议。[①] 就像很多男性视角下的小说、电影等作品一样，“儿子”角色想要获得成长、获得权利，最直接也是最常见的办法就是“弑父”，或者更准确地说是剥夺父亲的权利，简·奥斯汀正是通过此类父亲形象的设定，来挑战当时的父权制社会秩序，突出表现身为“女儿”的女性的权利。

简·奥斯汀的小说中既有追求自由平等的女性形象，也有秉承传统思想观念、在父权男权社会中约束限制女性追求权利、维护旧的社会秩序的女性形象。这导致她笔下的女性形象更加复杂和多元化。一方面，她们是父权男权社会下被压迫的女性，另一方面，她们也是借助父权压迫女性权益的女性，这种行为反映出了她们对男权社会的屈服和麻木。

① 田玉霞. 男权形象的陨落——《傲慢与偏见》中简·奥斯汀的女性意识 [J]. 新闻爱好者（理论版），2008(08)：71—72.

班纳特夫妇（《傲慢与偏见》好莱坞 1940 年版）

就如同《女人的意识、男人的世界》一书对女性的定义一样，她们（在男女不平等的父权社会的）的角色定位为双重的：既是受害者又是施动者（Rowbotham，1973）。简·奥斯汀的小说中并不缺少这样的角色。例如《傲慢与偏见》中的凯瑟琳夫人身上就具有非常明显的“女性施动者”特性，她审视伊丽莎白是否具有英国社会传统的淑女“美德”，也会质问伊丽莎白的家庭行为，甚至强行干预伊丽莎白对于婚姻的选择。在这个人物身上，能够看到英国社会传统思想对于女性的苛刻要求，但更多的是因为凯瑟琳夫人表现出来的审视、质问的行为，出于她高贵的出身，她是男权社会的既得利益者，因此也会更加严格地用她认可的社会的既定规则“指导”伊丽莎白如何做淑女、如何安排自己的婚姻。如果说凯瑟琳夫人表现出来的是社会阶级等级较高的女性对社会阶级等级较低的女性“美德”与行为的审视，那么班内特太太对伊丽莎白行为的劝阻，则更具压迫性。班内特太太同样受到了英国同时期社会思想的影响，致力于将女儿们嫁出去，因此当伊丽莎白拒绝柯林斯的求婚时，她极度恼火，唯恐伊丽莎白错失进入婚姻的机会。而为了印证她的话，她会更加严肃地贬低伊丽莎白的行为，控诉她的行为有多么的不明智。这样的思想观念，很难不让人猜测是在长期的男权社会思想的压迫下必然形成的，但面对这样的思想观念，她并没有选择反抗，而是选择服从，继续压迫自己的女儿。也许班内特太太的行为并没有恶意，她只是遵循着当时英国社会现状下的既定秩序，即女性成年之后必须嫁人（最好嫁给有钱人），如此才能保证女性下半生的生活。因为毕竟在当时的英国社会背景下，未婚的姑娘不能够获得家庭的财产，如果没有丈夫，那么她未来的生活也没有经济来源。很多女性尤其是那些家庭经济状况本身就不算太好的女性，她们可能在未来连最基本的生活都不能保障。作为中产阶级的妇女，班内特太太一定对这样的女性结局了然于胸，因此她才会将嫁女儿当作轰轰烈烈的事业来做。从这一角度来讲，班内特太太对伊丽莎白的压迫是无意识的，但她无意识地成为维护旧秩序的帮凶，成为女性权益追求者的对立面。因此，《傲慢与偏见》中伊丽莎白对班内特太太和凯瑟琳夫人的反抗，也是追求女性权益的重要表现。

夏洛特（《傲慢与偏见》好莱坞 1940 年版）

出身于中产阶级家庭的夏洛特·卢卡斯，也正是因为看透了这样的社会制度，认为只有婚姻才能带给女性“物质”基础，才会成为当时社会既定秩序的维护者与践行者。她将嫁人视作自己的人生目标。首先她对自身的条件与处境有着充分而明确的认知，她并不抱怨社会对女性的不公平、女性权益的缺失，也不过分争取应属于自己的权利，而是非常坦然地接受现实，尽可能地为自己筹谋。她为自己未来筹谋的方式，就是选择和有钱的男人结婚。尽管这个人并不是她爱的人甚至是让她讨厌的人，她也不在意。很显然，她是利用自己的婚姻与爱情换取更加稳定的未来生活。夏洛特·卢卡斯的选择是很多同时期英国女性的常规选择，更何况这样的选择在当时的英国女性中间并不普遍。可见，当时没有资产的中产阶级女性的生活处境是多么艰难。她们在社会的压迫下，可以选择的生活方式并不多，更多的女性不会成为时代背景下追求女性权益的斗士，而因无力反抗命运的压迫，最终成为父权男权社会旧秩序的践行者。甚至有些女性会在长期的思想压迫下，成为转手压迫女权意识的“施暴者”。

凯瑟琳夫人（《傲慢与偏见》好莱坞 1940 年版）

在《傲慢与偏见》中，简·奥斯汀将凯瑟琳夫人、夏洛特·卢卡斯和班内特太太三个女性人物形象塑造成了反面典型，用极尽嘲讽的语气，讽刺她们的行为和思想的愚蠢。但同样是反面形象，夏洛特·卢卡斯就相较于凯瑟琳夫人和班内特太太的形象正面一些，夏洛特·卢卡斯的选择与做法，无非是想要争取更多的女性权益，从本质上来讲，也是一种屈从于现实的、无奈的争取。在人物塑造的过程中，简·奥斯汀也表现出了对夏洛特·卢卡斯处境的同情，并对她能够理智经营自己的婚姻生活做出了肯定，即便她的做法并不是简·奥斯汀所认可的“标准答案”，但简·奥斯汀依然对她报以理解和支持。

凯瑟琳夫人自命不凡、彰显着自己的“权威”，而这种“权威”的表现，也正是塑造伊丽莎白不畏权贵、坚持自我的形象的关键。可以说，凯瑟琳夫人的自命不凡，完全是为了衬托出伊丽莎白的与众不同和极具个性。她代表的也是一种近似于男性的“权威”，从她的立场对伊丽莎白的审视，是传统的父权男权社会对女权主义者的审视，而她们之间的对立也是男权和女权的对立。而班内特太太对于女性权利的压迫，完全是因为她早已屈从于这样的压迫而已。因此，简·奥斯汀将她塑造成了一个头脑简单、行为愚蠢，且滑稽可笑的反派人物，极尽夸大她的愚蠢，嘲讽她的无能。

由此可见，简·奥斯汀在塑造女性形象时，既表现出了对男权社会的否定，也表现出了对女性权益的追求，同时也肯定了在这样一个社会思潮交织的现实背景下，不同女性做出截然不同的选择是可以理解的。简·奥斯汀在肯定了她们的行为与做法的同时，也对她们的境遇表示同情，态度非常温和，并不要求所有女性都做到理性追求自己的幸福和自由，追求拥有爱情的婚姻。在肯定十九世纪英国中产阶级女性在现实社会中的无奈与困境的同时，也激励她们勇敢追求自己的幸福和属于女性的权益。

简·奥斯汀在女权运动的引领下，形成了先进的女性意识和女权思想，同时将自己的思想理念融合进小说创作中，从而推动了女权运动的发展。

如果没有女权运动的社会时代背景，很大概率不会出现简·奥斯汀等一众优秀的女性作家，而假使没有这些女性作者，女权运动的发展也不会如此迅猛。

第三章

第三章 简·奥斯汀笔下的女性形象

简·奥斯汀笔下的女性，不再以“花瓶”的面貌出现在小说中，而是拥有独立思想和理性的独立个体。简·奥斯汀认可女性的智慧，她笔下的女主人公具有独特的理性思维，接受过较为完整的教育，很喜欢阅读，在平凡的生活中不断努力，最终获得了幸福的婚姻与爱情。在整个创作过程中，她关注女主人公心灵的成长，也关注她们在生活中遇到的种种困难与挫折，以及她们在人生转折点上的抉择。

而与女主人公相关的女性角色们，她们也有着各自的性格，在小说情节的演化过程中，做出了符合她们性格的选择。这些女性形象，并不能够用简单的反派与正派进行概括。她们的性格是多元的、复杂的、立体的、丰满的，有着独特的思想与情感。简·奥斯汀同情她们的境遇，理解她们的选择，而对于读者而言，这些女性形象的行为和最终的选择，都是能够逻辑自洽的。整个小说情节的演化与发展异常清晰地展示出每一个女性形象的心理成长曲线，她们被刻画得栩栩如生，恰似读者身边的朋友，在阅读中陪伴她们一同成长。

十八世纪中后期，小说开始在英国出现并逐渐兴盛。作为反映人文生态和社会变化的文学艺术形式，相较于其他文学载体，小说的创作形式更容易被普通大众所接受，而且故事情节总体上紧张、有序，能够很好地满足人们的猎奇心理。因此，这种文学样式一经问世，就得到了大众的广泛欢迎。对于小说创作者而言，小说记录的是“真实”的世界，也是“真实”的故事。著名小说家塞缪尔·约翰逊认为，小说“描述世间发生的真实事件”“展现生活的真实样貌”“传达人与人之间的真实情感”，进而拥有“向年轻的、无知的和无所事事的人们提供行为指导和生活介绍”的功能。[①] 因此在小说盛行的时代，人们也普遍认为这种文学体裁具有一定的教育意义和作用。很多小说也成了社会道德教育的“教材”，背负着道德说教的任务。小说家们通过对人物形象的塑造，赞扬她们的美德，批判她们的恶行，以及通过展开故事情节，对当代现实生活中的人们进行道德教育。而女性在人类社会生活中，往往需要比男性遵守更加严格的道德准则规范，尤其是十八世纪的英国女性，在社会生活中所面对的道德约束更加严苛。以男权社会为主导的传统思想，一方面否认女性与男性一样拥有理性思考的能力，另一方面又否认她们

---

① 塞缪尔·约翰逊，水天同译．王子出游记 [M]．上海：上海译文出版社，2021：131.

的智慧，无视她们对物质生活和精神生活的需求，宣扬男权社会所需要的所谓女性的“美德”，例如，“贞洁”“谦虚”“优雅”“温柔”和“美丽”，并一再强调女性的“美德”对于她们婚姻的重要性。然而在男权社会的传统思想下，很多传统的女性形象，根本就是对女性自我意识的剥夺。简·奥斯汀看透了她们的本质，强调这样的女性形象，即便看似符合社会定义的淑女标准，但在道德上依然存在缺陷。只有思想独立的女性，才能获得真正的美德。而在小说诞生初期，很多创作者几乎都是男性身份，而且他们无一例外都长期受到男权社会思想的影响，因此在创作过程中，他们对女性角色的刻画非常片面且单一。这些女性要么是美丽但毫无自我和智慧的“花瓶”“天使”，或者是暗黑的“恶魔”。同时，他们也会利用小说的教育作用，对同时期的女性群体进行道德施教。因此，以男性视角书写的传统小说塑造的女性形象并不能够引起女性群体的共鸣，因为这样的形象实在是太显浮夸，也有失真实的代入感。

简·奥斯汀认可文学艺术作品对于女性思想的指引作用。传统的女性教育观念认为，小说容易激发女性细腻的情感和丰富的想象力，并且在女性不能够享受全面而系统的教育的情况下，小说是很多女性间接接触社会现实、先进思想的重要媒介。同时，传统女性教育的内容有限且狭隘，描写现实生活的小说反而能够为拓宽女性的视野打开一扇窗户。简·奥斯汀的小说都是从女性的视角展现现实生活，并且颠覆了传统小说中女性应有的“美好”形象，创作出一大批丰满立体且真实的女性人物。她们具备理性的智慧，拥有与男性完全平等的“人”的性格魅力。从世俗的角度来看，她们并不完美，她们的故事也是在爱情中成长的故事，有爱情也有琐碎的生活日常，是典型的现实主义作品。

在简·奥斯汀的笔下，大多数女性虽然有理性的智慧，但依然不能逃脱时代传统思想的桎梏，她们会不可避免地奔向爱情婚姻，向往并呼唤平等的爱情。虽然她们表面上并没有将爱情视作对抗残酷现实困境的“解药”，但也大多嫁给了有同理心、懂得尊重女性的“高富帅”们。在传统的英国社会思想影响下，大众广泛认为女性“矜持即自尊”这一道德习俗。她们并不能主动追求自己的幸福，她们能做的只有吸引男性的目光，当然最好是有钱、有一定社会地位的男性。简·奥斯汀的小说虽然着重表现女性人物的爱情，却从没有书写女性主动追求爱情的故事，在很多时候这些角色都在被动等待男人的爱情。从这一点上，读者也不难发现作者对女性意识认知的尴尬。即便她具有超前的女性意识，她依然保守地认为一个真正的淑女需要矜持。

从某种层面上而言，这是简·奥斯汀思想的局限性，同时也是那个时代妇女生活方式的局限性。毕竟，简·奥斯汀的整个创作生涯几乎是与同时期所有的小说家完全隔离开来的状态。她仅仅是根据自己对生活的理解进行创作，而很少与其他同时期文学家进行沟通。她没有丰富的社会经验，只有对家庭生活的细微体会，因此在创作中很难逃脱家庭思想观念的束缚。这也使简·奥斯汀笔下的女性形象只能围绕着日常生活与爱情打转，无法真正成为一个具有独立思想、独立经济来源的独立女性。而且此时，女权主义思想在整个英国乃至欧洲也处于新兴阶段，在社会大众中的普及面不广，社会舆论对于女性追求自主婚姻与幸福的行为并不认可，更何况处于社会底层的女性能呼唤平等的爱情、正视自己对婚姻与爱情的需求，已经是相当有勇气的行为。即便具备独立的女性意识和女权思想、渴望平等的爱情和自由的生活，但因受困于残酷的现实枷锁，这些女性也无法真正得到自由。

简与宾利先生（《傲慢与偏见》好莱坞1940年版）

每一位简·奥斯汀笔下的女性都是独立的个体，她以女性视角来看待女性，看待爱情，肯定女性自由追求爱情的权利，相信女性能够将命运掌握在自己的手中。这种创作理念是导致奥斯汀笔下的女性形象如此丰满立体的主要原因。小说通过展现女主角在生活中出现的各种问题，一步步揭示她们所处的困境，而男权父权社会长期压迫下的传统思想，以及内心安全感和独立性的缺失，是她们在追求自我幸福道路上最重要的阻碍。面对这些阻碍，她们抛弃了传统的价值观念，选择与整个社会环境进行对抗。奥斯汀笔下的所有女主人公，都在反抗男权父权社会普遍存在的错误的价值观念，例如主导家庭地位的丈夫或父亲，被偏袒的儿子或兄弟，这些角色的存在就是这种反抗的实际表现。

与此同时，在简·奥斯汀的小说中，女性对爱情和婚姻的审视与理性与她们的感情之间并不是简单的对立关系，她们用理性的态度去审视爱情和婚姻，但也会正视自己内心的情感，从而在人生抉择的重要关口，做出最符合内心需求的合理选择。因此读者能够看到，家境贫寒的伊丽莎白，会勇敢地追求自己的爱情，无视她与达西之间的阶级差别。但同时她也并不会因为达西的优渥家境，而贸然接受他的求婚。在这个过程中，伊丽莎白保持了理性和自我，同时也尊重了自己的爱情。

一、生态女性主义视角下的女性形象

生态女性主义理论主张女性天生崇尚自然，女性的心灵更适合思考人与自然之间的关系，女性与自然之间存在更为密切的联系。同时，该理论又承认女性与男性之间的性别差异，承认社会对于女性的偏见，并针对这种偏见进行反思，从而实现男女平等以及消除性别歧视[①]。其次，生态女性主义反对传统的男性优越论，将人的平等概念移入其中，认为所有的人类都是人界中的一部分，在整个自然体系中，人类需要互相合作。男性与女性之间存在差异，但可以互相依赖和互补。该理论承认男性与女性是相互关联的，也是多元的，男性与女性之间需要互相尊重。如同早期的女性主义思想与当今新时代的女性主义思想有着较大差异一样，生态女性主义思想理论的发展因时代的变化而改变。随着社会的发展，生态女性主义提出，人类社会和经济的发展、生态环境的破坏，以及社会思想观念对于女性的压迫，等等，都来源于男性至上的传统的男

① 祖华萍.《恋爱中的女人》的生态女性主义解读[J]. 巢湖学院学报,2014,16(01):116—119.

权社会所带来的社会思想观念的影响。生态女性主义认为，在很多方面，尤其是理性情绪的控制能力等，女性具有更大的优势。因此，生态女性主义倡导社会尊重女性与自然的价值，认为社会和自然应该和谐相处。

简·奥斯汀创作小说的年代，女性主义思想方兴未艾，作为此时优秀的女性作家，简·奥斯汀将她的女性主义思想体现在她的小说作品中，同时也表现出了她对于自然的关注，以及女性与自然之间的微妙联系。因此可以认为，尽管生态女性主义理论出现较晚，但早在十九世纪早期，简·奥斯汀的小说已经表达了类似的理论思想。她的作品将女性的命运变化与自然紧密联系在一起，这正契合了生态女性主义的内涵。同时，简·奥斯汀的作品描写的是英国社会乡绅阶层的日常生活，乡绅阶层间女儿的婚姻大事、主要的故事情节都在乡村的环境中展开，很多情节都借自然景物来表现人物的内心思想，作品注重生活的自然形态，人物性格与内心的情感都是非常朴实的真情流露。这也体现了生态主义女性理论的观点。评论界认为，简·奥斯汀的生态主义理论思想的源泉，来自长期的乡村生活经验，因此，简·奥斯汀对自然、对于女性群体有着较高的关注度。

同时，简·奥斯汀笔下的女性人物有着更加多元化的性格组成，她们对爱情抱有浪漫的幻想，但也会通过理性的、冷静的女性视角来审视爱情，她们出身于传统的英国家庭，但依然敢于追寻自由、勇于打破现实社会的枷锁与桎梏，获得崭新的生活。

（一）敢于追寻自由的女强人

在简·奥斯汀的作品中，《爱玛》中的女主角爱玛是一个特别的存在，她的内心并不渴望爱情，她所追求的是自由的生活。整篇小说表现了爱玛追求自由的道路，同时也体现了艾玛在不同阶段的成长。出生于显赫、富裕家庭的爱玛，一开始对自由有着非常浅显的理解，她就像一个身处象牙塔顶尖的少女，不食人间烟火，不知人间疾苦。优渥的家庭环境、父亲及家庭教师的宠幸，让她享受到了外界的尊敬，再加上母亲的早逝和姐姐的出嫁，也使她过早地成为家庭中的女主人。潜移默化间，她觉得自己拥有了能够保护别人、造福别人的能力。她的出发点是善良的，但由于她对于社会、对于真实的女性生存困境了解甚少，因此她的很多行为会给人一种骄傲自满、自以为是的感觉。正因为如此，她才会热衷于帮助别人物色丈夫、充当孤女哈丽特的保护人。她一错再错，于是只能在一次次的错误中吸取教训，一次次去领悟社会对于女性的压迫。如果说简·奥斯汀之前的作品，都是女主人公在亲身生活经历中感悟到了社会对于女性权益的剥夺，以及对于女性生存空间的压迫，那爱玛则是通过观察别人的生活，才一点点探查到社会思想观念对女性生活的束缚。在这个过程中，那个无忧无虑的少女逐渐长大，她终于懂得了什么叫真正的自由。

作为一个成长在象牙塔中的少女，爱玛是强大的，但爱玛带给读者的第一印象是自高自大、骄傲势利，这是不同于以往简·奥斯汀小说中女主人公性格特点的，因此这样的女主角在故事开始时并没有得到读者的认可。而对于读者的反应，简·奥斯汀在创作之初似乎也已经预料到了，因为这个角色真的很特别。但随着小说故事情节的徐徐展开，爱玛性格中的热情、真实、聪明、能干，逐渐打动了读者，而她的自负与势利，也使得她的人物形象更加丰满和立体，让读者感受到一个真实存在的富家女孩形象。就连她在成长道路上所遇到的阻碍、犯的每一个错误，都让读者倍感亲切。

简·奥斯汀用诙谐中带有嘲讽的语言，让爱玛暴露自身的缺点，并运用很多有趣的方式让她接受因自己的错误而带来的惩罚，以达到对爱玛行为的批评作用。爱玛自以为是、经常犯错误，但她也是一个内心非常强大的女孩，她能够在错误中吸取教训并且不断成长，这就是在简·奥斯汀的所有作品中，爱玛这一人物形象虽然不讨喜，却受到很多读者的喜爱的原因所在。同时，简·奥斯汀是以同情的笔触，描述了艾玛从挫折到觉悟、再到进步的成长过程的。这说明，简·奥斯汀虽然并不认同她的某些做法，但真心实意地同情这个盲目自大的女孩。

在爱玛的成长过程中，孤女哈丽特是一个非常重要的人物。最初，爱玛想要为哈丽特找到能够托付终身的人，并且非常势利地认为，哈丽特需要与更高阶层的男性恋爱，以获得更好的婚后生活基础。因此，她积极鼓励哈丽特放弃只是农民出身的马丁，并转而追求牧师埃尔顿。从两人的身份来看，牧师埃尔顿显然更符合当时社会背景下“佳婿”“良人”的标准，因此，爱玛也认定了哈丽特能够接受这样的安排，积极地为哈丽特和埃尔顿撮合。但她最终发现，埃尔顿对哈丽特并不感兴趣，反而是对自己有别样的关注。之后，爱玛选择继续为哈丽特挑选丈夫。此时的她并不认为自己的行为有任何错误或逾越，她只是单纯认为埃尔顿不是哈丽特真正的“良人”。因此，当年轻的弗兰克在离家多年后又回到海布里，爱玛就开始撮合哈丽特和弗兰克在一起，但此举依然没有成功，还因为在外出时说了些伤害哈丽特的话，而受到亲戚南特利的训斥。爱玛充分认识到了自己的错误，并得到了哈丽特的原谅。不久之后，爱玛还了解到了弗兰克与同村另一女孩秘密订婚的消息，以及哈丽特对楠泰尔不舍的爱意。这让爱玛开始继续反思自己的行为。她逐渐认识到自己在操纵别人情感与生活的过程中，并没有意识到他人的真实感受，同时她也认识到了自己的势利，以及喜欢站在制高点上操纵他人人生的虚荣心。作为一个富家小姐，她期望身边的女孩子能够获得良好的物质基础，或者得到社会阶层的上升，这是当时很多女性的共同选择，爱玛的想法与做法，其实符合了这一时期英国的社会思想。而简·奥斯汀对爱玛行为的嘲讽，以及对爱玛得到相应的一系列惩罚的情节的描写，则体现出她对传统英国社会的婚姻关系所持的批判态度。

经过一系列的洗礼，爱玛得到成长，同时也锻炼出了强大的内心。但更大程度上，是因为爱玛天性强大，在很多女性都在等待爱情降临、最好是天降高富帅的时代，爱玛决定通过自身的努力，帮助女性与更高社会阶层的男性进行联结。

爱玛的成长过程使几代英国人受到了教育和启迪。这部小说在西方国家也被认为是经典之作。总的来说，爱玛有主动管理和维护家庭的头脑，具备女强人风格。她的成长也符合生态女性主义理论的基本要素。爱玛过人的智慧与强大的性格在她的自由感和独立感上表现得最为明显。艾玛获得自由感的主要原因来源于她的家庭结构。她出生时家庭条件优渥。她的母亲英年早逝，姐姐出嫁，家里只剩下一个生病的父亲和一个家庭教师。在她的生活中，并没有英国传统社会观念、男权父权思想观念的压迫。她有独立思考的空间，并逐渐地获得了超前的女性主义意识。同时，她乐于助人、同情穷人，会在力所能及的范围内给予别人必要的帮助，从而在社会上建立了一定的威望和声誉，这是她强大自信的来源。但“金无足赤、人无完人”，爱玛的缺点正是因为她的自信和强大，在对很多事情不了解的情况下，自身性格中的自信和强大，就变成了自大，也成为她在成长道路中的阻碍。但最终，爱玛跨过了这一阻碍，接受了哈丽特与楠泰尔的婚姻。

（二）谦卑温柔的传统淑女

简·奥斯汀笔下的女性形象具备超越现实社会的女性意识，但也有些女性形象仍然具备非常传统的谦卑温柔的特质。她们既身受传统英国思想的压迫，也受到新兴女性主义思想的影响，她们虽然想要追求新的生活，但迫于现实压力，也会遵循英国传统社会思想的观念，按部就班地生活下去。《傲慢与偏见》中的简和《劝导》中的安妮就是这种类型女性的代表。她们是传统社会思想影响下的淑女，她们的行为堪称表率，温柔漂亮，她们对独立的女性思想、平等的爱情也有着深深的向往，但被逼无奈，只好依从社会对于女性的秩序要求。她们经受过长期传统思想的侵染，因而很难快速摆脱传统思想意识的束缚，如伊丽莎白般勇敢、聪慧的女孩并不是很多，她们的形象才是绝大多数英国传统家庭中女儿的代表。所以说，此类人物形象的塑造在当时的社会背景下是非常合理的。

安妮与简的选择非常符合简·奥斯汀生态主义女性的思想与观点。她们崇尚自然与真爱，但同时也受到了男权社会思想的压迫。当时，经过工业革命的洗礼，城市的领域不断扩大，城市的环境逐渐恶化，侵蚀了原本属于乡村的平静生活。这种局面正如传统男权社会下的思想意识，不断压迫着女性的自由，侵蚀着女性原有的生存空间。小说《劝导》中的女主人公安妮，正是听从了罗塞尔夫人的理性劝说，才与平民温特沃斯断绝了恋爱关系。失去爱人的她，独自度过了寂寥的八年。听从劝导就意味着男权社会思想对女性意识的影响与侵蚀，这与她们心中的理想爱情背道而驰。这或许就是作者一生的写照。如此悲凉的语气，让人心生同情和唏嘘。因此，一些评论家认为这部小说是奥斯汀的第一部情感高于理性的小说。简·奥斯汀把婚姻当成了安妮最后的归宿，这其实是一种明智的选择，因为现实要求她必须这样做。这与奥斯汀婚姻至上的思想是一脉相承的。八年前，主人公如果与温特沃斯结婚，虽然彼此相爱，但是没有任何经济基础，他们的婚姻无法得到牢固的保证。而当安妮的思想成熟起来、温特沃思事业成功之时，他们的结合才会具备感情和经济的双重基础，这才是作者心目中真正的幸福。

《傲慢与偏见》中有大量的景物描写，并主要聚焦朗伯恩、内瑟菲尔德、罗辛斯和彭伯利这四个庄园。景物象征着不同家庭的精神与文化，而小说中人物的生活也在庄园中展开。在传统的英式庄园中，女性形象受到了极大的压抑，简作为班纳特家中的长女，她的行为不仅代表了个人形象，还代表了家中女儿的集体形象以及整个家庭的形象。她始终秉持着女性特有的美好品德诸如“矜持”“高贵”，等等。在家庭生活中，她非常柔顺且安静，在家庭社交活动的过程中，她也是恪守礼仪，又温柔漂亮，也正因为如此，仪表堂堂的宾利才会对她一见钟情。宾利可谓那个时代的“高富帅”，在小说开篇他就被左邻右居视为上乘的女婿人选。简当然也对这个很有绅士风度的男人暗自倾心，但依然与其保持了不远不近的社交距离，就连约会也是班纳特夫人安排的。简的态度是符合时代标准的，在爱情关系的处理中，她听从母亲的安排与男性约会，两人相处时她非常“矜持”，从不主动表露对宾利的钦慕。同时，简也是妹妹最好的听众和支持者，她会和妹妹分享自己的爱情以及在爱情中感受到的欣喜与惆怅。她的身上具有传统思想和女性意识的矛盾，内心的思想意识无力指引她的行为，现实生活的束缚也成了她内心的枷锁。但好在简有一个幸运的结局，尽管她在爱情中缺失主动性，但最终还是在伊丽莎白和达西的撮合下与宾利终成眷属。从现代的眼光来看，简并不是具有强烈女性意识的女性，但简的形象说明了简·奥斯汀在小说创作的过程中塑造女性人物形象的多元性，以及对时代背景的充分考虑。女性意识的演化与发展具有一定的时代局限性，简在爱情中的选择虽然不能为女性提供积极的引导意义，但也在某种程度上符合了英国同时代女性对于爱情的期许。

班纳特太太带女儿们出门购物（《傲慢与偏见》好莱坞1940年版）

简·奥斯汀的《傲慢与偏见》打破了男性叙事文学模式，让女性掌握叙事声音和叙事权威来表达自我意识，体现了作者自身的生态女性主义思想。在小说中，简表面上处于被操控和被选择的处境，其实她内心对自己未来的生活与处境是有规划和憧憬的。她对宾利的喜爱主要体现在与妹妹伊丽莎白的对话中。面对爱情、面对心爱的人她也会冷静思考，思考他们的未来。虽然她对爱情有期许，但依然服从母亲的安排。简的行为与做法是有矛盾性的，但她对婚姻的态度恰恰反映了当时社会对女性的要求。谨慎的行为表明她渴望某种情感上的确定性，从而渴望基于美好爱情的稳定婚姻。幸运的是，宾利是一个懂得欣赏她的美好的人，并且他们爱得很坚定。而两个人能够最终幸福地走进婚姻，也说明了宾利心中肯定简的美好、对她怀有尊敬，他们之间是平等的，所以简也会倾心于他。这样的男性角色设计也是传统小说中罕见的。不过，宾利优柔寡断、缺乏自主性，过多考虑周围人的意见。简美丽善良、温柔贤惠，却不聪明伶俐，对宾利的爱深藏在心底。两人性格有很多相似之处，他们的爱情缺乏精神共鸣。但两人最终在伊丽莎白和达西的帮助下走到了一起。以他们的性格，婚后自然也会互相尊重。这也体现了简·奥斯汀对于女性婚姻的思想，即婚姻与爱情都需要平等的互相尊重，男性需要尊重女性，需要支持平等，而城市与乡村之间的关系也应如此，互相尊重，互相平等。

作为简·奥斯汀的最后一部小说，《劝导》仍然以乡绅居所为背景，描述了周围生活的小世界。《劝导》的语言风格与其他作品有着较大差别，没有像以前的小说那样字里行间充溢着诙谐生动有趣的语气，作品所采用的朴实细腻的文字更有思想和情感的深度。小说中的女主人公安妮与简·奥斯汀之前创作的女主角有着很大的不同。安妮的年纪较大，在性格和思想上也更加成熟。她在青年时期失去了自己的爱人和爱情，并长期处于大龄未婚的生活状态，在当时的社会背景下，这本身就会承担着很重的心理压力。安妮的形象也体现出了简·奥斯汀当时的生活状态，她承担的生活压力必然要比少女时期还要大。创作《劝导》时的简·奥斯汀对于女性的爱情选择有了更加深刻的见解。长期的未婚生活，没有稳定的经济来源，再加上始终没有再次遇到爱情，简·奥斯汀对女性生存的状态有了更加深入的体会。安妮与温特沃斯最终重新走在一起，也象征了简·奥斯汀对曾经的爱情与爱人的怀念。但与安妮不同的是，简·奥斯汀最终也没有再次等到新的爱情。安妮的爱情也象征着简·奥斯汀的婚姻观和爱情观，即男性需要有一定的社会地位和经济基础。安妮之所以能够接受别人的劝导，也正是因为内心对这样的婚姻爱情观念是认可的，在与爱人的重逢后，温特沃斯已经获得了一定的社会地位和经济基础，两个人的终成眷属才成为顺理成章的事。

无可否认，简和安妮本身就是优秀女性，她们有独立的思想，对爱情也有自己的观点和追求方向。但她们深受男权父权文化影响，她们的美好很容易被侵蚀，在生活中也缺少主动性，只能被动承受。这也象征着在十九世纪的英国，工业革命的进程与城市发展的进程已经无法抵抗，乡村的宁静与美好的自然风光也注定被打破。面对这样的社会现状，简·奥斯汀通过简的结局表达了希望城市与乡村的发展能与自然和谐共处的美好愿景。

（三）反抗残酷现实的女孩

小说《诺桑觉寺》中的女主角凯瑟琳，是一个在现实生活中不断成长的女性角色。在成长之路上，她遇到了很多的“导师”，只是有些“导师”的出发点是积极的，有些“导师”的出发点则出于利用凯瑟琳简单的性格特点以达到自己的目的。例如，亨利对凯瑟琳的引导就是积极的，他指引凯瑟琳认识到男女性别的平等，这样的引导在整个男权社会的思想观念下是非常可贵的，亨利的行为也为凯瑟琳思想的成长之路奠定了良好的基础。而伊莎贝拉和约翰·索普则利用了凯瑟琳，并且让凯瑟琳明白了社会上人性的复杂，让她在一次次的挫折中，学会了洞察人心。有了亨利的引导和伊莎贝拉与约翰·索普的反复利用，凯瑟琳也逐渐建立起了对人性的判断力，并最终完成了心智的蜕变。

《诺桑觉寺》描写了女性对个人理想的坚持，同时也针对社会思想对女性的教育与批评进行反叛。这一时期英国女性文学迅速崛起，但这些文学作品中表现出来的也不全是女性主义思想，更多的是男权父权社会思想对女性的片面认识，并期望通过女性文学艺术作品对女性的道德行为进行说教。简·奥斯汀认为，女性的成长需要更加理性，突出表现在女性道德和行为准则的变化上，她认为女性在社交的过程中要有能力判别周围人的真实意图，从而建立起自己的思想观念。凯瑟琳也与简·奥斯汀笔下的其他女性形象一样，存在着一定的缺陷，在这段成长之路上，不断受挫、被利用，因此不断被动接受着人性和社交的教育。这些教育表面是因为她自身缺乏社会性而导致，而缺乏社会性也就意味着凯瑟琳无法真正融入社会。但最终凯瑟琳在亨利的引导下，自主地克服自己的缺陷，完善自己的思想，成长为一名能够在社交场合游刃有余的完美女性。而在这一过程中，凯瑟琳不仅收获了理性的智慧，还在舞会、游玩的过程中，遇到了自己的爱情与婚姻。

《诺桑觉寺》反映了女性的自我认知过程。在英国当时的社会背景下，女性不仅要照顾所有家庭成员，更重要的是也需要参加一定的社交活动，因此很多家庭或男性选择“儿媳”和“妻子”的重要标准就是，这位女性能否在人际交往中拥有一定的智慧，能否打理好家族的人际关系。因此，在小说《诺桑觉寺》中，简·奥斯汀对凯瑟琳在社交活动中的成长有着更为细致的表现。小说不仅一开始就对凯瑟琳的社交智慧进行评述，还对凯瑟琳的每一次成长进行了细致的描写和刻画。这样的创作意识，致使《诺桑觉寺》一经出版，就成为十八世纪英国年轻女性的“入世指南”。

凯瑟琳的成长贯穿于她的整个旅行过程，从富勒顿到巴斯再到诺桑觉寺，短短的几个月中凯瑟琳的社交智慧就得到了极大成长，整个人的心智也变得成熟起来。她从简单的人性黑白对立的判别方式开始，逐渐认识到人性的复杂性，认识到自己曾经的错误。同时，凯瑟琳的成长也象征着简·奥斯汀的成长。创作《诺桑觉寺》的时期，也是简·奥斯汀文学创作不断成熟、思想不断成熟的阶段，更重要的是在这段时期，简·奥斯汀也逐渐走出了平静的乡村生活，融入更广阔的环境中。

凯瑟琳的成长过程充满着痛苦的体验，一方面源于最初凯瑟琳无法了解身边人内心的真实意图，这主要体现在与索普和伊莎贝拉的交往中，凯瑟琳既无法识别出索普的虚伪面目，也无法理解伊莎贝拉的暗示，面对伊莎贝拉的心口不一，她不能做出最正确的反应。另一方面，随着凯瑟琳心智的迅速成长，她逐渐失去了曾经的天真，内心也变得更加复杂，这种变化也是性情简单的凯瑟琳无奈承受的。面对自己的变化，凯瑟琳的心中充满气愤、委屈和不解，但是她最终还是用理智战胜了情感，这也是凯瑟琳心智不断成熟的表现。

伊丽莎白、简和凯瑟琳（《傲慢与偏见》好莱坞1940年版）

在《诺桑觉寺》中，凯瑟琳的感情发展是一条弱化的主线，这条线非常隐晦地表达了简·奥斯汀的女性思想观念。她鼓励女性从家庭生活中走出去，在社交活动中寻找自己的价值，同时她也表达出女性需要理智面对生活的观点。因此，凯瑟琳这个人物是超出简·奥斯汀前作中所有女性角色的女性形象，她代表了简·奥斯汀女性观念的成长与演化。更重要的是，凯瑟琳最终成了一名能够反叛现实社会思想意识的女性。

（四）冲破现实桎梏的少女

小说《曼斯菲尔德庄园》是简·奥斯汀创作中期出版的作品。这时期，简·奥斯汀的创作思路已经非常清晰，创作思想、语言与手法等都已趋于成熟和稳定。小说的创作主线依然是英国乡村的男女婚恋话题，但简·奥斯汀已经从一个反讽者，成长为一个对现实生活具有超强感知力的洞察者，因此在小说创作中更为淋漓尽致地体现出了女性意识。这部小说的女主人公范妮·普莱斯是一个典型的灰姑娘形象，出身寒微但获得了高门贵族的青睐，最终收获了美好的爱情。

范妮在简·奥斯汀创作的所有女性角色中是非常特别的存在，她就像一个觉醒者。如果说伊丽莎白有着非常鲜明的女性思想意识，凯瑟琳反抗英国传统社会思想统治下的残酷现实生活、并逐渐在复杂的人际活动中磨炼自己，那么出身寒微的范妮则对婚姻有着充分的认识，她的爱情成果也是简·奥斯汀所认可的完美婚姻。作为一个时代的觉醒者，范妮也在婚姻的选择中有了更多的自主权。她开始并没有被埃德蒙的身份与财富所吸引，虽然并非出身于上流社会，但她也不会被金钱权势所盲目吸引，而是更看重两个人之间的相知相许，因此范妮具备收获理想婚姻的能力。范妮在婚姻与爱情中的选择明显体现出简·奥斯汀对婚姻关系与物质基础的认知。她从以物质生活为基础的婚姻关系中解放出来，逐渐认识到了精神生活在婚姻中的重要作用。埃德蒙与范妮的结合与简和宾利的婚姻以及伊丽莎白的婚姻也有着较大的差别，或许简·奥斯汀也开始反思，并重新认识到在金钱权势利益下的婚姻注定不会长远，唯有志趣相投的结合才是理想婚姻应该有的状态。其实在《爱玛》中哈丽特最终的婚姻也体现了简·奥斯汀这一全新的婚姻观和爱情观，但显然《曼斯菲尔德庄园》中范妮的选择更加坚定，也更加义无反顾。

简·奥斯汀爱情观与婚姻观的变化，也体现了她女性思想意识的变化，在女性需要成功的婚姻、女性只是男性附属品的时代，简·奥斯汀为以往创作的女性角色都安排了非常好的婚姻，例如简和伊丽莎白的爱人达西与宾利都有着丰厚的财富基础，身处上流社会。而伊丽莎白虽然有着鲜明的女性思想意识，也并不仅仅是因为达西的财富和社会地位而选择了他，但最终还是需要依附于达西的财富生存。相对而言，《曼斯菲尔德庄园》中的女性意识就更加鲜明，范妮没有选择拥有财富的亨利·克劳福德，而是选择了没有多少财产的埃德蒙，尽管表面上看来，《曼斯菲尔德庄园》中的范妮是非常典型的“灰姑娘”形象，但实际上，她才是更具有女性思想意识的女性人物形象，她成功摆脱了传统社会思想对女性婚姻选择的束缚。

范妮并没有接受传统英国贵族女性的培养方式。在传统、封建的曼斯菲尔德庄园中，范妮是一个闯入者，与一直生活在曼斯菲尔德庄园中并接受传统女性教育的玛利亚和朱莉娅有着截然不同的性格特点。她没有什么艺术才华，在传统观念中并不是“妻子”的上乘人选。她有的只是对女性意识的成熟认知，并且对爱情有着非常坚定的信念，因此，才会在自身缺失“教育”“美德”的情况下，成为曼斯菲尔德庄园牧师住宅的女主人。在小说的结尾，一贯主张传统贵族式教育的托马斯爵士也因为玛利亚与亨利·克劳福德的私奔、朱莉娅与耶茨的私奔，开始反思他的教育模式。而小说通过范妮·普莱斯与朱莉娅和玛利亚接受了两种教育模式的女性的结局的强烈对比，对英国这一时期的传统女性教育模式进行了反叛，这突出体现了简·奥斯汀女性意识的觉醒。

其次，范妮对爱情的选择以及对女性意识的思考，也是对父权社会体系的挑战。在《曼斯菲尔德庄园》中，简·奥斯汀曾两次花费大量笔墨来描写范妮在婚姻与爱情中的独立选择与思考。以汤姆·伯特伦为首的父权代表，强硬要求范妮出演戏剧中的一个角色，并以父权向范妮进行施压。此时的范妮深刻意识到了刚觉醒的女性意识的弱小，以及社会中男权思想和父权至上思想的根深蒂固。在面对亨利·克劳福德的求婚时，范妮面对的是以托马斯爵士为首的更为强大的父权思想，因为在传统的父权思想看来，亨利·克劳福德有一定的财富基础，是良婿的首选。更何况在当时的社会背景下，范妮并不具备反抗托马斯爵士父权之威的能力。

但范妮却并没有在压力下屈从，而是非常坚定地选择了自己想要的婚姻与爱情。而范妮的婚姻之所以能够成功，也正是因为她女性意识的觉醒，以及在女性意识引领下的坚定选择。这与范妮曾经受到的来自书本与乡野自然生活的教育也有着密切关系，她从来都遵从自己的内心，始终没有被大城市的金钱和权势所影响。这也正是简·奥斯汀生态女性意识在范妮这一角色塑造中的体现。她既肯定了女性的智慧，同时也将女性智慧与乡村生活结合起来，表现了女性智慧与乡村自然环境的紧密联系。

（五）理性审视爱情的女人

《傲慢与偏见》是简·奥斯汀创作的第一部小说，也是她的代表作。女性人物在这部作品中不再作为陪衬而存在，她们打破了男性对她们的成见和单方面遐想，以立体和鲜活的形象出现在读者的视野。简·奥斯汀将她们融入英国乡村的日常生活中，带领读者一同陪伴她们的成长。

在这部小说中，女主人公伊丽莎白尽管出身普通，但也接受过良好的教育，而且她非常聪明、机智，具有独立思考的能力。她拥有了非常独立且完整的女性思想意识，希望得到平等的重视。这种平等的需求，不仅体现在日常的生活中，更多地体现在爱情交往的过程中。在尊严之下，伊丽莎白当然也有属于自己独有的温柔特质，因此她不仅仅是简·奥斯汀心中理想女性的化身，还是很多读者心中的“白月光”。

与传统女性不同的是，伊丽莎白是时代新女性的杰出代表。《傲慢与偏见》没有采用当时英国非常流行的感伤小说的人物塑造手法，而是通过对日常生活的描写，围绕着班尼特家族几个女儿的婚姻展开故事情节、塑造人物形象，并借助几位女性人物形象的个性特点、个人选择，制定她们最终的结局，同时表达作者对于生态女性主义思想的见解。小说也真实再现了英国，特别是十九世纪英国小城镇特有的孤立和保守主义。小说中的主人公伊丽莎白是位美丽活泼的少女，她具有与简·奥斯汀相似的性格与才华。奥斯汀在创作《傲慢与偏见》时与伊丽莎白有着同样的年纪，她们都出身于中产阶级家庭，在家庭中与姐姐之间的亲密关系也很相似，还有着同样独立的女性主义思想。从某种意义上来讲，伊丽莎白是简·奥斯汀的自画像。因此，简奥斯汀本人特别喜欢这本小说。她曾经在与家人的书信往来中提过，伊丽莎白是她创作过的所有作品里她最喜爱的人物。

伊丽莎白与达西（《傲慢与偏见》好莱坞 1940 年版）

伊丽莎白是一位集美貌和智慧于一身的理想女性。当凯瑟琳夫人向她询问达西向她求婚的事时，她并没有被权势所吓倒，而是不卑不亢地将她与达西的恋爱过程和盘托出。同时，针对凯瑟琳夫人的颐指气使，伊丽莎白感到非常愤怒并做出了有力回应。这体现了伊丽莎白良好的教养和独立的个性。面对有钱有势的青年达西，她也没有放弃她的骄傲与尊严。伊丽莎白严词拒绝了用金钱来利诱她的柯林斯先生，这表现了她对爱情的信奉；同样，小说开始她对达西先生的傲慢讽刺有加，说明了她在驻守作为人的尊严。达西的傲慢，伊丽莎白的偏见，最终在她的独立和尊严面前得到了化解。伊丽莎白最终嫁入了庞贝格庄园，并凭借与达西真挚的爱情建造了两个人的理想之家。

伊丽莎白不是班纳特的女儿中最漂亮的，也不是从开始就对爱情非常理智的。起初她被威克姆的举止迷住了，后来又被达西的外表迷住了。她坎坷的情感旅程是建立在家庭和爱情之上的。简·奥斯汀对伊丽莎白在婚姻中追求独立平等行为的细致而敏感的描述，是对西方传统婚姻习惯的挑战，她呼吁女性不要为了取悦男性而打扮自己。女性的魅力不是在企图吸引男性时才会散发，而应该是在自己有意识地培养过程中随时得到提高的。小说男主人公达西是带着“傲慢”的态度出场的，他不仅看不起伊丽莎白的家庭背景，还认为她不够漂亮，所以尽管内心倾心于伊丽莎白，但依然保持着傲慢的态度，以为自己一定会得到伊丽莎白的倾慕。这样的态度自然不会得到骄傲的伊丽莎白的认可，伊丽莎白认为达西傲慢自私，对达西也有“偏见”。因此才会出现两人一次又一次针锋相对却又诙谐幽默的对话。随着交往的深入，达西逐渐发现了伊丽莎白的善良内心和非凡智慧，并被这个女孩深深吸引，他逐渐抛弃了原有的傲慢，开始追求伊丽莎白，而伊丽莎白也在两个人的相处中打破了对达西的偏见，有情人终结连理。

伊丽莎白与达西（《傲慢与偏见》好莱坞1940年版）

作为小说主要人物的伊丽莎白是典型的“圆形人物”，她具备很多优点的同时也有很多缺点，她的不完美让她更显真实。但她的思想却是成熟的，所以才会受到优秀的达西的关注。但在小说开始，伊丽莎白非常讨厌达西，因为达西认为自己的社会地位很高，看不起别人。此外，伊丽莎白的一些家庭成员举止粗俗。这些与生俱来的特点决定了他们一开始不会恋爱，毫无疑问伊丽莎白会自以为是地认为达西冷酷、傲慢，但后来伊丽莎白发现自己误解了达西，因而改变了对达西的看法。两个人最终发展成为夫妻。

从伊丽莎白与达西的爱情过程读者也能发现，简·奥斯汀小说中的情节发展与人物描写是紧密相连的。情节的变化导致了人物性格的变化。读者很难从书中分离出其中一个角色。每个人物都是情节的一部分，充满了悬念。虽然人物的一些固有特征阻止了主人公坠入爱河，但细心的读者还是会发现达西被伊丽莎白的眼神迷住了。过去没有女人如此吸引她。读者希望伊丽莎白能发现这一点。然而，直到小说的结尾，伊丽莎白才爱上了达西。人物性格的变化随着故事情节的变化而变化，人物因情节的发展而成长。尽管结局与开始存在巨大的反差，但依然能够让所有读者感到逻辑的合理性，因为人物与情节是相辅相成的。

（六）理智经营感情的女人

如果在将女人放置在男权控制之下的社会里，她该怎样获得自己的幸福婚姻呢？简·奥斯汀的建议是，用理智来控制情感。《理智与情感》中的埃莉诺正是这样一个理性的女人。面对爱情，她懂得用理性来控制情绪。埃莉诺钦佩她嫂子的弟弟爱德华，一个博学而矜持的绅士。她渴望与爱德华相爱。但埃莉诺又很理智。她看到自己在父亲去世后失去了身份，陷入了经济困境，无法与她喜欢的爱德华站在同一阶层，所以理智的埃莉诺将儿女私事放在一边，克制自己对爱德华的感情，努力与母亲和姐姐一起经营自己的生活，寻找新的住所和新的收入来源。面对家庭的变化和爱情的到来，她没有惊慌失措地哭泣，没有歇斯底里地抱怨，而是默默承受、冷静理性地去面对。当她从露西口中得知爱德华和露西私下交往的事时，她心中一惊，但她还是理智地控制住了自己的情绪，平静地听着露西喋喋不休地炫耀自己的恋情。当姐姐玛丽安的爱情发生变化、对她大吼大叫时，埃莉诺并没有让情绪支配她，而是冷静理性地容忍了她心碎的姐姐。虽然她也很痛苦，但她还是在尽力照顾和安慰姐姐。

《理智与情感》中的女主人公埃莉诺的爱情观符合生态女性主义的观点，代表着理性和冷静。埃莉诺的形象在当时的社会思想下是非常前卫的，足以颠覆传统思想。在传统的男权社会思想观念下，身为女性的埃莉诺只能依靠男人生存，不是父亲就是丈夫或是儿子，但埃莉诺却不想依靠男性，也不想为了婚姻而结婚。她对于婚姻有自己独特的看法，认为婚姻的基础应该是两个人的情感，而不是男性的社会阶层和财富状况。在小说中，埃莉诺是“理性”的代表，她的行为打破了人们对女性的传统认识，同时也打破了社会对于女性的狭隘偏见。无论遇到什么样的问题，埃莉诺都能理性冷静地面对，并经常向他人提出合理建议。

埃莉诺深刻意识到那个时代女性的真实地位，也非常清楚自己的生活状态、外貌和处境，所以她对待爱情和婚姻的态度非常理性。她认为自己平凡的外表吸引不了有钱人，所以她对未来的婚姻没有美好的幻想。遇见爱德华后，埃莉诺选择将感情埋藏在心底，即使一直暗恋他，但直接面对他时，态度依然十分冷静。她不仅从来没有对爱德华表现过爱意，得知爱德华对他也有好感，但尚未确定婚姻状态时，埃莉诺也没有主动迎合爱德华的爱，而是把这份感情埋在了心里。后来，无意中听到爱德华和露西订了婚约后，埃莉诺虽然心里非常难过，但并没有表现出悲痛和绝望，也没有在露西面前表达自己的不满和愤怒，而是选择了克制自己的情绪、理性面对。但爱德华的母亲并不看好露西，而爱德华不愿放弃露西。因此他的母亲将遗产留给另一个儿子，露西则因为爱德华成为穷人而结束了与他的恋爱关系。即便如此，埃莉诺还是没有趁机向爱德华表达爱情，自始至终都保持着冷静理性的心态。但上天不负有心人，爱德华终于发现了这位一直在默默关注着自己的红颜知己。另外，埃莉诺不仅对自己的爱情和婚姻很理性，对妹妹玛丽安的感情与爱情的看法也很理性。可以说，埃莉诺在各方面都是一个理性、冷静、“理智”的人物。当周围的人遇到任何问题时，她都会冷静地为其分析，并提出相应的解决对策。

简·奥斯汀的小说中自然环境的变化与女性命运的转变有着紧密的联系，这象征着生态女性主义理论与小说创作的结合。从表面上看，环境尤其是自然景观的变化影响着人物的心理状态，尤其影响着女主人公爱情生活的进程，但实际上，这种变化也预示着女主人公的命运变迁。虽然有些读者可能会认为，小说中自然环境的变化只是为了满足故事发展的需要，但事实并非如此。在《理智与情感》中，自然环境的每一次变化，都对应着女性角色命运和个人思想的变化。

诺兰庄园和巴顿小屋是简·奥斯汀为小说《理智与情感》设立的两个自然场景。达什伍德家族的诺兰庄园主要承载的是姐姐埃莉诺的爱情主线。在这里，埃莉诺和嫂子芬尼的弟弟爱德华相识，在不断的相处中，两个青年人逐渐坠入爱河，但正如诺兰庄园带给人们的感受一样，这两个青年人的爱情是克制和保守的，两个人在相处的过程中也总是充满压抑的情绪。而承载着妹妹玛丽安爱情主线的德文郡乡村，则有着完全不同的景致。这里自然风光秀丽，玛丽安的爱情也如这里的自然风光一样，呈现出了鲜活的生命力，就像活泼外向的玛丽安一样自由奔放。尽管诺兰庄园雄伟、庄严，但偌大的庄园经过精细的修整，周边的环境是在人为干预下培养起来的，缺失了许多自然环境的灵动与鲜活。另外，这里每一个人物的高贵身份，也象征着男权社会对于女性思想的压迫，时刻束缚着埃莉诺的思想与行动，使她无法在庄园中获得真正的自由。而没有自由的人也不会惬意享受爱情带来的甜蜜与惊喜。因此，发生在没有人情味的诺兰庄园的爱情故事，也显得非常压抑。在小说故事情节的演化过程中，埃莉诺和爱德华出现时的两个温馨甜蜜的场景，都发生在自然的环境里，比如两人在庄园旁葱绿的草地上边走边聊，在河畔的旖旎风光中骑马前行，手牵手走向树林深处等细节。这种将自然景观与人物之间情感联动的刻画，不仅表现了两个人平静的内心世界，更展现出了简·奥斯汀所特有的生态女性主义思想，在这里，她不仅将自然与女性有机结合起来，而且将自然环境对于女性内心的精神世界进行联结，以景寓情。

与姐姐不同的是，玛丽安的爱情充满着变化的激情，在自然风光的映衬下，两个陷入爱情的年轻男女，非常快速地产生了爱情，并且快速地将爱情关系确定下来，他们时时刻刻都在享受着爱情的甜蜜。两人在相处的过程中，关系日益融洽。而且在这样的环境下，两人都非常轻松，他们可以毫无顾忌地向全世界宣扬他们的爱情有多么甜蜜。但即便身处美好的自然风光中享受甜蜜，两人的爱情也存在小小的隐患，这种隐患表现在小说对情景的刻画时，以夸张的金色马车和一路卷起的烟尘作为隐喻。简·奥斯汀的小说擅长设计不同的景观，搭配不同女性的恋爱细节。这种创作手法直接体现了她的生态女性主义观点。

除此之外，小说的第一幕是漆黑的夜里，诺兰庄园内一棵枯树纷纷落叶，接下来的一幕是老庄园主就在这样一个夜晚死去，他的遗产根据法律只能留给儿子。在这里，枯叶和黑夜不仅仅是文字呈现出来的视觉画面，也预示着达什伍德家族四个女人黑暗命运的开始。与此同时，小说中还有两个重要的雨景，那就是玛丽安和威勒比第一次在雨中相遇，布兰登上校救出在雨中昏倒的玛丽安。同一个玛丽安，却在这两个雨幕中经历了不同的命运。第一场雨中，玛丽安在山坡上扭伤了脚踝，遇险被英俊的威勒比救出。这一场雨，给她带来了一份注定的爱情，但这份轰轰烈烈的爱情，也如同一场倾盆大雨一般，来去匆匆。在又一场雨中，玛丽安因失恋和悲伤而晕倒，但这次救她的是布兰登。雨水冲走了她对威勒比一时冲动的爱，却给布兰登带来了阳光般的温暖。在布兰登草地上给玛丽安朗诵一首诗的场景中，两人与美妙的大自然融为一体，预示着两人感情的坚定和未来的美好。女性与自然已经紧密结合在一起了。因此，简·奥斯汀小说中天气的变化也与女主人公们的命运息息相关。

妹妹玛丽安是一个不惧世俗、充满幻想、热情奔放的女性形象。她的奔放与姐姐埃莉诺的冷静形成了鲜明对比。正因缺乏理性，玛丽安的爱情出现了很大的起伏。她自信自己美丽的外表对男人的吸引力，认为自己肯定能嫁给有钱人。但她欠缺的是，她不是很擅长解读人的内心，所以第一次见到布兰登上校的时候，她就比较冷淡，因为在年轻漂亮的玛丽安眼中，布兰登是个年老体弱的单身汉，这样的男性实在无法吸引到她的目光，所以她拒绝和布兰登上校有太多的交往。没有交往的两个人，当然也不会产生深厚的感情。而冷静沉稳的埃莉诺则理性地认为布兰登上校是一个稳重而睿智的人，并且认为布兰登上校和玛丽安十分般配。这里也突出表现了姐姐埃莉诺爱情观的犀利，以及对妹妹的关心。对于威勒比来说，玛丽安对他是一见钟情，被他的外表和才华深深吸引，对自己的感情充满热情和幻想。但爱情来得快去得更快，随后他就和其他人订婚了，玛丽安非常难过。事实上，威勒比认为他和玛丽安的爱太过简单，这种爱情不能给他带来任何好处。最终，在埃莉诺的理性劝说下，玛丽安意识到布兰登上校对她的感情，接受了理性的埃莉诺为她安排的这段好姻缘。

（七）对爱情抱有幻想的少女

简·奥斯汀小说中形象鲜明的女性人物兼具多样化的特色，其中既有对世事洞若观火的女性，又有对爱情持有理性观点的女性，同时也有对爱情报以幻想的少女，后者的代表人物即为《理智与情感》中的玛丽安。这部小说中的两位女主人公玛丽安和埃诺莉是作者用心创作出的理想女性形象的代表。小说曾多次用具体的细节表现出玛丽安的善解人意、聪明伶俐，对做任何事情都十分认真，而且从不克制自己的感情，悲伤时大哭，高兴时大笑。在对待爱情的态度上，她过于在意感受并毫不隐瞒地将其表达出来。因此，在面对爱情以及追逐爱情的过程中，玛丽安和埃诺莉姐妹两人有着截然不同的态度。玛丽安的性格更加活泼，对待爱情也有着更多的幻想，更加主动而不是像姐姐埃诺莉那般理性看待感情。她有着更为鲜明的女性主义思想，属于典型的新型女性形象，无论是在日常的生活中，还是在恋爱的过程中，她都表现得更加勇敢。面对传统社会思想和观念的压迫，她毫不畏惧、敢说敢为。在社交活动中她并没有小心翼翼地谨慎行事，而是热情洋溢、浪漫率真。玛丽安的行径看似过于外向且毫无节制，但这种性格更有助于让读者和小说里的众多人物对她产生发自内心的喜爱的情感。

玛丽安的生态女性主义思想，表现在她对传统男权社会思想的反叛，对女性传统道德的束缚和压迫的漠视，以及在生活和社交中的真实与真诚。小说中有很多与此相对应的情节。例如她在面对约翰爵士那些令她讨厌的行为时，她会用较为激烈的言辞，向外界直接表达出她内心的想法，以捍卫自己身为女性的权益。当众人想要玩牌的时候，她却坚定自己想要弹钢琴的想法，并付诸行动。不过小说中也有玛丽安思考自己行为的情节，这说明她也在进行深刻的反省。这种反省也进一步完善了玛丽安这一角色的立体性。同时，玛丽安对传统女性道德标准的反叛，对自身想法的直抒胸臆，无论是在小说中还是在同时代的英国社会中都是非常勇敢的，而且勇于反抗男权社会思想观念的压迫这种行为本身也具有先锋女性思想的特征。不过，这一时期玛丽安的反叛也只是对男权意识的反叛，这仅仅是针对社会思想产生的质疑，面对更加深刻的女性困境，玛丽安与姐姐埃诺莉无法得到更清楚的认知。在男女不平等作为当时的主要社会现象的背景下，女性并没有完全的经济独立能力，因此玛丽安的思想也无法实现真正的独立。或许她们的思想可以对抗腐朽的社会传统，但她们无法付诸行动。最终，玛丽安认清了现实。在姐姐埃诺莉的启发下，她认识到了婚姻对于一个女性的重要性，并最终将希望寄托在婚姻上以完成自我命运的改善，而不是走向女性思想与经济的双重独立。

也许目前流行的女性主义思想会认为，玛丽安对男权社会思想的反叛，以激烈的方式开始但结局潦草，这并没有可以实际借鉴的意义，但在当时的社会背景下，以玛丽安为代表的女性群体，能够勇于追求自己的理想，敢于质疑男权社会对于女性的苛刻，而不是将英国的传统女性道德标准放在首位，这已经实属难得了。她们开始反思传统道德标准下的女性行为，思考女性的经济与社会地位，并积极为身为女性的自己争取幸福。因此，很多评论都将玛丽安界定为简·奥斯汀笔下的新女性。

从《理智与情感》中玛丽安的成长主线以及最终结局来看，简·奥斯汀肯定了玛丽安的思想，但也认为玛丽安需要进一步成长。她认为，妇女不仅要意识到在当时社会背景下性别带来的社会地位的差异，更要充分认识到女性的自身处境。意识到困境的同时也需要解决困境，而简·奥斯汀与她笔下的女性角色一样，都认为婚姻是解决这一问题的最好方法，妇女的最终选择是与经济条件较好的男性结婚。因此简·奥斯汀为笔下的很多女性都安排了非常完美的婚姻。玛丽安对爱情的追逐与幻想，其实质上也是出于内心对美满婚姻的渴望，这种渴望有传统思想对女性爱情观婚姻观的影响，但归根结底也是力求获得更加富足和自由的生活。玛丽安开始对爱情抱有幻想，在逐渐认识到女性这一群体的处境后，思想逐渐变得理性，并最终在理性思想的帮助下收获了美满的爱情与婚姻。而这一过程，也是女性意识觉醒、深入思考，再到改变自身命运的过程。小说中女性人物的成长，也反映出简·奥斯汀生态女性主义思想观点的发展脉络：女性的思想意识是不断而有序地发展的，即在故事情节的推动下，在人与人之间的思想碰撞下，女性人物不断思考、不断成长。

小说《理智与情感》开始时，玛丽安对爱情充满了渴望，同时也有自己的择偶标准。当她得知姐姐埃诺莉将与爱德华成婚的时候，玛丽安就向姐姐表达了对于这段婚姻的一些看法。当时的玛丽安认为爱德华与姐姐埃诺莉兴趣不同，认为他们不合适在一起。玛丽安也趁机向埃诺莉表达了自己对于心目中理想伴侣的基本要求，那就是要兴趣统一。读者也可以通过小说的后半部分玛丽安与威勒比都喜欢莎士比亚的同一首诗的细节，发现玛丽安对于这一基本要求是非常执着的。在恋爱的初期，她就有着明确的择偶标准，而高大英俊、浪漫迷人的威勒比，不仅“颜值”能够满足少女内心对爱人的想象，两人的浪漫邂逅更是符合了玛丽安对爱情罗曼蒂克般的幻想。再加上两个人都喜欢莎士比亚的诗，所以当玛丽安对威勒比一见倾心后，也火速与他确定了情感关系。也许在很多读者看来，玛丽安的爱情选择完全是出于对浪漫爱情的幻想，但实际上玛丽安也经过了深思熟虑，她思考了自己对于爱情、爱人、婚姻的需求和标准。当然她并没有意识到，爱情逐渐走向婚姻的过程需要更多现实的因素。

身处爱情中的玛丽安的浪漫情结得以毫无保留地释放，她与威勒比互赠发丝，甜蜜而浪漫。但甜蜜与浪漫并不能成为构建婚姻的必要条件。陷入爱情中的玛丽安，并不能预测两个人的爱情结局，这不仅仅是源于她对自身困境的不了解，而是从未理性思考过爱人威勒比的本性以及他对于婚姻与爱情的诉求。或者说，玛丽安并没有思考过两人的婚姻需要建立在怎样的基础上。这种欠缺最终导致了这段感情的无疾而终。玛丽安对爱情的追逐、向往，体现了她女性意识觉醒后对自身欲望与需求的渴望以及对未来美好生活的向往。但她并没有意识到，女性想要在男权社会中掌握自己的幸福，需要一定的经济和社会地位。显然，此时父亲身亡、家族由同父异母的哥哥继承的玛丽安并不具备这样的条件。当然，简·奥斯汀在小说中也提出了，女性在拥有足够的理性思想后，也可以掌握自己人生的幸福。

当玛丽安得知威勒比与别人订婚后，极度悲伤。在姐姐的劝导下，她开始反思理性在爱情中的重要性和必要性，并逐渐认识到，无谓的幻想与浪漫遐思对爱情的长久保持，甚至是对婚姻并没有太多作用。当玛丽安认识到社会思想对于女性生存、思想、道德的压迫，并致力于反抗并摆脱社会思想对于女性的束缚时，她的女性主义思想意识已经开始觉醒。她开始对爱情和婚姻有所需求，说明她具备了争取女性权益的自我意识。这一过程，也是女性逐渐拥有自我意识和独立思考能力的过程。玛丽安思想意识的发展，对当时女性群体来说，更加具有代入感，她们与小说中的玛丽安一同成长。这对于全社会女性主义意识的觉醒与发展，具有非常重要的意义。

抛却了不成熟的浪漫幻想后，玛丽安学会了理智，学会了接纳现实，并最终选择接受更加成熟稳重的布兰登上校。这是玛丽安在当时社会和自身现实条件下最为理智的选择，同时也是玛丽安从幻想中的爱情逐渐走向现实的见证。她的行为是作者生态女性主义思想的最好体现，女人不需要激烈反抗，而是学会顺应时代，在恪守传统的同时，通过理性思考自身的处境，保持对爱情的审视态度，从而追求与男性平等的话语权，以赢得美好的未来生活。真爱是幸福的基础，而金钱是幸福的保障——这是简·奥斯汀的人生信条。因此，她笔下的女性人物在大胆追求爱情的同时，又恪守传统的女性道德标准，理性看清自身的基础条件，与丈夫深谙彼此对于婚姻的需求。因为当时不仅女性要考虑男性的社会地位和物质基础，男性以及男性的家庭也需要对女性的家族社会地位和经济条件进行考量，而女性唯有理智地认清彼此的需求和社会对于女性道德的局限性，才有获得幸福的可能。不过，玛丽安并没有完全因为布兰登上校稳重的性格和其优越的物质条件、社会地位而做出最终决定，尽管与布兰登上校成婚确实有利于自己家族的发展，可以惠及家人。主要原因在于，布兰登上校在具备物质条件和社会地位的同时，也具备玛丽安对理想爱人的种种要求，因此她选择布兰登上校作为婚恋对象也是情理之中，只是最开始的玛丽安认为爱情中的浪漫幻想更为重要，因此才会不接受优秀的布兰登上校。当然好事多磨，玛丽安最终获得了符合自己理想的幸福而又美满的爱情。

伊丽莎白（《傲慢与偏见》好莱坞 1940 年版）

简·奥斯汀的生态女性主义思想也体现在了女性对于知识和新事物的渴求与探索的过程中。小说《理智与情感》中的玛丽安非常热衷于尝试新的事物，善于学习。事实上，简·奥斯汀笔下的其他女性角色，如伊丽莎白、爱玛等都是非常善于学习的。对于知识的渴求促进了她们女性意识的觉醒，并逐渐深刻思考自身的困境。当然，玛丽安同样也不是完美的女性人物形象，她的很多行为并不符合时代对于女性的道德与行为的规定，例如喜欢感情用事，甚至还有点刻薄，等等。但玛丽安的优点在于拥有自我思考的能力，并能在生活和爱情的跌宕起伏中保持思考。简·奥斯汀在小说中始终没有对玛丽安前期天真烂漫的性格表示不满与批判。虽然她不切实际的幻想与姐姐埃莉诺对待爱情的理性看法相互对立，但这种幻想也是出于她真挚的感情，而简·奥斯汀和读者一样，也喜欢这份天真和热情，只是面对当时的社会背景以及女性群体在婚姻和生活中的现实困境，女性应该理性看待婚姻与爱情，摆脱浪漫的幻想，更加理智地面对真实的生活。所以说，玛丽安需要改变。

二、父权至上价值观念下的女性形象

传统父权至上的价值观念在当时的英国社会存在已久，导致英国小说中的女性形象始终是非常片面而且刻板的，不仅在小说等文学艺术作品对女性的道德、相貌以及家庭情况等有着苛刻要求，在现实生活中也同样如此。女性群体如果在婚姻市场中不占优势，那就可能终身得不到出嫁的机会。尤其在女性群体没有独立自主生活能力而且没有家族财产继承权的十八世纪，女性在现实生活中的困境显而易见。简·奥斯汀的小说对父权至上价值观念下的女性家庭条件进行了苛刻地审视，对不同社会阶层和地位的女性群体的态度进行了极为露骨的讽刺。例如在小说《诺桑觉寺》中，蒂尔尼将军因为误以为凯瑟琳出生于富裕家庭，因此判定她未来出嫁后能够为夫家带来丰厚的嫁妆，于是命令自己的儿子亲近她，待凯瑟琳如上宾。蒂尔尼将军的做法无非是希望家境优渥的凯瑟琳能够成为自己的儿媳，可后来又误以为凯瑟琳家庭经济情况极差，于是翻脸无情地将凯瑟琳赶出了家门，不仅全然忘却了自己以前的想法、颠覆了自己前期的努力，甚至还企图用这样的方式来羞辱凯瑟琳。蒂尔尼将军对凯瑟琳态度的变化，反映了当时英国社会对女性出身条件的要求，尤其是上层社会，对于女性家庭出身的要求更为严格。父权社会下，金钱和财产不仅可以增加女性对于男性及其家族的吸引力，而且还会决定女性在未来婚姻生活中的命运。

十八世纪的英国社会，女性群体本就没有独立生存的能力，有没有家庭中的继承权,如果缺少嫁妆的支持,那么很有可能还会被排挤于婚姻之外。而社会对女性嫁妆以及家庭境况的审核，无疑更增加了对于女性地位的压迫以及对女性道德标准的要求。简·奥斯汀解构了以男性为主宰、把女性视为无能的寄生生物的传统思想，并揭示出了隐匿这种思想之下的对女性权益的轻视。因为作者对当时英国社会中有关于女性教育的各种主流观点了如指掌，对社会思想对于女性道德与行为的管束说教也早已司空见惯。

这一时期不仅是小说等文学艺术作品迅速崛起的时代，同时也是英国女性小说家崛起、女性主义小说广为流行的年代。在很多男性作家的小说中，女性缺乏个性化的人物塑造，这些作品中体现的对女性道德和行为的制约，也让社会对女性产生了软弱无能的刻板印象，而这一时期的女性又缺乏系统而完善的教育，尤其是一些能够独立生存的职业技能的教育。不仅在男性小说中，女性成了故事中的牺牲品、毫无自主权，在一些女性小说家的笔下，女性也同样缺少鲜明的个性、缺少真正的女性主义思想。这些小说甚至对女性进一步洗脑，试图让女性接受小说中的“女性人物特点”，接受男女之间的差异性。以范妮·伯尔尼为代表的女性小说家，还确立了说教意味浓郁的作品风格。这些小说无不充斥着浓厚的说教主义色彩，不知不觉中引领着现实生活中女性的道德、思想与行为的方向。这一类型的小说中的女主人公一般都是年轻的、出身于小康或普通平民阶层的女性，她们因为年龄和曾经所处的生存环境的限制，在进入中上层较为复杂的社交生活后，经常犯一些“错误”，而就在危险关头，她们总能遇到某位成熟、睿智、富有的男性，对她们的行为与思想进行引导，使她们能够得到成长，最后两人成就美满的婚姻。这类小说无不在诉说着中下阶层社会中女性道德的缺失、行为与思想的幼稚，以及对女性社会地位低于男性的反复印证，同时一再强调男性在思想上的成熟与睿智，强调男性在女性成长中的积极作用，从而进一步强调了男性权利，暗指女性只有在男性的帮助下才能够成为更好的自己。

尽管这些小说在某种层面上提醒了青年女子要克己慎行，避免犯女主人公所犯的过错，但内在仍充满男权社会思想下对女性道德、思想与行为的约束，充满对女性的说教意味，对女性意识的觉醒和女权思想的进步尤为不利。这一类型的说教小说，也对简·奥斯汀的写作策略和风格产生了重大影响。例如小说《诺桑觉寺》中的人物设定和故事结构以及较为具体的故事情节与这类小说都极为类似，年轻的女主人公们都有着这样或那样的“小毛病”，她们也会犯这一社会阶层和年纪的女性们经常犯的一些“错误”。小说通过这些“错误”经历，向读者展示这些“错误”有可能触发的严重后果。例如，小说《傲慢与偏见》中伊丽莎白险些因为个人偏见而错过了自己的灵魂伴侣；小说《爱玛》中的女主人公爱玛，因为自己的傲慢、自以为是，不断干涉别人的生活而险些拆散一对真心相爱的情侣。

另外，简·奥斯汀的小说中往往有一个成熟而睿智的男性形象，引导女主人公认识到她的错误，改正她的缺点，使之最终成长为一个完美的女人。《爱玛》中的奈特利先生就是其中之一，爱玛的每一步成长都离不开他的指导和帮助。与之相似的人物还有达西（《傲慢与偏见》）、布兰登上校（《理智与情感》）、亨利（《诺桑觉寺》）以及埃德蒙（《曼斯菲尔德庄园》）等。当然，简·奥斯汀笔下的女性虽然也在男性群体中得到了一定的指点与帮助，例如小说《曼斯菲尔德庄园》中埃德蒙对女主人公范妮的引导，以及小说《诺桑觉寺》中亨利对凯瑟琳行为与思想的指点，但即便如此，这些女性也从不会对帮助过她们的男性表现出过度的依赖，依然会小心维护着自己的自尊。例如《诺桑觉寺》中亨利和凯瑟琳两人谈论起鲜花时，亨利说：“不过你现在爱上了风信子，这就更好了”，语气中透露着倨傲。因此，即便此时的凯瑟琳对亨利抱有好感，她仍然为了显示出自己的独立、捍卫自己的尊严，没有遵循亨利的想法，并说出了“可是我并不需要这样的爱好把我引出门”以驳斥亨利的观点。凯瑟琳的行为表现出了女性的尊严以及独立的人格魅力，即便是在经济和社会地位上无法与男性真正对等，但她们也从不抛却自己的独立人格。简·奥斯汀在小说中也经常运用反讽的笔调和语言形式，来增加作品的趣味性和可读性，小说《诺桑觉寺》还将这种反讽与互文的写作手法相结合，使小说的故事情节既具有灰姑娘式浪漫爱情喜剧的色彩，同时又似一部说教小说或哥特式小说，充斥着对女性的说教。实际上，小说非常鲜明地传达了女性主义的主题——女性应该与男性用平等的视角互相对待，把追求自由和幸福当作人生的目标。因此，简·奥斯汀的作品在这一时期的女性小说中别具一格，其语言风格与主题思想，也成为简·奥斯汀小说作品的鲜明特征。

简·奥斯汀借助笔下的人物反抗当时社会的传统男权主义思想，表达女性对于女性权利与幸福生活、独立思想的追求。同时，依托年轻女主人公在社交实践中的曲折经历，来引导同时期的年轻女性能够接受女性教育，让女性拥有理性认知与思考的能力，在解决自身困境的同时，赢得更加幸福的未来。从创作意图来看，简·奥斯汀的小说具有一定的说教意味，但并不是以道理说教的方式来论辩传统女性教育的利弊，而是以更加现实的女性视角来观察女性的成长。简·奥斯汀期望女性能够获得思想与心灵上的成长，更关注女性在社会实践中认知能力的获得和提升，而不是简单地希望女性能够获得更加优秀的才艺，更加渊博的知识储备。这也是作者力图体现的女性教育的观点。

十八世纪的英国社会不可避免地受到思想启蒙运动和工业革命的影响，这也给一些女性带来了接受教育的机会，但这一时期的女性依然没有接受到与男性相同的教育。这种教育的差异化，不仅体现在教育内容、教育形式、教育方法等方面，更多的是体现在男女教育的思想层面上。受到传统男权社会背景下父权至上价值观念的影响，女性能够选择的教育机会和内容十分匮乏。出身于贵族和中上阶层家庭的男性青年，从懂事起，就可以选择在文法学校、寄宿学校或私立学校接受中小学等基础学科的教育，还可以学习军事等专业知识和技能。与之形成明显对比的是，妇女被禁止进入公立的中小学，而大学和各种专业学校不可能接收没有中小学教育基础的学生。因此，整个英国社会的女生群体的求学之路，一开始就会遇到层层阻碍。简·奥斯汀在小说中也揭示了当时的英国社会在女性教育中主要存在的三个问题，分别是女性教育的功利性、母性教育的错位、理性教育的缺失。进一步解释的话，那就是女性接受技能教育唯一的目的就是结婚；母性教育只强调女性的驯服和依附性；没有任何鼓励女性独立自强的理性教育可言。

尽管英国出现了女子寄宿学校，但女性能够选择的方向也并不是很多，女性几乎没有学习到专业知识和工作技能的机会。大多数女性只能在家中接受一定的家庭教育，但此类家庭教育在教育模式与内容等方面，都与同时期的男性教育相差很大。女性在教育中学习不到能够产生独立思考的知识，也学习不到能够独立生存的技能。这一时期，男性与女性之间的教育模式与内容方面的差异主要体现在三个层面，而第一个层面就是英国传统的以男权父权为主导的社会思想观念对女性生存空间、思想与行为的压迫和束缚。

其次，当时社会上很多人认为如果女性接受了一定的教育，就会不再安于现状，因此，女性不仅不需要“渊博、专业的知识”，也不需要任何职业技能，因为一旦掌握了更多的知识，她们就会不再甘心于被圈进家庭这个小世界里。有了专业的职业技能，就有了独立的资本，随时可以独立于家庭之外。这是男权社会并不想看到的结果，他们需要利用男性与女性之间的教育差别，将女性“圈养”家中。受过教育的女性，会在一定程度上开启相应的智慧，并对自身的困境进行思考，而这也是生态女性主义对女性智慧肯定的原因。因此，针对那些已经有了一定独立意识和思想的女性，社会上有很多男性对她们抱有极大的偏见。著名思想家格雷戈里在他的十八世纪行为指导代表作《赠言》中告诫女儿：“智慧是你能拥有的最危险的才能。”因为在以格雷戈为代表的男性群体看来，女性的智慧一方面会损害女性内在谦虚的美德，更会破坏男性在女性心中的地位，会使女性想要突破社会思想的枷锁，逐渐走向独立。因此，在这一社会背景下，很多男性并不认可女性的智慧，并且视女生的智慧如洪水猛兽。当意识到女性开始独立思考后，他们会投以嫉妒和恶毒的目光。因此，她认真叮嘱女儿：“你要是有智慧，一定要藏起来，尤其是对男人。”[①] 因此，这种父权制视角下的传统教育理念，不仅没有帮助女性发展思维能力，也否定了思维能力对女性认知成长的重要性，其根源在于父权社会长期以来形成的男性与女性的地位不平等状态。男人，正如沃斯通克拉夫特所说，“将女人视为附属品”，“更渴望将女人变成迷人的情妇，而不是深情的妻子和理性的母亲”。[②]

再次，这一时期的英国社会，对男人与女人的需求是不一样的。男性作为一家之主，需要利用专业的知识和职业技能赚取薪酬，而女性主要在家庭中操持家务。操持家务并不需要很复杂的专业知识和技能，而是时间和耐心。如果是社会地位较高的家庭，女性还需要承担家族关系维系和社交的责任与义务，所以很多十八世纪的英国中产和贵族阶层，都会对女儿进行这方面的教育，但这种教育的本质意义，依然是为了让女儿更好地服务家庭，作为丈夫、父亲身边耀眼的“饰品”。因此，这一时期的英国女性的学习内容，也主要围绕着家庭需求而展开，例如基本的识字、算术、宗教等知识，或者有益于家族的社交活动，彰显家族的社会地位与文化内涵，提高家庭生活品质，例如对舞蹈、绘画、器乐、歌唱、插花等才艺类的学习。演化到最后，这些才艺类的学习也成了衡量女性美德的新标准。当时有评论指出，缺乏才艺的女性仅仅算是善于持家。才艺可以扩展女性的社交范围，而只会料理家务的女性则失去了

---

① 吴攸. 从玛丽·沃斯通克拉夫特看英国启蒙时期的女性教育观[J]. 华东理工大学学报（社会科学版 ），2014(05):108.

② 吴攸. 从玛丽·沃斯通克拉夫特看英国启蒙时期的女性教育观[J]. 华东理工大学学报（社会科学版），2014(05):109.

这种机会。

小说《曼斯菲尔德庄园》中的托马斯·伯特伦爵士就对其子女所接受的教育颇为满意。在他看来，玛丽亚和朱莉娅在接受过一定的教育后，就可以吸引更高质量的男性，最终获得更高质量的婚姻。这对于他们自身和整个家族而言，都会收益颇丰。可见，托马斯·伯特伦爵士让玛丽亚和朱莉娅接受教育的最终目的还是为了能够将她们体面地嫁出去。这种以婚姻为目标的教育形式导致了这一时期英国传统的女性教育，都是围绕着男性和家庭的核心，尽可能塑造出一个完美的“淑女”形象，以一个完美妻子或母亲的身份增加女性在婚姻中的竞争力。当时很多女性小说中的女主人公，也因为受过良好的家庭教育，或者在接受了男性的指点、引导和教育后，被赋予了独属于女性的“美德”，并最终嫁给一个社会地位较高、并且拥有一定物质基础的男性。而嫁入家喻户晓的豪门夫家的女性，也将为整个家族搭建更好的关系网络，这也有利于整个家族在社会地位中的晋升，以换取更多的经济利益。因此，很多中产阶级的家庭，也都非常重视对女性的教育。

这种教育模式源于社会的男权思想对女性行为和思想的束缚，而这种女性教育思想，也不仅影响着英国同时期的公立院校，还潜移默化地影响了很多家庭的教育模式，致使女性即便在家中接受教育，也同样能够感受到社会思想的束缚。例如，《曼斯菲尔德庄园》中伯特伦爵士家族子女的教育模式，就体现了十八世纪英国青年男女的教育差异。伯特伦爵士非常重视子女教育。家中有两男两女，分别是长子汤姆·伯特伦、次子埃德蒙·伯特伦，小说对长子汤姆的描述较少，读者只知道他是一个喜好奢华且生活放荡的人，后来他又跟随父亲伯特伦爵士到拉丁美洲的安提瓜打理生意上的事务，后期又成为整个家族的继承人。从这些方面来看，长子汤姆还是具备一定的才华和智慧的，同时，通过次子埃德蒙先是就读于伊顿公学，后进入牛津大学的教育经历来看，汤姆的教育应该也是较为成功的，甚至是有过之而无不及。而两位伯特伦小姐则没有在任何一家工学和大学读书，始终缺乏系统的教育，尽管两姐妹一直在家中接受家庭教育，伯特伦家族的家庭教师不仅仅给两位小姐教授音乐、绘画和唱歌等才能，还教授她们地理、历史和天文方面的基础知识。与同时期的女性教育相比，伯特伦爵士家族的女性教育已经比较全面了，但这种家庭教育的模式和内容，与她们的兄弟的教育相比存在着显而易见的差距。一个重视子女教育的家庭对女性的教育内容与模式尚且如此，那么在一些家庭条件较差、并且不重视子女教育的家庭中，女性的教育境况是可想而知的。

父权思想不仅影响着男性与女性的思想意识，更使女性失去了独立生存的能力，也很难产生独立思想，只能一步步沦为家庭的牺牲品和附属品，不得不依靠男性而生存，这导致了整个女性群体都无法摆脱经济、行为和思想上的束缚。愚昧、无知、毫无自我和理性思考的能力，也成了她们最普遍的样貌。在简·奥斯汀的笔下有这样一些女性人物，她们的命运深刻体现了男权社会对于女性思想与行为的压迫和束缚。她们大多是年轻时就嫁给了中上层男性，例如，《傲慢与偏见》中的班尼特夫人，

《曼斯菲尔德庄园》中贝伦特夫人，《爱玛》中威风十足、处处干涉佃农生活的包尔夫人等。她们在男权父权社会制度的长期统治下，已然形成了非常固化的男权思想，再加上长时间身处英国的上层社会，总是不由自主地摆出高高在上的姿态。这种思想与行为，不仅会影响下一代，而且还阻碍了年轻女性们的女性主义思想的觉醒，成为女主人公们在追求爱情、自由与幸福生活道路上最为明显的“绊脚石”以及男权社会背景下对女性意识觉醒者伤害最大的人。这也导致了一些年轻女性身受传统思想的压迫，在家庭中得不到真正的关爱，缺乏正确的婚姻观与爱情观的教导以及未来生活的正确方向，从而使得她们再次重蹈女性群体被压迫的覆辙，而不是蜕化成新时代背景下的新女性。这些年轻女性的代表人物有《曼斯菲尔德庄园》中的玛丽亚、朱丽亚两姐妹，以及之后来到曼斯菲尔德庄园并与埃德蒙短暂相爱的玛丽，还有《诺桑觉寺》中那个极度口是心非的伊丽贝莎。她们都是英国传统男权社会思想的受害者。

（一）蒙昧传统的母亲

在简·奥斯汀的小说中，母亲一直属于缺乏温情和母性的角色，她们对自己的孩子缺少最基本的关注，也缺乏对子女们行为的管束。《诺桑觉寺》中的母亲，总是忙于家务和照顾更加年幼的孩子，从未察觉到凯瑟琳在交际中的弱点；《理智与情感》中的母亲，不仅不能为女儿未来的生活做打算，甚至还需要依赖女儿的指引与帮助；《傲慢与偏见》

中俗气又缺乏智慧的班纳特太太，总是一惊一乍，将嫁女儿视为自己的使命，但对于女婿的人品、才华却并不予以考量，只将其财富和社会地位视作最主要的衡量标准；《曼斯菲尔德庄园》中的母亲又是一个邋里邋遢的女人，对自己的生活和居所尚不能妥善打理，更不要提对女儿的婚姻和未来有着怎样的规划与指引；而《爱玛》中爱玛的母亲则完全被家庭教师泰勒小姐所取代。直到创作《劝导》时，简·奥斯汀才塑造出了一个具有母性光辉的母亲形象，但是拉塞尔夫人也并不是安妮·艾略特真正的母亲，而是她的教母。

班纳特一家（《傲慢与偏见》好莱坞 1940 年版）

女性观和母道是由社会期盼塑造成的，而男权社会中的母女关系一直都很复杂。因为母亲对于子女的关注与爱护完全是出于本心的，大多数的母亲都会潜意识里希望子女们能够得到更好的未来，但在男权父权的社会体制中，母亲在家庭中的地位较低，她们不能在家庭中掌握重要的话语权，自身没有受过良好的教育，自然在对子女的教育中捉襟见肘。现实社会对于女性的压迫，使得女性的生存空间被极度压缩，母亲为保护女儿，也只能以传统的思想管束她们，并强迫她们接受自己的观念。在这种情况下，父权通过母权管束子女，使他们能够间接被父权操纵、利用。当父亲去世后，家族由其他男性继承，此时未出嫁的女儿如果不选择出嫁，就会被赶出家门，从而实现父权到男权或者夫权的转化。严苛的社会制度，让女性不得以接受父权社会对自身的约束，并随着长久的社会思想的洗脑，逐渐认定了这种限制的合理性。长此以往，本能爱护子女的母亲就变成坚定的贵族利益的守护者和阶级意识的传播者。

小说《劝导》中安妮的教母拉塞尔夫人，是一个和善可亲的女人，是安妮母亲的好友。在艾略特夫人去世后，拉塞尔夫人一直如亲母般地照料着安妮，对安妮如同亲生女儿一般。作为骑士的遗孀，出身贵族的她有着根深蒂固的阶级意识和门第观念。她主张为了保护贵族家庭，牺牲自我是必须的。她对自己严格管理，日常生活的一举一动，都体现出了传统英国女性的严格礼教。在处理与安妮有关的事情时，拉塞尔夫人也理所应当地先通过社会思想加以引导，站在以家族利益为核心的角度去思考问题。她对男权和父权的遵从伤害了安妮。出于对整个家族利益的考虑，在安妮年轻时，她劝导安妮与相爱的人分手，从当时社会的女性婚姻观念来看，拉塞尔夫人的做法并无错处，甚至可以说具有理性的光辉，而安妮也听从了拉塞尔夫人的建议和教导。但这个选择最终造成了她与温特沃斯的爱情之路的曲折与坎坷，使她差点错过此生挚爱。拉塞尔夫人劝说安妮与温特沃斯分手，催促她嫁给远方堂哥——艾略特家族的法定继承人。她的做法既出于保护贵族利益，也是为了安妮能够获得更加稳定和富足的婚姻生活。她希望安妮得到幸福，认为幸福必须建立在牢固的经济基础之上，因此她不许安妮嫁给出身平民阶层的温特沃斯。拉塞尔夫人对安妮的劝导，来自她对于婚姻观念的认知，但令安妮痛苦的是，她内心无法接受这样的婚姻观念。毕竟她们的思想存在着巨大差异。然而，拉塞尔夫人的好心与苦心最终变成了安妮奔往幸福路上的阻碍。这也恰恰印证了父权社会中女性的一大悲剧，那就是女儿与母亲之间的互不理解和充满偏见的互相伤害，最终导致了两者之间的矛盾无法调和，母亲会失去女儿，女儿也会失去母亲。

同样因母女观念不和而导致母女关系日渐疏远的还有班纳特太太与她的女儿们。小说《傲慢与偏见》因简·奥斯汀趣味性的语言和富有喜剧性的故事性节而有着极强的可读性，深受全世界读者们的喜爱。尽管简·奥斯汀在小说中对那些深受父权思想洗脑的人极尽讽刺，但种讽刺充满风趣，而且并不刻薄，致使这些所谓的反面人物，显得有些“蠢萌”，其中最出彩的还要数班纳特太太。班纳特太太对以往散发圣母光环的经典母亲形象是一种颠覆，她不仅没有任何圣洁的母性可言，而且是读者肉眼可见的愚蠢和自私。她在思想上缺乏独立性，只会喋喋不休、翻来覆去地说着陈腐观念，始终作为一个不讨喜的角色出场。简·奥斯汀对她没有任何赞美，甚至有时带着明显的轻贬的意味，并用她的粗鄙创造笑点。她没有聪慧的头脑，遇事又总是大惊小怪，还总是出口惊人，抓不住事情的重点，做出让人啼笑皆非的事情。当她得知自己的女儿与人私奔这一消息后，她伤心至极，而在与他人诉苦的同时，又叫人带话给女儿："叫她不要自作主张做衣服，等会儿见了面再说，因为她不知道哪家衣料店最好。"而这也恰恰体现了她的传统与蒙昧。依照她的社会观念，此时能想到的只是让女儿尽快地和私奔的男人结婚。她迅速地在悲伤中清醒过来，并在得知他们要结婚的准确消息后，转而又高兴地打点起了女儿的婚礼。班纳特太太的行为总是让人啼笑皆非，她总是出其不意地带给读者一种世俗又缺乏主见的感觉。她对于女儿的行为和未来的生活毫不关心，仅仅关注女儿是否能出嫁这一事实，女儿是否会嫁给一个财力雄厚的男人，未来是否会有良好的生活环境。这种将嫁女儿作为自身唯一使命感的举措以及唯财是图的心理，着实是令人无语。

同时，在生活中班纳特太太也不能很好地控制住自己的情绪，当她得知伊丽莎白拒绝嫁给柯林斯时，她痛斥伊丽莎白的不明智，因为作为男权社会背景下的母亲，她认为女儿出嫁就是她最紧要的事业，当然最好是女儿能够嫁给更有财富和社会地位的男性。很显然尽管柯林斯迂腐可笑，但因为他还算有钱，因此是得到班纳特太太认可的准女婿人选。而班纳特太太反对伊丽莎白这一行径的原因也很简单，那就是在她的思想观念里，女性是需要依赖她们的父亲和丈夫而生存的，因此，即使求婚者像柯林斯一样迂腐和自命不凡，伊丽莎白拒绝他也是不明智和不合适的。她不仅仅是因为女儿无法嫁给社会上有钱且有一定地位的男性而生气，更主要的是，她很清楚女性的生存需要依靠男人。她奉行男权社会的基本准则，即女儿长大成年后，就必须嫁人，最好还是有一定社会地位和财富的有钱人或者是贵族，只有这样才能在为家族争得一定社会地位的同时，保证女儿有更加优渥的生存条件。毕竟当时很多因为未婚而失去经济来源的老姑娘们连自己的基本生活都无法维持。也许正是因为班纳特太太见多了这样的案例，才会将女儿们的婚事看得如此重要。

班纳特家最小的两个女儿：凯瑟琳和莉迪亚（《傲慢与偏见》好莱坞 1940 年版）

如果从这个角度来看，班纳特太太对女儿们还是很关心的，但头脑相对比较简单的她并没有深刻认识到造成这一结果的原因，正是因为男权社会思想对女性权力的分割与掠夺。她只想通过婚姻让女儿们有更稳定的经济来源、保障生活的基本所需，但她从未想过，女人需要怎样的婚姻和生活才能获得幸福。作为十九世纪前后英国男权社会旧秩序、旧制度的践行者，班纳特太太对女性的压迫和女性思想的约束是无意识的，甚至对于她想象中的女儿们的悲惨遭遇，她也是其中的推动者。

而班纳特太太思想上的浅薄，不仅来源于自身见识的浅薄，她不能发现人内心的光芒，只能浅显地看到一个人的外貌和衣着，并依据外貌和衣着来评判别人。同时，她这种肤浅的理解又过于主观，往往会造成认人不清的后果，因此，她对人的评价也总是变化无常。而这一时期英国传统社会思想对女性意识的侵蚀，也成为她思想浅薄的根源。在一个女性的选择少之又少的父权社会中，作为一个母亲，尤其是一个有着很多现实生活经验的女性，她对于世事的了解，以及女性的现实困境的了解，要远比自己的女儿们更加透彻。事实上，她并不是一个完全漠视女儿们的需求和成长的母亲。她关心她们的婚事，并将她们的婚事视为头等大事，而对其他事情管得不多，这实在是因为当时社会女性最重要的是也就是婚姻大事而已。她的目的无非是让女儿能够在未来享受到更加优渥的生活。尽管因为自身思想的限制，她对女儿们的教育以及和与女儿们的沟通方面略有些粗鲁，但她的意愿和出发点却是好的。班纳特太太的形象呈现出了一个长期遭受男权社会体制与思想压迫的女人，她的粗鄙可笑和传统蒙昧都源自于此。

在简·奥斯汀笔下，嫁入夫家的女性需要在家庭中起到教育子女的作用，同时也要打理家族的日常家务。尤其是对于一些贵族家庭来说，打理家族的日常事务非常重要。但在《曼斯菲尔德庄园》中，由于伯特伦夫人在子女教育和家庭日常事务管理上的失职，曼斯菲尔德庄园陷入一片混乱，致使曼斯菲尔德庄园这一代表秩序和宁静的田园牧歌式理想受到威胁。值得一提的是，在《曼斯菲尔德庄园》中，所有的母亲都是好吃懒做、只顾自身安逸的妇人，她们对子女的教育漠不关心，同时也对丈夫的安危毫不在意。伯伦特夫人年轻时嫁给了富有的托马斯爵士，成为居住在曼斯菲尔德庄园中的上层社会的贵族女性，而范妮作为贝伦特夫人的侄女，也有幸被寄养在了这座宏伟的庄园中。小说把贝伦特夫人设置为英国上层社会主流的女性形象，而这也是简·奥斯汀对于上层阶级女性群体的一种间接讽刺。

基于传统的英国社会思想，伯特伦夫人对子女的教育并不重视，这不仅体现在她对子女学科教育的宽松，更体现在对孩子的日常行为、思想观念缺乏正确的引导和严格的管理。十八世纪到十九世纪，英国女性接受到的教育基本上都来自家庭教育，因此母亲对于女儿思想的引导至关重要。尽管小说中伯特伦爵士非常重视对子女的教育，他为女儿聘请了专业的家庭教师，对子女的日常管理也异常严格，但伯特伦家族的两个女儿玛丽亚与朱丽亚依然没有自己独立的思想，甚至玛利亚还做出了与人私奔的丑事，长子汤姆也在很长一段时间里有着强烈的虚荣心而且生活放荡。子女教育的过失，在一定程度上源于父亲与母亲的无知，其中既有身为母亲的伯特伦夫人的蒙昧无知和传统的思想作祟，对子女的品行疏于管理、教导，也有父亲伯特伦爵士对子女一味地严格管教，而不是积极地进行引导。

贝伦特夫人的传统与蒙昧还体现在她对亨利与玛利亚私奔这件事的看法上。当她得知女儿玛利亚与亨利私奔后，并没有责怪女儿的放荡和缺乏管教，反而认为这都是范妮的错，如果范妮当时答应了亨利的求婚，也许自己的女儿玛利亚也不会做出这样的丑事。除此之外，贝伦特夫人还对亨利的思想缺乏更加深入的了解和正确认识。这使得贝伦特夫人无法真正了解到亨利的品格，进而无法对女儿未来的婚姻生活做出合理预判。对女儿的未来来说，这也是非常不负责任的行径。

结合小说创作的时代背景来看，简·奥斯汀对伯伦特夫人这一女性人物的塑造，体现了当时英国社会的上层阶级广泛的教育理念。作者表达了对这种类型女性的蔑视，并对她们的蒙昧无知做出了较为犀利的嘲讽。总的来说，小说中伯伦特夫人代表的是封建和老式的上层阶级力量。正是因为如伯伦特夫人这一类型人物的存在，简·奥斯汀创造的女性形象才会更多样地反映社会的不同层面，从而赋予小说更加强烈的真情实感。此类女性形象对不同时期、不同现实背景下的女性群体都具有积极的引导意义。

（二）贪慕虚荣的太太

西方学者把在男女不平等的父权社会的女性定位为双重角色——受害者和施动者。小说《傲慢与偏见》中贵族阶层的女性代表——凯瑟琳夫人，就是男权社会思想的受害者；同时，她也用自己的思想和观念审视伊丽莎白的言行，成为维护旧秩序、约束限制女性追求自由平等的女性施动者角色。作为母亲，她并没有在教育子女方面提出过好的建议。她的性格过于强势，始终端着贵族妇人高高在上的架子，并没有实质性地关心过自己的子女。她反复宣扬家庭教师在女性教育中的作用，实质上是为了炫耀自己高贵的身份与优渥的家庭条件。而家庭教师这一职业，充其量只是担任了“保姆”的角色。在设定与功能作用方面的不对位，也凸显了家庭教师这份职业在当时社会“可有可无”的尴尬地位。同时这也证明了凯瑟琳夫人在家中配备家庭教师的情况下依然缺乏对女儿的教育。小说中的德布尔小姐性格有些软弱，而这也在很大程度上因为缺乏正确的教育，这直接导致她成为足不出户、上不了台面的贵族女性。

凯瑟琳夫人质问伊丽莎白（《傲慢与偏见》好莱坞 1940 年版）

凯瑟琳夫人性格强势，但开朗、善交际、健谈，且具有一定的领导能力，这使她得到了柯林斯先生的尊敬。但她也经常对柯林斯先生家庭的日常活动指手画脚，例如她曾跑到柯林斯先生的家里，对他家的各种布置任意指点，也会利用自己较高的社会地位，来干涉班纳特家族女孩们的社交活动。她在宴会上能言善辩，固执地坚守自己的理念，不接受任何反面意见和建议。她言辞苛刻地询问伊丽莎白以及她的姐妹的才艺，甚至会质问班纳特家族为何在姐姐没有出嫁的时候妹妹先出来交际，等等。

伊丽莎白看望生病的简（《傲慢与偏见》好莱坞 1940 年版）

而作为一个贵族阶层的母亲，凯瑟琳夫人也非常关注女儿的未来和婚姻。由于德布尔小姐自小便单薄瘦小，所以她对于女婿人选的筛查更加严苛。作为贵族阶层的成员以及男权社会中的获利者，她非常信奉门当户对的婚姻观念。经过一番筛选，优秀帅气的达西成为他选定的准女婿。为此她还借助自己的社会地位，“指导”伊丽莎白如何做淑女、如何安排自己的婚姻，并要求伊丽莎白答应永远不和达西订婚，甚至会在达西面前用不实之词诽谤伊丽莎白。凯瑟琳夫人的种种行为，无不体现出贵族女性的高傲气焰。传统男权社会对女性思想的影响以及社会阶层的巨大差异，让她不可能体谅中等阶层的女性，她始终都在保持自身的优越感。一个贪慕虚荣又高高在上的女性形象栩栩如生地出现在读者面前。

而作为更加年轻的男权社会的受益者——夏洛特·卢卡斯，在某种层面上也觉醒了一定的女性意识，但她并没有选择与世俗的思想观念进行对抗，而是选择嫁给有钱的男人。虽然她清楚自己的处境，也了解男性在男权社会中的地位，但面对此情此景，她不是质疑社会的不公、抱怨女性的不幸，而是成为男权社会既定秩序的理智践行者。与有钱的男性结婚可以最大限度地保证自己优渥的生活，她殷勤地安排丈夫的日常活动，积极地参与到朋友的聚会以及各种高雅的艺术活动和社交活动中。她并不在意这其中是否存在乐趣，也并不在意她在婚姻中是否得到了爱，她只在意自己的生活是否足够安逸。从某种层面上来讲，夏洛特也是一个贪慕虚荣的女性，但简·奥斯汀对这样的女性有着天然的理解，并没有在小说中对她有任何苛责。或许是因为此时现实生活中的简·奥斯汀正承受着未婚的压力，因此她对夏洛特所承受的压力和处境有着更为切身的体验，所以对夏洛特的选择也有了更多的理解。

（三）沉湎于浪漫遐思的母亲

在简·奥斯汀笔下还有另外一种类型的母亲形象，这种形象也同样是受到父权男权社会制度与思想压迫颇深的女性。小说《理性与情感》中的达什伍德夫人就是典型代表。她是一位平庸的主妇，极容易感情用事，非常愚蠢，同时又有着太多的浪漫思绪。当看到男女之间有些爱意的互动，她就会认定他们陷入热恋，继而马上期盼他们尽快成婚。尽管她已是三个孩子的母亲，但她对于生活依然缺乏正确的理解，对子女也缺少最起码的关心，就连生活中的很多常识也需要女儿来告知。

达什伍德太太本来就是一个性格软弱的人，她总是不由自主地想要依赖身边的人。在丈夫去世后，达什伍德太太只能寄希望于继子能够照拂自己和女儿们，但随着这一幻想的破灭，她只得依赖起了她的大女儿艾琳娜。每当达什伍德太太遇到棘手的事情，她总会询问艾琳娜的意见，听从女儿的安排，没有任何主见。这样一位习惯于依赖别人的女性，既不能很好地照顾自己的生活，也不能很好地维护自身利益，让她照顾女儿、为女儿打点未来的生活则更不可能。

作为达什伍德先生的续弦，达什伍德夫人没有良好的贵族出身，也没有丰厚的嫁妆，她原本在达什伍德家族中的地位就不高，随着丈夫的逝世，她今后的命运可以想象。尽管她也是贵族阶层的夫人，但因出身中下层阶级，在出嫁前就被父权社会边缘化，又在婚姻中得不到尊重，她的境遇甚至比很多中下层阶级的夫人们还要恶劣。小说中，当很多贵族阶层的女性积极参加各种社交活动时，达什伍德太太从不参与其中，她选择待在家里，远离社会生活，而这也并不是达什伍德太太内心想要的结果，而是现实替她做出的选择。达什伍德太太寡居之后的生活，是当时英国社会中下层阶级单身母亲生活的真实写照。

达什伍德太太的软弱性格形成的原因，在很大程度归咎于当时的社会环境。在幼年时由于父亲的严格管束，她缺少对行为和思想的正确引导，在进入婚姻后，达什伍德太太因为家庭背景的缘故，也没有得到丈夫应有的尊重，从而造成了个人意志的长期压制，使她逐渐丧失了生活的能力和独立思考的能力。即使作为三个孩子的母亲，她也无法改变急躁的性格使她经常行为冒失这一事实。

第四章

第四章 简·奥斯汀女性形象的塑造艺术

简·奥斯汀毕生致力于塑造更具女性意识、追求独立自由的女性人物形象。同时，她也正视女性在现实生活中的种种困境。作为生活于十九世纪前后的女性，她能敏锐感知到社会思想对女性意识的压迫，同时也能意识到女性社会地位的低下、女性生存处境的艰难。她力图改变女性的社会地位，为底层女性发出反抗的呼喊。尽管简·奥斯汀的小说描写的只是女性婚姻和家庭琐事，但表达的是女性对于婚姻与爱情的渴望，为女性发出自由、平等的呼喊。

英国十九世纪前后，生产方式的变化导致了社会阶层的变化。简·奥斯汀的作品从关注英国社会中不同阶层的家庭日常生活入手，在社会环境、家庭环境等方面呈现出了较为完整、真实的十九世纪前后英国社会的宏伟图景。与现实环境相结合，小说中的女性人物形象也逐渐摆脱了男性思维模式和男权社会思想对女性形象的偏见。简·奥斯汀勇于挑战传统文学的主人公形象，创作出充满新意的作品。尽管简·奥斯汀本人并不是完全的女权主义者，但她支持女性凭借理性为自己争取一定的女性权利，或者说利用理性来实现自己对于婚姻和爱情的美好期盼。

每个女儿都找到了如意郎君（《傲慢与偏见》好莱坞1940年版）

简·奥斯汀的作品围绕着男女主角的爱情与婚姻，塑造出形形色色的虚构人物，而这其中女性人物形象又占据大多数。简·奥斯汀笔下的几乎每一位女性人物形象都非常独特，具有鲜明的性格。她在塑造她们的性格特点的同时，也会结合英国这一时期女性的生存困境，关注女性自身的出身背景、社会关系以及在家庭中的地位，因此，这些女性人物形象格外真实且立体。她们在追求女性的独立与自我的道路上经历了数个阶段，从最初的女性意识觉醒阶段，到体会到女性的生存困境，再到充分认识到理性的重要性。几乎所有的女性主角在这一过程中，不断经历成长，不断刷新自己对于现实世界的认知。这使得简·奥斯汀的小说在单纯描写男女青年爱情、表达作者对于爱情与婚姻的憧憬的同时，也呈现出英国传统社会中女性成长的主题。

在小说的创作过程中，简·奥斯汀尤为关注女性的现实困境，并在小说中一针见血地将其挑明。例如，小说《理性与情感》中埃莉诺的父亲死后，埃莉诺作为长女，不仅要照顾脆弱的母亲，又要呵护小妹妹的成长，所以她直接承受着生活和经济的双重压力，金钱成了他们生活中不可能回避的元素。不同于其他小说家对“钱”这一概念的忽视，简·奥斯汀对金钱的直接描写，也非常真实地呈现出了这一时期女性的困境，从而进一步增加了人物形象的真实感，让同时期的英国女性读者对埃莉诺的困境感同身受。在缺少经济来源的阶段，埃莉诺的生活十分拮据，在爱情中也缺乏自信。但即便如此，埃莉诺也始终怀着一颗理智、平静的心，没有为了追逐金钱和所谓的爱情而屈从，保持着应有的尊严，并最终迎来了真正的爱情。虽然作品表达了鲜活的女性主义意识，但作为十八世纪末期出生、又成长于教会家庭中的女性，简·奥斯汀即便经过阅读和思考，启蒙了一定的女性意识，但时代的局限性依然存在，简·奥斯汀的创作也在一定程度上受到了英国这一时期传统思想的影响。因此，尽管简·奥斯汀笔下的女性都在追求平等的婚姻和真挚的爱情，并且在小说中屡次对只看中金钱的爱情进行嘲讽抨击，但简·奥斯汀的小说中几乎所有的女主人公们都嫁给了经济基础较为优渥并且有一定社会地位的男性。而她对于女性幸福生活的定义，也是在建立婚姻关系后，依托于男性经济、社会地位的基础上才实现的。简·奥斯汀在塑造女性人物形象时，尊重她们的出身与自身困境，同时也迎合当时英国社会的主流文化，对父权制社会的价值观展现了一种臣服的态度。因此也有很多读者和研究简·奥斯汀小说的学者们认为，简·奥斯汀小说的结局依然具有时代的局限性，作品所倡导与期盼的独立与自由，也是依靠男性而实现的。甚至还有学者认为，她笔下的女性人物自始至终都没有脱离男性的凝视。但事实上，通过简·奥斯汀小说读者可以认识到，简·奥斯汀的女性意识并不是完全反抗男权社会的思想，而是借助理性思想，为自己谋求更多的利益。这一时期的简·奥斯汀也在不断地觉醒女性意识，这一点可以通过她后期的小说作品得以窥见。在小说创作和塑造人物形象的过程中，简·奥斯汀始终以辩证的思维、发展的眼光去设计人物性格与故事情节，从而使整个作品的逻辑顺畅、思路清晰。尽管她塑造的人物形象有很多男权父权社会思想的印记，但依然体现出较为前卫且明确的女性意识，是女性主义思想在男权父权社会中艰难探索的必然结果。在简·奥斯汀不断成长的过程中，她笔下的人物在性格、思想层面也发生了很多的转变，乡绅女儿伊丽莎白最终成长为知性、优雅、成熟、稳重的安妮。贯穿于小说的成长主题，也与简·奥斯汀的成长线相吻合。这种文字内外的成长主线，也让简·奥斯汀的小说超出了小说“说教传统”的设定，与每一位女性生活与心灵的成长息息相关。简·奥斯汀始终认为女人是理性的生物，她把《傲慢与偏见》中的伊丽莎白描写成摆脱那个社会对女性定位的形象，本身就体现出她是一个充满自我意识的女性。

简·奥斯汀关注女性思想成长的过程，也注重在小说中表现女性与自然之间的联系。尽管在简·奥斯汀的创作阶段，文学界还未兴起生态女性主义观点，但简·奥斯汀却非常前卫地将这一观点应用于女性人物形象的塑造中，以景色的变化来表现女性人物的情感。在悠然、宁静的英国乡村中，女性的美好品质被一再放大，在生机盎然的自然环境中，男女主角的爱情也呈现出更加和谐、温馨的画面感，从而进一步增加了男女主角之间的浪漫氛围。他们之间的感情建立在平等的关系上，女性不再是男性身边的装饰物，也不再是男性作家笔下的抽象符号，而是一个鲜活的、有自己欲望和追求的人。在塑造人物形象时，简·奥斯汀从未回避女性的种种缺点，不以塑造出完美的女性形象为目标，甚至还对在性格上有一定缺陷的女性角色十分偏爱。在创作小说《爱玛》的时候，她还想过，这种女性角色应该除了她自己不会有其他人喜欢。可见简·奥斯汀对于当时人们喜爱的角色形象还是有一定了解的。但她依然坚持自我，创作出了一个从心底里认定不会有人喜爱的女性人物。但出乎意料的是，这个角色依然得到了众多读者的喜爱。因为她足够有个性，充满着人性的魅力。这段经历也鼓励着简·奥斯汀不断突破自我，努力创造出更加富有魅力和个性化的女性角色。

尽管简·奥斯汀从来没有为女权运动摇旗呐喊过，但她笔下的女性人物，却真真切切地传达出了女性独有的生命力量，展现了女性骨子里的坚韧、刚强和不屈。虽然她的作品从不刻意地把女性的美好品格一一展列，也从不反复强调女性的勇敢与理智，但这些女性形象无时无刻不在彰显着女性理智勇敢的一面。她们用理性的视角审视爱情与婚姻，也勇敢地要求男性在情感和家庭地位上与女性平等，并依靠着个人魅力获得伴侣的尊重。

简·奥斯汀的作品中没有具体体现出男女平等、女性自由的观点，但她的前三本小说都基于女权主义的立场，批判社会思想对于女性意识和生存空间的压迫。她笔下的每一个女主人公都有着不屈灵魂，都始终坚定地维护着自己的尊严。而她的后三本小说又强调男性和女性的本质区别和社会角色的差异性。尽管这种差异导致很多女性不可避免地对男性有一定的依赖，也有一些女性为了生存，不得不服从现实，选择更为现实的婚姻，但她们的这种基于现实生活的选择，依然值得尊敬，因为她们足够真实。从这几个层面上来讲，简·奥斯汀的小说作品与其他同时期的女性小说有着很大的差别，尤其是与那些打着女性主义旗帜却充斥着对女性道德说教的女性小说有着本质的差别。简·奥斯汀为女性提供了一种新的男女相处的思路，为爱情的经营提供了可能，即通过自己的理性来经营感情，或者衡量爱情的“成本”与“预期收入”，从而避免女性在爱情中受到伤害，也避免自己未来陷入更加严重的婚姻困局中。

简·奥斯汀的小说具有很深的时代烙印和社会文化思想发展的痕迹。她始终没有摒弃自己熟悉的女性生活和乡村生活，持续以女性视角来阐释当时英国社会中存在的现实问题。但伴随着创作生涯的进展，简·奥斯汀小说中的男性人物形象的身份发生了变化，例如从最初的牧师到后来的海军将领，等等。这种男性角色身份的变化，不可避免地在作品中留下了时代发展的痕迹。而作品中人们择偶观念的变化，实质上也是简·奥斯汀婚姻观和爱情观变化的折射。

一、对现实世界女性境地的映射

十八世纪前后，英国资本主义迅速繁荣，经济飞速发展，但资本主义的剥削属性也随之显现，工人被压迫、被剥削的事件屡见不鲜，因此社会上的反资本主义思潮也逐渐风起云涌。当时的文学作品开始出现一些反资产阶级的思想，并对底层人民生活给予关注与同情，英国文学史上的现实主义阶段也由此拉开序幕。经济的发展不仅引起人们思想上的转变，同时还积累了一定的物质基础，社会上接受教育的群体逐渐扩大，这为小说等文学艺术形式能在英国国内乃至整个欧洲流行奠定了良好的基础。不过，此时英国社会以及英国资产阶级的发展，并没有为英国乡村的女性群体带来太多的改变。女性在英国社会中的地位没有得到任何提升，传统的男权父权社会制度与思想观念依然压迫着女性的生存空间。在整个英国飞速迈向现代化的阶段，这里的变化依旧极为缓慢。即便如此，女性主义思想也借助文字的力量不可避免地渗入社会思潮中，简·奥斯汀在亲身体会到女性主义思想带给女性的影响后，逐渐觉醒了自己的女性意识，并继续通过文字表达对于女性困境和女性未来的理解和设想。

简·奥斯汀继承了现实主义小说的优良传统，以自己的生活经历为素材，描绘英国中产阶级的真实生活，尤其是女性在家庭中的生活、在乡村中的婚姻与爱情。而在人物形象的塑造方面，简·奥斯汀关注女性在现实生活中的困境，并将这些困扰女性的难题渗透其中，在增加小说戏剧性冲突的同时，也增加了人物和情节的可信度，使作品更容易被广大读者所接受。概括说来，简·奥斯汀的小说主要呈现了三重女性困境，第一重是经济困境，第二重是婚姻困境，第三重是道德困境。而这三重困境究其根本都是来源于男权父权对于女性的压迫。这种压迫也是造成女性意识觉醒缓慢、女权运动曲折反复的始作俑者。

当时的英国社会，虽然社会生产力飞速发展，但人们却依然秉承着封建传统思想，认为女性只是男人的附属品。失去父亲庇护的未婚女性，则很有可能被家族新任的继承人逐出家门，此后就断了经济来源，这对于毫无生存能力的女性来说是致命的打击。小说《理智与情感》中，达什伍德夫人的丈夫死亡后，就由她的继子约翰·达什伍德继承了家族产业，并最终将达什伍德夫人和她的女儿们赶出了家门；《傲慢与偏见》里的柯林斯牧师只是班纳特家的远亲，但班纳特夫妇没有儿子，因而他就成了班纳特家的唯一法定继承人，他还表示愿意屈尊迎娶班纳特家的一个女儿，以便恩赐给对方若干好处，可见女性在家族中的社会地位是多么低下。女性无论怎样都不可能继承家族的遗产，无法获得经济来源，唯一的选择就是依靠男性而生存。

同样是因为女性地位的原因，英国十八世纪前后的女性，没有受过良好的、系统的专业知识和技能的教育。而缺乏职业技能学习的机会，就意味着在社会中，没有能够赖以生存的本领，自然就不能够独立生存。小说《傲慢与偏见》中夏洛特的事例说明，即使那些出身不错的青年女性也只有三种前途：结婚，留在家里当老处女，或是成为家庭女教师。结婚固然是好的，但她们在选择伴侣时不得不做种种考虑，当然在此之前，也需要得到男性的倾慕，最好是有钱或是有一定社会地位的男性的倾慕。留在家里当老处女显然是最差的结果，因为这也意味着，当父亲去世后，自己也会有失去经济来源，流落街头。相对而言成为家庭教师，是一个能够独立生存也比较稳定的选择，但在当时的社会背景下，家庭女教师是一份艰辛的工作，而且只能保证基本生活水平，没有职位晋升的可能，属于一眼望到生命尽头的工作，因此在当时世人心目中，这样的工作显然是没有任何保障的。因此，即便是已经成为家庭教师的女性，也同样渴望步入婚姻。小说《爱玛》中爱玛的家庭女教师泰勒小姐就嫁给了邻近的威斯顿先生作为续弦，随后成为海伯里一带的幸福主妇。抑或有的女性能进入某些行业，赚取一定的薪酬，但这些薪酬也抵不上同等级、同职业的男性群体。作为十八世纪英国非常著名的女性小说家，简·奥斯汀与其他男性小说家的薪酬就有着显著的差异。当然，即便女性进入婚姻，也存在着婚后的嫁妆落入夫家的可能性。小说《傲慢与偏见》中的柯林斯虽然不是长子，但仍能够继承家族中的一部分财产，可即便如此柯林斯也急于去弄清属于伊丽莎白名下的钱财，可见其目的不纯。

在当时的英国，男女双方一旦建立婚姻关系，终身不能解除，如果丈夫早逝，女性又有可能被逐出家门，再次失去经济来源。来自父权和夫权的双重剥削，造就了女性第一重经济困境。

由于经济所迫，很多女性选择进入婚姻状态，以逃避现实生活中的经济困境，但这样的做法往往会使女性陷入第二重困境——婚姻困境中去。十八世纪前后，很多青年男女之间的婚姻，并不以爱情为纽带，而是一桩非常纯粹的关于金钱和社会地位的交易。在当时的社会背景下，女性为了金钱会寻找有一定物质基础和社会地位的男性，而男性和男性背后的家族也在挑选女性，他们也会衡量女性家族的经济条件，预判女性的嫁妆有多少，并根据女性的嫁妆，来决定是否与其联姻。因为当时的社会还持有很深的门第观念，即拥有一定社会地位的家族长子、继承人，必须与地位相当的家族中的女性，或是家境较为富足的女性结婚。这是出于家族地位能够保持稳固的做法，而对于那些殷实人家的非长子、非继承人来说，也希望与家境较好并有一定陪嫁的女性结婚。但对于女性而言，婚姻的选择却并不乐观，夏洛特是在二十七岁的时候才出嫁的，而且基于女性在婚姻中缺乏主动权，夏洛特的婚姻缺少爱情，她与丈夫仅能做到互相尊敬、举案齐眉，这就已经是令人感到幸福的婚姻状态了。相对而言，同时期的男性对女性经济条件的要求反而更加苛刻，这就造成了很多社会阶层较低的女性很有可能无法进入婚姻，或者不断降低自己对伴侣的需求，这让本就在爱情和婚姻中缺乏自主权的女性更加陷入被动，终其一生都陷在没有感情的婚姻生活中，从而形成婚姻困境。即便如此，也有很多中下层的女性一辈子都没有结过婚。此类女性在英国十八世纪前后的社会背景下，更需要承受沉重的心理压力。因为父亲一旦去世，她也将面临失去经济来源的困境。

如果女性家庭经济情况良好，家族社会地位也较高，那么她将有可能摆脱经济和婚姻两重困境，但却有可能陷入第三重困境——道德困境中。十八世纪的英国，女性的道德标准由男性确立，并由男性评判。而此时的英国社会，对于女性道德的评判标准也不统一，尤其是针对中下层、中上层等不同社会阶层的女性而言，女性的道德标准确实存在着较大的差异。例如，对中下层女性的道德标准相对较少，能够打理好家庭中的各项事务，掌握基本的识字、算术、宗教等知识，就已经很好了。但对于中上层女性群体来说，仅仅能够打理家务是不够的，她们还需要拥有舞蹈、绘画、器乐、歌唱、插花等才艺，需要有家族社交的智慧，为家族扩大社交圈。可以说女性所有的才艺、知识重点是围绕着家庭的需求来学习的，而如果女性想要学习其他的职业技能或专业知识，也会被认为是不守道德的行为。但如果女性不能够符合男性的审美标准和对道德的要求，那么这样的女性也得不到社会和男性群体的尊重。而失去社会和男性群体的尊重，则意味着女性在婚姻和家庭、社会中的话语权将得到进一步的削弱，更重要的是如果女性没有道德，也会让整个家族蒙羞。相对而言，道德困境较经济困境和婚姻困境更好逃脱，但接受了英国传统社会思想长期洗脑下的英国女性，依然会因为自身没有达到男性所规定的女性的道德标准而陷入深深的自责和愧疚中，她们会穷尽一切达到世俗所规定的道德标准，成为世俗眼中完美的女性。

而简·奥斯汀所书写的十八世纪的女性人物的经历中，除了这些显而易见的经济困境、婚姻困境、道德困境之外，还存在生存空间的狭小的问题。她们的日常生活常常被限制在家庭内部，甚至是一个非常狭小的空间中。小说《理智与情感》中的达什伍德姐妹在父亲去世后被迫搬进一座狭小的农舍；《曼斯菲尔德庄园》中芬妮的居所只是一个小小的阁楼；《傲慢与偏见》中班纳特先生在家中拥有自己的书房，但他的所有女儿们，都只能生活在一个起居室内。尽管小说中也有很多社交活动，但这样的机会也需要得到父亲或丈夫的首肯，女性才能够得以外出。狭小、逼仄的空间，压抑、单调的日常以及匮乏的精神生活，让简·奥斯汀笔下的女主角们滋生了冲破空间束缚的野心。但社会思想的束缚让她们只能被动地等待，能有一个从天而降的白马王子，带她们逃离这样的家庭氛围。

简·奥斯汀塑造的每一位女性形象都是不完美的。她们充分认识到自己身为女性的困境，也都因为家庭的缘故陷入经济困境和道德困境中，但她们并没有选择妥协，而是选择理性看待现实困境，努力挣脱道德困境的束缚，用理性的姿态审视爱情，避免自己进入婚姻困境，如果一旦有预感婚姻必将走入困局，那么她们也会拒绝进入。尽管简·奥斯汀在作品中揭示了女性的种种困境，也清醒地描写了婚姻与金钱、门第之间的各种错综复杂的关系，但这并不意味着简·奥斯汀赞同以金钱和利益为纽带的婚姻关系。小说《理智与情感》中的露西·斯蒂尔和《曼斯菲尔德庄园》中的玛丽亚·伯特伦的婚姻选择，都更看重男性的金钱和社会地位，而不是因为男性的才华、思想，以及他们之间的爱情。这样的行径是简·奥斯汀所鄙视的，但同时她也对《傲慢与偏见》中的夏绿蒂·卢卡斯和《爱玛》中的简·菲尔费克斯，因为自身陷入了严重的经济困境，不得已选择了没有爱情、只有金钱的婚姻表示同情和无奈。而对于那些能够冲破世俗观念，坚守自己初心与理想的女性，抱有发自肺腑的赞赏。《傲慢与偏见》中的伊丽莎白、《曼斯菲尔德庄园》中的芬妮、《劝导》中的安妮、《理智与感情》中的埃莉诺等，都可以算是其中的代表。

在小说中，女主人公们的爱情总是让人羡慕，但她们的爱情之路也不是顺畅的，她们的每一次选择都十分谨慎，唯恐受到伤害。因此，尽管简·奥斯汀的小说是以英国十八世纪男女青年的爱情故事为主线，而这些故事的结局也都是浪漫而圆满的，但实质上，小说中所描绘的决不仅仅是“浪漫爱情”，有对女性现实困境的控诉，也有对时代思想的反叛。小说的结局圆满，但现实生活中女性的结局却依然让人落寞。作为如此有才华的女性作家，简·奥斯汀最终没有在生前得到她想要拥有的爱情与婚姻，也没有摆脱现实生活中的各种困境。

对自由的追求也是简·奥斯汀小说的一个重要主题。在她的笔下，每一个人，无论是男性还是女性都是一个独立的个体，简·奥斯汀对于女性角色的书写与创作，也是基于女性本身的角度，而不是从男性的角度看待女性。曾经被社会制度忽略的女性，也需要面临社会上的很多问题，需要考虑钱，争取自己的婚姻，她们有着自己的话语权，而不是作为谁的附属品，这与其他小说家对女性和女性生活的理解是全然不同的。简·奥斯汀的女性可以追求自由，但事实却是，英国十八世纪时期的男性，比女性拥有更多的自由。《曼斯菲尔德庄园》中芬妮的弟弟威廉·普莱斯，是一个年轻的海军士兵，虽然贫穷暂时还需要依赖家庭，但相对于小说中其他女性而言，尤其是一些较为富有的女性角色而言，还是拥有更多的自主权，这种自主权不仅仅来源于男性的继承权以及能够出去工作的机会、道德标准的宽松等，更在于他们能够对自己的生活做出主动决策，这些显然是女性角色所不可能拥有的特质。因此，对奥斯丁来说，在现实生活中的境遇，不仅仅有显而易见的困境，更有在思想和社会层面上的层层限制，而这些限制也并非一种比喻，更是一种实实在在的生活状态。不仅如此，这种限制还由于当时的各种繁文缛节而得到了进一步的强化，从而使女性的生活天地愈发显得狭窄。在这样的境遇下，嫁人便成了年轻女性唯一的、体面的出路，因为这是女性要在她所处的社会中立足、获得界定的唯一路径，婚姻对女性未来生活的重要性陡然提升。但是缺乏婚姻自主权的她们，日常活动极度受限，社交范围也非常狭小，在有限的圈层内，优秀的男性就成为女性争抢的对象。于是在简·奥斯汀的小说中，总能够看到年轻小姐们对优秀男性的争抢。在这种竞争态势下，很多女性之间的关系也呈现出了较为畸形的状态，女人之间的勾心斗角和心机手段，也进一步印证了女性生存空间狭小而逼仄的事实。

随着简·奥斯汀对于女性困境理解程度的加深，她对女性人物的境遇描写愈发真实。而在表现女性人物境况时，简·奥斯汀除了对社会思想和社会背景、小说情节加以描写外，更直观地加入人物角色本身的诉说。例如《傲慢与偏见》中的班纳特太太，她虽然是一个不算智慧的女性，但对于社会对女性的各种不公平的对待，也不是毫无所察，因此班纳特太太经常谴责社会对女性的不公以发泄内心的愤怒。简·奥斯汀也在小说中运用戏剧化的叙述方式探索女性地位的社会问题，在展示女性困境的同时，也对解决此类困境抱有希望。因此读者也能看到简·奥斯汀对于女性境遇的认知，以及对于这一问题的看法。作为十八世纪的女性，在女性意识刚刚崛起的阶段，简·奥斯汀并没有仅仅关注女性生存环境本身，描写英国乡村故事时也并没有局限于某个地域之内，而是通过更加广阔的视野，紧密关注着社会现状与问题以及新的社会思想观念的传播与发展。从这一点来看，简·奥斯汀是一个眼界开阔的女性，即便身陷闺阁之中，她对于世界的了解也是比较全面的。

除此之外，简·奥斯汀还充分意识到了女性困境最根本的来源，那就是父权男权体制下的错误的价值和思想观念，这种以男性唯尊的思想观念，严重限制了女性思想和智慧的成长。因为在家庭中占据主导地位的丈夫，不仅在社会上占有极大的话语权，在家庭生活中也同样如此，女性在家庭中只能顺从丈夫的思想。同时这也影响了家庭中儿子与女儿之间的地位关系，因此在当时的社会背景下，儿子往往是偏袒的对象，教育、经济等一切资源的拥有者，女儿只需要恭顺地对待家中的男性成员，若父亲和兄弟能够给予一定的资源，才可以接受，如果没有给予资源和帮助，也不能够索取，甚至连抱怨都不可以。简·奥斯汀着力描写了在父权社会体制下，父亲是怎样剥夺女性学习的权利、独立生活的机会以及继承家族遗产的权利，并利用经济对女性婚姻的掌控以及对女性道德的规范实现对女性群体进行控制。而男性对家族遗产的垄断不仅造成了女性的经济困境，也在一定程度上剥削了女性本该享有的生活和未来。同时，当时社会上的法律根本无法切实保护女性的权益，无法为一位失去丈夫欢心的妻子、未嫁的女儿提供最低限度的安全保障。社会思想观念对女性的漠视，反映出英国十八世纪前后女性最真实的生存境遇。

简·奥斯汀的小说刻画了这些在父权体制和思想下畸形的家庭关系，并以此来表现女性的经济困境和这种无法摆脱男尊女卑的宿命。在《诺桑觉寺》中，凯瑟琳受到了父权体制的压迫和束缚，思想和智慧的发展受到了限制，使她在之后的社交活动中缺乏社交智慧。而小说《理智与情感》中的父亲角色的缺失，《劝导》《爱玛》中父亲的去世，都为简·奥斯汀笔下的女性角色带来了巨大的影响，也使得她们陷入经济困境中，更让女性主角们早早经历了社会制度的压迫。不过，父权的缺席也对女性形成女性意识起着至关重要的作用，尽管会使女性陷入经济困境中，但依然为女性对自身生活境遇的思考、展开对生活的探索提供了空间，使得女性角色对自由与幸福的追求的行为更有逻辑依据。

二、对女性意识觉醒的展现

十八世纪中期，女性意识开始在欧洲产生，并迅速传播，倡导自由、平等和民主、宣扬天赋人权理论的十八世纪欧洲启蒙运动也激发了女性争取平权的斗志。在这样的社会思潮下，英国女性文学迅速兴起，并获得了广泛关注，更收获了一大批女性读者。简·奥斯汀也正是在阅读这些文学作品的过程中，逐步觉醒了自己的女性意识。她对女性的生存环境以及周围女性群体在生活中和婚姻中的种种困境等都有过深入的思考。同时多年的阅读习惯和经历，激发了她从事写作的兴趣与意愿，从而创作出了《傲慢与偏见》。简·奥斯汀以女性主义的视角进行叙事，以自己对女性意识的独特思考，颠覆了当时社会的女性观，并用幽默、机智又不乏深刻内涵的笔触风格，吸引了一代又一代的读者。尽管《傲慢与偏见》的初稿没有得到出版的机会，但小说却体现了简·奥斯汀在女性意识觉醒后，对女性生存困境与女性意识的关注。而小说中的女主人公伊丽莎白也成为简·奥斯汀的代言人，代表简·奥斯汀向以男权、父权为中心的现实社会体制与思想进行反击。从小说《傲慢与偏见》的文风来看，这一时期的简·奥斯汀对待爱情和婚姻有着无尽憧憬，同时对于女性的魅力也有着自己的见解。她认为完美的女性应该是才艺过人的。尽管这一时期，社会的主流思想并不认可女性的才华，也不鼓励女性接受教育，学识渊博对于当时的女性来说，并不是一个值得夸赞的词汇。但此时的简·奥斯汀却在小说中对喜爱阅读、善于思考的女性大加赞扬，用她的实际行动打破传统思想中对传统优秀女性和女性道德的固有定义，同时鼓励现实社会中的女性通过阅读来了解世界，积累知识。

伊丽莎白与达西（《傲慢与偏见》好莱坞 1940 年版）

在男女之间的相处方面，年轻时的简·奥斯汀坚信男女平等的思想与观念，并将这样的观点体现在《傲慢与偏见》中伊丽莎白与达西之间的相处中，这是简·奥斯汀在小说中表现出来的最鲜明的对男权社会思想的反叛。伊丽莎白会拒绝达西高傲的求婚，并用实际行动捍卫自己的尊严，即便是后期发现了自己的爱意，伊丽莎白也会为捍卫尊严而克制自己的感情，始终在爱情中保持自我和自尊。这一时期的简·奥斯汀的女性意识还处于初步觉醒阶段，她只认识到了智慧的力量，也了解到了男女平等的思想与观念，并开始渴望与男性建立平等的关系，并展开甜蜜而美好的爱情，最终进入婚姻生活。而伊丽莎白对爱情的渴望也来源于对美好生活的向往。英国传统社会中的女性不能选择自己的婚姻，但

《傲慢与偏见》中的女性却渴望婚姻、渴望爱情，这就突显了女性对于自身需求的认知与渴望。尽管伊丽莎白并没有主动追求过自己的爱情，但能够产生对爱的渴望，并将这样的渴望表现在与姐姐简的来往信件中，就说明了她不仅对未来的生活有需求，同时也正视了自己的需求。这种心理的变化是英国同一时期女性小说中所缺少的对女性意识的表现。

但此时的简·奥斯汀还没了解到女性在生活和婚姻中所面临的真正困境，也没有意识到婚姻对女性的重要性。这一时期简·奥斯汀的思想中依然存在非常严苛的等级观念，她认为，有钱且有一定社会地位的男性才是真正的良人。这也反映出了这一时期简·奥斯汀的思想中还有很多英国传统社会思想的留存，她对于社会阶级等级观念深信不疑。即便男女主人公之间存在财富和社会地位的巨大差距，但男主人公依然被女主人公的才智和思想深深吸引。这种人物地位较为悬殊的设计，增加了小说《傲慢与偏见》中的浪漫属性，同时也进一步赞美了女主人公的与众不同，肯定了伊丽莎白人物形象的完美属性。而通过这个角度来看伊丽莎白的爱情与婚姻，更像是一种“奖励”，因为她的聪慧、独立、有想法，所以得到了这份令人羡慕的“奖励”。

在《傲慢与偏见》初稿完成后的第二年，简·奥斯汀开始了《理性与情感》的创作，这一时期简·奥斯汀在了解了女性需求和现状之后，意识到了女性在生活中的种种困境，并开始探索女性困境产生的原因。小说《傲慢与偏见》中的父权只是“隐身”状态，但在小说《理智与情感》中，父权直接“消失”不见，可见小说《理智与情感》中对父权的反叛。

同时父权的“消失”，也揭示了女性平稳的经济来源与生活环境，皆来自父亲这一身份。在父权的庇护下，她们没有自由，失去父权的庇护她们失去了经济来源，但同时也获得了追求自由新生活的权利。而从父权的“隐身”到父权的“消失”，这一过程正表现了简·奥斯汀对于现实生活中的父权所抱有的可有可无的心理。

在脱离父权的管控后，隐藏在女性背后的经济困境迅速凸显，而面对突如其来的经济困境，简·奥斯汀开始意识到女性的才华与智慧不仅能作为自身外在的魅力以得到男性的关注，还能够对抗自身的困境。小说《理智与情感》中的埃莉诺就是凭借着自己的聪慧和理性，支撑起了父亲去世后母女三人的生活。从生活无忧的英国中产阶级乡绅的女儿，到脱离父权掌控，即便缺少经济来源也要维持自尊艰难生存的未婚少女，埃莉诺的人物形象更加充满戏剧冲突。一方面，她生活得很拮据，明明可以通过婚姻来摆脱这种生活状态，但她没有这样做，而是选择保持住自己的尊严。从人物形象设定来讲，埃莉诺的人物形象，与《傲慢与偏见》中的简很像，但埃莉诺却比简更加坚强和理性。另一方面，她聪慧而且有一定的才华，但她却愿意守拙，恪守礼教，懂得迎合当时英国社会中对于女性道德的评判标准，不出挑也没有丝毫的错处。

两部小说作品中两个人物形象较大差异也体现出简·奥斯汀在这一阶段不同的女性意识觉醒层次。同时，从《理智与情感》中玛丽安的人物形象的成长和转变来看，简·奥斯汀对女性意识的思考更加深入。在小说开始时，玛丽安就表现出了与伊丽莎白如出一辙的性格特点。她们都是活泼开朗、聪慧有个性的女性人物形象。但不同的是，玛丽安的成长过程中更多的是伤痛。伊丽莎白的爱情虽然有一些小波折，总体来看还是甜蜜得多，她在与达西的思想碰撞中就得到了成长、获得了爱情。而玛丽安却是在经历了一段失败的感情之后，逐渐意识到了理性对于女性爱情和婚姻的重要性，最终放下了心中的幻想，走进了较为理性的爱情，却意外发现了真爱。在小说《理智与情感》中，女性人物形象更加富有理性，她们充分意识到了理性在面对社会、生活以及婚姻和爱情时的积极作用。

《诺桑觉寺》的定稿意味着简·奥斯汀文风的正式形成。在这篇小说中，女主角“逃离”了自己的原生家庭，自然也逃离了父权的管控。之后，女主人公凯瑟琳不仅开启了更加精彩的人生，同时也遇到了自己的爱情。但在这一过程中，曾经饱受行为和思想桎梏的英国中产阶级少女，也遭遇了思想上的颠覆。首先，凯瑟琳此前对于世界的了解来自当时英国社会非常流行的哥特小说，她开始将小说中的设定套用在现实生活中的人物身上，并从小说的故事视角推测现实生活中的人物关系，甚至还会将小说中人际交往的形式，应用于现实生活中的人际交往。这样的行径让她受到了周围人的嗤笑，而凯瑟琳也开始在亨利的启发中反思自己的行径。凯瑟琳之所以会在人际交往中信奉虚构的哥特小说，是因为她在原生家庭中缺少社交智慧的教育。而这也进一步点明了，女性在家庭中生存空间的狭小以及思想和精神世界的匮乏。

其次，凯瑟琳人际交往中见识了心口不一的人。在家庭生活和日常交往活动中，凯瑟琳从未见过这样的人物形象，因此当她遭遇了心口不一的伊丽贝莎，她完全不能理解她的行为，也无法根据她的行为做出正确的反应。因此，在社交活动中凯瑟琳屡屡受挫，这让她的内心受到了伤害，但也正是在一次次的伤害中，凯瑟琳不断地反思自己，不断地在社交活动中积累社交智慧与经验，最终成为一位能够在社交活动中游刃有余的女性。凯瑟琳的成长主线，完全脱离了父权的掌控而发展。同时，凯瑟琳在社交活动中缺少社交智慧，也正是因为家庭教育的缺失所导致。这说明在父权的家庭生活中，女性的智慧和才能没有得到完好的发挥与培养，体现了父权体制对女性生存空间以及精神和思想的束缚。小说使更多的女性群体意识到，女性缺少智慧是因为受教育少，只有进行全面的教育，女性才会更加富有智慧，在生活中才能够占据更多的主动权。除此之外，凯瑟琳的转变与成长也说明了学习对于女性思想成长和女性意识觉醒的重要性。保持理性和独立的人格，才是女性获得幸福的源泉。

《诺桑觉寺》中，凯瑟琳主动爱上了亨利。在进一步坚定了对亨利的爱慕后，也是凯瑟琳主动寻找机会增进彼此之间的感情。女主人公这样的做法在简·奥斯汀以往小说中从未出现过。简·奥斯汀曾经认为，矜持是女性的美德，但《诺桑觉寺》中凯瑟琳的主动完全颠覆了简·奥斯汀以往对于女性美德的定义。但这也说明简·奥斯汀笔下的女主人公在爱情方面有了更多的主动性，而这也是凯瑟琳能够获得美满爱情的关键。凯瑟琳的最终结局，不仅表现出了女性的理性判断力，也表现出了女性对于自身的爱情和婚姻拥有较强的筛选能力，也暗指了女性应该在自己的爱情和婚姻的选择中，占有更多的自主权。从期盼爱情与婚姻、到理性的审视婚姻，再到想要在婚姻和爱情的选择中占据更多的主动权，这种女性权利的欲望与野心，也成为简·奥斯汀女性意识进一步觉醒的佐证。简·奥斯汀还在小说中表达了自己的女权主义主张，即追求独立人格应成为女性行为的规范和根基，而独立人格源于理性判断，理性判断源于其自身的实践以及理性与非理性之间的逐渐完美协调。她告诫年轻女性，不要盲目遵循社会规范，要正确处理幻想与现实、爱情与道德的两大矛盾，幻想应该由理性控制，爱情应该由道德引导。只有在道德和理性的控制下，爱情才能够走向更加圆满的结局。

简·奥斯汀在创作生涯的前期，总是忽略父权在小说中的存在感，但她的后三部作品则突出体现了对父权制度的挑衅。同时，长期未婚的生活，让她认识到了女性自身在婚姻中的困境，因为女性的单身生活代表着经济生活的困顿。情感与经济的双重压力让简·奥斯汀对于女性困境有了更深的理解，其女性意识觉醒的层面也更加深入。首先，简·奥斯汀开始意识到，女性意识的觉醒并不能够解决自身的困境，也不能改变女性的社会地位，女性想要的男女平等，是需要通过反抗男权社会中的思想才能够实现的。这种思想体现在小说创作中，不仅是女主人公想要获得与男性同等的社会地位，而是成为男性思想的引领者和带动者。不得不说，这是简·奥斯汀创作思想的重大改变。《曼斯菲尔德庄园》中，幼年的范妮毫不起眼，但伴随她长大成人的过程，她的思想也更加成熟。她不仅仅思考自己的婚姻与爱情，更思考生活中出现的诸多问题，而且即便是步入美满的婚姻当中，她依然沉着冷静地分析利弊。她没有躲在丈夫的背后，而是成为丈夫思想上的引领者。《曼斯菲尔德庄园》中女主人公的转变，说明了简·奥斯汀开始有意识地让女性站在比男性更高的位置上争夺家庭中的话语权。女性从意识的觉醒，逐步转为在社会、家庭中争夺更多的女性权利。

其次，简·奥斯汀笔下的女主人公们不再拥有令人艳羡的才艺。年轻时的简·奥斯汀认为，一个有智慧、有教养、有才艺的女人，才是真正具有魅力的女性角色。但随着简·奥斯汀女性意识的进一步觉醒以及对女生道德困境的认知，她深刻地意识到此前对于女性才艺的执着是源于男权社会背景下对于女性道德的要求。《曼斯菲尔德庄园》中的女主人公范妮是一位对高雅技术一窍不通的普通女子，但就是一个这样缺乏才艺的女性，依然能够得到曼斯菲尔德庄园继承人爱德蒙的青睐，并最终成为爱德蒙思想的引领者。反观从小便琴棋书画无一不精的克劳福德，虽然受到众人的追捧，但因为缺少智慧和理性，才会在最后因受困于金钱的诱惑而做出错事，导致错失永远的幸福。范妮却凭借自己的智慧与理性的思考，获得了美满的婚姻与爱情。小说通过对比，充分肯定了女性的智慧。这样的人物设计，是简·奥斯汀笔下女性人物形象的一大突破。

再次，简·奥斯汀在《曼斯菲尔德庄园》中，也对那些在婚姻选择中只看中金钱和社会地位的女性的行为进行了有力抨击。而这也是简·奥斯汀婚姻观念的一次重大转变，这样的转变自然也来自于她在女性意识方面的觉醒。她开始意识到女性的未来生活不应该受限于男性的经济条件和社会地位，而是应该更独立地依靠自己，更注重两个人之间的情感。

最后，小说《曼斯菲尔德庄园》还前所未有地表现了对父权制度的挑衅，这在简·奥斯汀以往的作品中是从未有过的。伯特伦家族中的两姐妹玛利娅和朱莉娅，都选择了为爱私奔，不仅不顾及社会环境对于女性道德的约束，同时也没有将以父权为核心的家族荣耀放在眼里。尽管简·奥斯汀对两姐妹的行为也并不赞成，但两姐妹的做法确实体现了对父权统治的有力反击，自此伯特伦爵士的父权受到了严重威胁。而之后，范妮也因为亨利的轻浮、思想上的短见以及自己对爱情的坚持，拒绝了亨利的求婚，即便是在伯特伦爵士对她进行劝诫，乃至受到逐出曼斯菲尔德庄园的威胁后，她也依然毫不留情地拒绝了亨利。玛利娅和朱莉娅的为爱私奔，以及范妮对爱情和婚姻的坚持，已经说明了她们在女性意识中的觉醒程度，更说明了她们的需求与欲望已经不需要再寄托于父权之上，而是开始了自己的探索与争取。她们对当前社会中的父权产生了颠覆的心理，甚至想要完全获得婚姻中的自主权。

《曼斯菲尔德庄园》是简·奥斯汀创作生涯中非常重要的一部小说，因为这部作品代表了她的女性角色从女孩到女人的转变。就连她笔下的女主人公也从活泼可爱的小女人转变成为能够敢于抗争命运、勇敢且坚毅的大女人。女性的智慧与理性也有了更加宽阔的用武之地，而不仅仅是应用于男女之间的爱情博弈。同时，在爱情的选择中，范妮也更加坚定，她开始不再一味等待爱情，而是勇敢地追求自由。女主人公人物形象和性格的巨大转变，也预示着简·奥斯汀的思想的不断成熟，她创作出了更加复杂、成熟、独立的女性人物形象，并进一步肯定了女性的独立思想。

之后的小说《爱玛》则完全冲破了男权社会体制与思想对于女性的束缚，也打破了女性不能继承家族产业的预设。聪慧、独立的爱玛在父亲身亡后独自生活。她不仅拥有了较大的经济自主权，同时也是第一个表露出不需要婚姻的女性人物形象。在她看来，婚姻是女性的保障，但同时也是女性的枷锁，而自己有金钱作为保障，因此无需要婚姻的保障，自然也可以躲避开婚姻对女性的桎梏。在这部小说中，简·奥斯汀较为传统的婚姻门第观念也开始动摇，在她以往的小说作品中，女性角色的联姻对象基本上是有钱并且有一定社会地位的男性角色，尤其是女主人公的伴侣，必然是出身良好的“高富帅”。但在这部小说中，不仅女主人公爱玛没有选择结婚，她帮助过的孤女哈丽特也罕见地没有选择简·奥斯汀以往的小说中出现的出身较为优渥的男性，而是选择了一个较为平庸，但与哈丽特真心相爱的农民出身的马丁。这样的人物出身也是爱玛所不能理解和接受的，但最终爱玛还是被两个人真挚的感情所打动，并在经历了一些错误后，认识到了自己在婚姻和爱情中理解的偏差，意识到婚姻中最主要的不是男性的财富和社会地位，而是两个人的感情。由此可见，简·奥斯汀的女性意识逐渐挣脱了时代对于女性婚姻观、择偶观的桎梏，开始有了更加自我的选择，女性意识也开始真正引导女性的行为、思想与生活。

简·奥斯汀的最后一部小说《劝导》中的男主人公的身份设定也发生了重大变化。在简·奥斯汀此前创作的四部作品中，男主人公们都是富足的乡绅家族的男性、牧师等较为传统的贵族阶层男性，只有小说《劝导》中的男主人公温特沃斯是一个没有家族背景的新兴中产阶级。而女主人公安妮则最终成了没有地产、亦非出自名门的海员的妻子。很多学者认为《劝导》中男主人公身份的转变，表明了奥斯丁简·奥斯汀对英国传统土地贵族已经失去了信心，转而寄希望于新兴的中产阶级。其实，这种转变不仅取决于她对发展中的英国社会有着全新的认知以及对现实生活的全新理解，更是意识到社会地位和金钱不再是婚姻与爱情的基础，女性的个人感受与情感倾向才是决定这段感情最终发展方向的重要依据。尽管简·奥斯汀在《理智与情感》中已经充分肯定了感情的作用，抨击了那些因为金钱而选择婚姻的行为，但从最终女主人公对爱情与婚姻对象的选择来看，《劝导》中的安妮女性意识更加强烈，也更具积极意义。

三、对女性情感观念的刻画

从历史的角度来看，在艰苦的自然环境下，男权社会的产生是必然现象，而当社会文明发展到一定高度之后，女性意识的觉醒就成为必然。这种觉醒通常是以文字先行的。文字成为女性表达自己感情的最好载体，她们的主体意识和自由意识在文字的表达中得到了成长。她们开始独立思考人生，并且逐渐在生活、经济、社会政治、法律等方面挣脱出男性的压制。简·奥斯汀的创作生涯也是她的女性意识不断觉醒、不断演化发展的过程。同时在小说创作过程中，她自觉或不自觉地赋予了人物形象更多的女性觉醒意识。简·奥斯汀的创作可以被清晰地分成前后两个阶段，而她的女性意识的觉醒也分为不同的层次。从认可女性智慧、追求男女平等，到成为男性人物形象的思想引导者；从逃离父权的掌控，到摆脱父权的桎梏；从被动地等待爱情，到主动追求自由与幸福……简·奥斯汀笔下女性人物的觉醒意识不断增强，促进了英国文学的深化发展，更重要的是启发了现实生活中的女性，要勇敢追求自由和爱情，勇敢反抗父权的管束，积极参与到女性运动中，争取在家庭和社会中的话语权，争取自主选择婚姻的权利。同时，简·奥斯汀女性意识的不断觉醒，也伴随着婚姻观和爱情观的转变。在传统社会思想与体制的统治下，女性依靠男性而生存，而在女性意识觉醒后，她们意识到了各种困境的根源，同时对自己的经济和婚姻以及未来的生活都有了新的主张，因此，女性在面对爱情与婚姻的选择过程中，也更加富有理性。

在创作初期，简·奥斯汀总是注重男性角色的财富和社会地位，这样的人物背景设定说明她并没有摆脱传统的爱情观和婚姻观。金钱可以是认定爱情和婚姻的维持基础，而女主人公在婚后被人尊重与否，则取决于与之结婚的男性在社会中的地位。但在后期的小说创作中，简·奥斯汀开始减少对金钱和男性社会的描写与侧重，而是呈现了不断偏重于两人爱情的情感选择观念，进一步强调女性内心对于情感的渴望与关注。

这种创作方向的改变也体现出她对传统婚姻观念的颠覆。例如，小说《劝导》就颠覆了以往简·奥斯汀小说中对于金钱、门第等旧的情感观念的认知，将婚姻与金钱等物质条件松绑。在简·奥斯汀看来，女性得到自由幸福的前提是，必须具有一定的知识、独立思考的能力、尊严和理性判断力。尽管小说中的女主角都面临着很多问题，但只要拥有这些品质，就可以在艰难的境遇中遇到新的转机。尽管在过程中她们可能会遇到一些前所未有的阻碍，但这些经历也在一定程度上赋予了她们勇气与信念。简·奥斯汀小说中的女主人公都在积极争取着自己想要的生活，她们身上的这种对生活的积极态度，正是她们的魅力之所在，这种鲜活、立体的形象，赢得了众多读者的喜爱。

简·奥斯汀的小说中既有对基于美好爱情而展开的情感关系的肯定与赞美，又有对唯金钱是图的功利的情感观念的唾弃。小说《曼斯菲尔德庄园》中出身高贵的玛丽对埃德蒙有爱慕之情，更是得到了埃德蒙的倾心，但思想观念新潮的她却不能够接受埃德蒙只能成为牧师的结局，因此对埃德蒙的爱意也随之减退。而当玛丽得知埃德蒙的哥哥病重，埃德蒙很有可能会在哥哥亡故后成为曼斯菲尔德庄园的下一任继承人时，玛丽又重新燃起了对埃德蒙的爱火。在爱情中玛丽因埃德蒙未来的不确定身份而反复，说明了她的情感观念和对爱情的选择过程中存在很多功利性的因素。尽管表面上看，她是一个“个性解放”的女性，但本质上她奉行的是赤裸裸的个人主义原则，她只想在婚姻中获得最直观的利益。玛丽这一人物形象及其个人情感观念的表现，从侧面反映了简·奥斯汀对于英国社会中上层阶级冷血的、金钱至上的思想观念的讽刺。与之相对的是谦和知礼、自尊自爱的范妮，小说最后埃德蒙与范妮的美满婚姻，也表明了简·奥斯汀的情感观点，那就是只有纯粹而真挚的感情才能得以长久和稳定。

伊丽莎白也曾被威克姆诱惑（《傲慢与偏见》好莱坞1940年版）

与此同时，简·奥斯汀也在小说中对那种见异思迁的情感观念进行了刻画，当然这种刻画完全是出于对这一类型人物的讽刺，更容易促进现实生活中女性意识的觉醒。例如小说《曼斯菲尔德庄园》中，玛丽亚也是出身中产阶级家庭中的女儿，受过较好的家庭教育，托马斯爵士对她的管教也比较严格，但她的情感观念却极为开放。她对风流的亨利百般勾引，又因为金钱的原因，不愿放弃自己的未婚夫，最后竟然做出私奔的丑事，如此行径几乎可以用水性杨花来形容。在小说中，玛丽亚是一个非常重要的角色，她用情不专，且行为举止轻浮，同时她又功利性地重视金钱，正是因为对金钱的贪婪、对感情的放纵，致使她徘徊于亨利与拉什沃思之间无从定夺，这种具有现实批判意义的人物塑造，体现了作者对于上层阶级的蔑视，以及对所谓接受过良好家庭教育的女性的嘲讽。后来即便知道了亨利的风流成性以及对自己的玩弄，玛丽亚也做出了私奔的举动，这使托马斯爵士遭受到巨大的耻辱。在小说中，玛丽亚的形象与范妮形成了鲜明对比，两者之间的行为举止乃至最终结局的巨大差异，赋予小说更多的说教和现实引导意义。

简·奥斯汀笔下的女性人物的婚姻，尤其是女主人公的婚姻，都属于理想型。它源于男女主角之间的爱情，而不是基于所谓社会关系对等的婚姻关系。她笔下的女主人公都是因为爱，而不是由于金钱、社会地位等其他因素的加持才选择与男性进入婚姻。同时，简·奥斯汀也通过描写理想型婚姻，向世人印证这种理性的婚姻状态是可以实现的，只要基于男女平等的原则，对女性予以一定的尊重，就能够实现和拥有。但这种理想型的婚姻状态，一般是具有独立、理性的思想观念的女性才能拥有的。例如，《理性与情感》中，玛丽安也是在获得理性思考能力、将理性与情感结合后，才拥有了美满的爱情；《诺桑觉寺》中，凯瑟琳也是在放弃了哥特式的幻想后，理性看待周围的人以及人际关系，才获得了幸福的婚姻。而针对那些以金钱为导向的爱情、趋炎附势的婚姻关系，简·奥斯汀则将其作为理所当然的讽刺对象，以增加小说的喜剧效果。

基于女性主义的文学创作理念，简·奥斯汀赋予她的作品现实的婚姻观。她认为理想的婚姻必须建立在财产或社会和经济地位的基础上。但简·奥斯汀对待爱情也有着自己的向往，即便在女性缺少婚姻自主权的十八世纪，她还是向我们展示了理想的婚姻是可以成为现实的理念。在这些成功的婚姻中，除了对外表的吸引外，简·奥斯汀笔下的爱情与婚姻，仍存在着很多重要特质，理解、尊重、平等、自由……尽管门当户对的观点仍在她的婚姻观中占有重要地位，但她也无数次肯定爱情在婚姻关系中的积极作用，反对单纯为了金钱和地位而产生的婚姻关系。可以说，简·奥斯汀对于婚姻的理解是美好的，但这种理想在现实生活中却难以实现，即使她的小说所描写的许多婚姻都充满缺陷，更何况是在现实生活中。

《傲慢与偏见》中描写的四对不同的婚姻关系，也体现出了现实世界和理想生活中婚姻的不同样貌，以及造成这种截然不同的婚姻结局的关键原因。从中读者也可以体会到十九世纪前后英国中产阶级家庭出身的女性对不同婚姻关系的态度和观念。

班纳特先生年轻时也有着较为可观的财富积累，班纳特太太也正值青春年少，两个人的相遇和相爱充满着浪漫和甜蜜，从世俗的眼光来看，这应当是一桩很般配的幸福婚姻。但两人都忽略了在金钱和美丽皮囊掩盖下的思想，从前看似美好的结合，现如今已成为一潭死水，两个人之间的爱意也在彼此的巨大思想隔阂中消磨殆尽。他们之间从没有实质性的沟通，嘲笑、冷漠和互不理解成为两人交流的最大障碍。班纳特先生只能通过狩猎和阅读获得生活的主要乐趣。班纳特太太除了打听闲事，与邻居互相攀比则别无可乐。究其原因，是因为他们在联姻时只注重金钱和外在的美，而忽略了双方内在的智慧、修养、兴趣和品味，导致他们无法平等有效地沟通。事实上，他们的婚姻在两个人的相互折磨和痛苦中几乎无法维持。

夏洛特和柯林斯就是将婚姻建立在物质财富和社会地位基础上的代表。柯林斯是班纳特先生的表亲，因为班纳特先生没有儿子，所以柯林斯就成了班纳特家族的继承人。但他的举止生硬、粗俗、愚蠢。他向凯瑟琳·德希尔夫人讨好，成了一名牧师。夏洛特聪明、善良，受过良好教育，知识渊博。然而，她也是在男权社会中奋力挣扎的女性，没有任何财产，外表平平。无论在经济压力还是女性的婚姻压力方面，夏洛特都十分需要婚姻。虽然，夏洛特清楚地知道婚姻可能不会给她带来幸福，但可以成为她稳定的经济来源，能够供养她的日常生活，使她在未来不会挨饿受冻。所以为了避免将来生活的杂乱无章，为了不成为家庭的负担，冰雪聪明的夏洛特在伊丽莎白拒绝了柯林斯的求婚后，主动去争取柯林斯先生，即使柯林斯是一个非常无聊、粗俗的家伙，夏洛特和他之间也没有共同的语言和兴趣，但夏洛特也会在心里暗暗告诉自己，只要不去想柯林斯先生，整座房子似乎都很舒适愉快。她经常不愿意和他坐在一起，这表明她对他没有什么爱。因此，她嫁给柯林斯是以牺牲美好的感情为代价的，她的目的只有一个，追求世俗的利益，也就是提高地位，为未来的衣食住行找个依靠。她选择柯林斯，不是因为感情上的原因，而是因为他的财富和价值。她以牺牲幸福为代价选择了婚姻。柯林斯碰巧需要一个妻子，所以他们立即结婚以换取物质利益。尽管简·奥斯汀并不赞成这样的婚姻关系，但她依然理解夏洛特做出的有关婚姻的决定，这说明简·奥斯汀虽然对婚姻有着自己的理解，但只要是出于女性自身的意愿与理智的决定，她依然愿意接受这种婚姻状态。这也说明了在简·奥斯汀的情感观念中，女性意识占据着较为重要的位置。

班纳特全家迎接莉迪亚夫妇（《傲慢与偏见》好莱坞 1940 年版）

莉迪亚是班纳特家最小的女儿，也许是因为班纳特太太管教不严，长大成人后她轻浮、鲁莽且放荡，喜欢和莱顿的军官打交道，并为自己被男人追求而感到骄傲。不仅对人和世事缺乏正确的判断，对爱情的理解也非常浅薄。在她看来，英俊的外表就是最重要的择偶标准，而在这副皮囊下，她并不在意男人有着怎样的思想。她倾心于威克姆的英俊的外表和匀称的身材，并与之私奔。对爱情与欲望的贪婪，使莉迪亚成为威克姆躲债过程中排解寂寞的消遣，以及要挟达西帮他偿还债务的“工具人”。而这桩因为情欲与金钱走到一起的爱情，最终也因为情欲的消散和金钱的挥霍殆尽，沦为令两人都十分痛苦的枷锁。未来的莉迪亚与威克姆的婚姻也将充满更多的艰难，因为这注定是一场不会幸福的婚姻。

社交舞会上的伊丽莎白（《傲慢与偏见》好莱坞 1940 年版）

简是一个非常符合世俗道德标准的、完美的女性形象，她美丽、善良、端庄、温柔，所以才会在与宾利先生的第一次见面中，被宾利一见钟情，而且十分幸运的是，在当天的舞会中简也被宾利深深吸引住了，她向伊丽莎白夸奖宾利，说他是一个典型的好青年，知识渊博、脾气好、活泼。她认为从来没有见过宾利这样令人愉快的行为，这样高贵而有教养。像简这样美丽大方、性格温柔的完美女人，只有真正的绅士才能配得上她。宾利家境良好，年轻富有，举止得体，温文尔雅，是个典型的绅士。简和宾利的婚姻从表面上看，是一种幸福的理想结合，是班纳特太太所描述的最美丽的女孩与实业家的结合。然而，他们的性格也有微妙的缺陷，他们缺乏足够的自信、主见和洞察力，以至于宾利曾经怀疑简是否爱他，而他很容易受到他人的影响。宾利曾经因为家庭背景的差异而对婚姻不抱任何希望。然而，随着故事的发展，两人相互吸引和爱慕，抛开了身份和地位的障碍，最终消除了所有的误解。经过种种困难和考验，有情人走进了婚姻的殿堂，实现了幸福的婚姻。他们的婚姻不仅建立在对彼此人格充分了解的基础上和真诚的爱情上，而且有一定的经济后盾做保证，可以说是天赋与美丽、幸福与完美的结合。

伊丽莎白·班纳特是家族中的二女儿。虽然她没有姐姐简那样漂亮，却是班纳特家族中最聪慧的女孩，冰雪聪明、思想独立、有一定的文化修养，而且活泼可爱，纵使有一点小叛逆，也并不影响她的优秀。有独立思想的她，渴求一场平等的爱情，她重视爱情在婚姻中的重要性，对此她认为真诚的爱情是幸福婚姻的根本基础。虽然她也知道金钱在婚姻中的重要性，但她并不只是为了钱而嫁给一个有钱人。她在爱情上非常执着，如果没有她理想的人选，她宁愿一辈子不结婚。所以她毫不犹豫地拒绝了柯林斯先生的求婚，让母亲大发脾气。随后她又拒绝了富有的达西先生的求婚，因为达西在舞会上的傲慢而使伊丽莎白对他产生了深深的偏见。尽管达西很富有，她还是断然拒绝。伊丽莎白独特的魅力在这里愈发显出光彩来。她绝不会在没有爱情的婚姻中妥协。在小说中，达西是一个天生的巨人。他富有、英俊、匀称而高贵。他是当时最理想的婚姻伴侣。但他看不起所属阶层以外的人，对圈子外的任何人都装出一副漠不关心的样子，显得挑剔和刻板。他以傲慢的态度出现在伊丽莎白面前时，伊丽莎白没有屈服，而是激烈地予以反击。随着故事的发展，她的诙谐幽默、聪明智慧、独立的精神和对传统人格的蔑视，逐渐吸引了达西的注意。在伊丽莎白的引导下，达西逐渐克服了自身的弱点。随着对达西了解的加深，伊丽莎白也消除了对他的偏见。他们最终步入婚姻的殿堂，在双方真诚的爱情基础上联姻，同时又有丰厚的物质作为经济基础。

小说《傲慢与偏见》的中心人物是伊丽莎白。通过对伊丽莎白的情感过程的描述，奥斯汀对情感的内在态度和对幸福婚姻的渴望得到了淋漓尽致的表达。简·奥斯汀借助剧中人物丰富的情感体验表达了自己的婚姻观：没有爱的婚姻不会幸福。主人公伊丽莎白是奥斯汀最喜欢的人物，在她身上，简·奥斯汀寄托了自己的理想爱情与婚姻。在奥斯汀的婚姻观中，诚挚的爱情是幸福婚姻的必要基础，同时真正幸福的婚姻，也需要建立在一定的经济基础上，因此她理想的婚姻应该是爱情和金钱的完美结合。假使没有爱情、只注重物质的婚姻，抑或是只重视金钱而忽略感情的婚姻，都是不可取的，如果既有爱情，又有金钱，那么这样的婚姻才是真正完美、幸福的婚姻。简·奥斯汀的爱情观和婚姻观，源于她的人生经历，以及十八世纪前后英国的社会思想。

当时，年轻女性生活中最重要的目标就是找到合适的丈夫，缔结可靠的婚姻。此外，除了有权继承财产的长子外，同一阶级的未婚男性只能靠长期的个人奋斗获得稳定的收入来源，当他们不再年轻的时候，在漂亮的女佣或女工中寻找妻子。因此，年轻女性的婚姻和爱情压力越来越大。结婚后，女性成为生殖机器，成为男性的附庸。长此以往，女性从身体到灵魂都会受到伤害，并逐渐变得抑郁和扭曲。简·奥斯汀不仅谴责了十九世纪金钱至上的婚姻观，还批判了女性长期保持沉默的社会根源，那就是高高在上的父权制度。如果女性得不到真正的尊重和爱，还不如独自一人生活。伊丽莎白这个角色正是奥斯汀的自我映射。她宁愿单身，也不愿嫁给找不到共同点的柯林斯。

伊丽莎白与达西（《傲慢与偏见》好莱坞1940年版）

简·奥斯汀谴责以追求金钱和家庭地位为目的的婚姻，肯定有感情基础的男女结合。然而，她的作品中没有一个女主人公是“下嫁”。尽管她们的婚姻和爱情经历了不同程度的波折和考验，但她们最终都是幸福的，而且她们都嫁给了一个比自己更有钱、更有社会地位的丈夫。在《理智和情感》中，埃莉诺和爱德华结婚，玛丽安嫁给了布兰登上校。在《傲慢与偏见》中，简嫁给了富有家庭的儿子宾利，伊丽莎白嫁给了富有家庭的儿子达西。在曼斯菲尔德庄园，范妮·普赖斯嫁给了她的堂兄埃德蒙。在《劝说》中，安妮和温特沃斯上校好事多磨，但最终还是有情人终成眷属。在《诺桑觉寺》中，凯瑟琳和亨利建立了长久的友谊。《艾玛》中的艾玛似乎是个例外，因为艾玛·伍德豪斯既富有又有名。嫁给奈特利先生可以被形容为“天作之合”。这样一个幸福美满的结局，当然并不是对当时社会婚姻状况的真实写照，而是对简·奥斯汀对内心深处的婚姻理想的美好寄托。

简·奥斯汀相信，爱情是一种高尚的情感。她的小说作品都以男女青年的爱情和女性的成长为主线，关心女性所关心的问题：怎样选择配偶、通过美满婚姻来获取个人幸福，怎样实现在婚姻与爱情中维持男女关系的平衡。这与当时英国社会中广泛认可的观念并不一致，是超前的。在当时的社会背景下，婚姻是女性最终的归宿，而这种选择受到严格的阶级划分以及父权社会的各种无形压力。金钱至上的婚姻观恰恰反映了当时社会对女性的压迫和严苛。在简·奥斯汀时代，女性没有继承权，也不能在经济上独立。因此在她看来，婚姻需要建立在夫妻双方相互尊重的基础上。小说《劝导》中的克罗夫特夫妇并不是男女主人公，但他们也有着平等的爱情和婚姻关系，两个人都能够相互帮助、相互促进。

小说《爱玛》中爱玛的家庭教师泰勒小姐，是一个聪慧、善良又能干的知识女性。尽管是嫁给斯顿先生作续弦，但在婚姻生活中占据了很多的主动权和话语权，不仅将家务打理得井井有条，还能够帮助自己的丈夫处理很多事情，行事有自己的独立性，善于分析和表达，因此能为丈夫提供一些意见，帮助丈夫游刃有余地处理日常人际交往事务。因此，泰勒小姐在婚后很短的时间内，就与丈夫建立了较为平等的关系，并得到了丈夫和身边人的尊重。泰勒小姐再婚后表现出来的社交智慧，体现了她出众的个人能力，凸显了女性的智慧，传达了男女平等的观念。与之相反的是小说《曼斯菲尔德庄园》中伯特伦夫妇之间的关系，伯特伦夫人对丈夫的生活与日常活动并不关注，两人之间也没有较为密切的沟通和联系，家庭中的琐事也需要托马斯爵士来做决定。这样不对等的婚姻关系是简·奥斯汀所无法容忍的。

而随着简·奥斯汀女性意识的不断觉醒，简·奥斯汀小说中的情感观念也发生了较大的转变。在前期作品《理智与情感》和《傲慢与偏见》中，简·奥斯汀主张女性需要理性地审视爱情，需要正视婚姻中的物质基础，有必要时还需要用理性的思想来克制自己的感情。而随着故事的展开，女主人公对感情的理性克制也最终得到了回报，她们都收获了美好的爱情和婚姻。但在小说《劝导》中，女主人公安妮因为听从拉塞尔夫人的劝导，理性审视了自己的爱情，并最终因为爱人的经济条件放弃了自己爱情，使自己陷入了长达八年的悔恨中。从传统婚姻观念来看，安妮的做法是正确的，拉塞尔夫人的劝导也是正确的，甚至在简·奥斯汀以往的小说中，安妮的做法也是可取的。按照简·奥斯汀以往小说的故事走向，不仅安妮不会后悔自己的决定，甚至还会“因理性审视爱情”而得到“命运的馈赠”，即一个有钱、有社会地位、有品位、有思想的帅气优质男性不仅爱慕着安妮，而且尊重她，两个人成为令人羡慕的爱侣。这是简·奥斯汀以往小说男性主人公的基本设定，也是简·奥斯汀小说中女主人公最常见的爱情形式。《劝导》打破了简·奥斯汀固有的爱情定式，通过安妮长达八年的悔恨、思念，反复强调爱情中理性的审视带给爱情和人生的极度痛苦。因此，安妮怀揣着满心的思念与悔恨，再次与爱人重逢，在抛却一切猜忌后理性权衡、小心翼翼地试探后，两个人再次相爱，并决定结婚，从而实现了简·奥斯汀笔下首次感情战胜理性的结局。

《劝导》的结局体现出简·奥斯汀在长期的未婚生活中对情感的新的理解。通过小说的结局设计，读者似乎可以窥见简·奥斯汀身处婚姻与爱情之外的落寞感情，从期待爱情的小女人，到变成了期盼与爱情重逢的成熟女人。她开始意识到谨慎的理性思想在真正的爱情面前并没有积极的帮助，反而曲解了爱情，让爱情充满着理性的权衡。如果少一点理性，多一点感性，那么爱情将更加甜蜜和幸福，爱情的进展也会更加顺利。简·奥斯汀对感情理解的变化，是促成小说《劝导》最终结局的关键。但同时《劝导》男性主人公的社会地位和身份的转变，也是简·奥斯汀情感观念转变的一个重要表现。十八世纪末十九世纪初期的英国正处于社会思想大转变、经济高速发展的阶段，社会阶层之间的矛盾冲突也在加大，英国与周边其他欧盟国家之间的战争给社会和人民带了很多不稳定的因素。在内外交困的环境中，简·奥斯汀的传统思想观念进一步崩塌，对传统的“土地贵族”的态度也发生了转变，并意识到了平民出身的军人，也可以凭借军功和后期的努力，加官晋爵、获得荣誉，拥有一定的社会地位。另外，随着新兴资产阶级的兴起，传统的“土地贵族”的财力和社会地位都受到了冲击。新贵族与旧贵族分庭抗礼，而且旧贵族逐渐式微的局面，让简·奥斯汀开始放宽对男主人公身份设定的条件限制。不过，即便双方都具备一定的经济条件，但还需要以彼此相爱为前提。当然，仅有感情的婚姻是无法维持下去的，《理智与感情》中威勒比与玛丽安虽然相爱，但最终还是因为玛丽安家境贫寒，致使威勒比与她分道扬镳。

四、对女性间互帮互助的表述

简·奥斯汀的小说实质上是以女性成长为主线而展开的女性主义小说，而在简·奥斯汀的笔下，女主人公或是需要他人的引导，或是经历一些波折，才能够实现人物不同程度的成长，最终成为理性、成熟的女性。简·奥斯汀尤为重视人与人之间思想碰撞后产生的心灵上的成长，而小说中形形色色的人，都扮演着女主角在成长过程中“导师”的角色，这些角色有反面也有正面，有男性，但更多的还是以女性为主。玛丽安、伊丽莎白、爱玛、安妮的身边都有知心的好“闺蜜”陪伴在自己的成长道路上。她们与女主人公的关系是相互陪伴和引导的关系，既推动了故事情节发展，同时也便于作者利用人物之间的关系传达人物的思想成长轨迹。在简·奥斯汀的小说中，女性人物形象是绝对的主角，女主角的成长主线和对自由的勇敢追求，也使得女性的思想意识更加突出。因此，相较于男性角色，女性角色对女主人公的帮助以及两个人彼此的互帮互助更显温情，增加了女性人物对女性思想与意识的反思，更加符合女性成长、女性意识觉醒的小说主题。

伊丽莎白（《傲慢与偏见》好莱坞1940年版）

与此同时，在十八世纪前后的英国社会中，很多年龄相当的女性通常也是婚姻市场中的“竞品”，而为了争取到更好的婚姻，女性之间通常会存在竞争的关系。但女性之间的互帮互助，打破了父权社会体制下女性之间的雌竞，让女性之间可以和谐、平等地相处。但囿于时代思想，简·奥斯汀笔下的女性之间的互帮互助，只限于年龄相当的年轻女性之间，而且在简·奥斯汀早期的小说作品中，这种亲密的感情，也只限于亲姐妹之间。随着思想的不断觉醒，没有血缘关系的“闺蜜”之间也建立起了亲密的、能够互相理解和扶持的女性关系。在这样的关系中，两位女性人物不仅成为彼此情感的倾诉者，同时也成为彼此思想和精神上的引领者。

简·奥斯汀的小说致力于对日常家庭生活的描绘，尽管这是一个狭小的空间，但对于久居闺阁的简·奥斯汀来说，却有着先天的优势，在塑造人与人之间的关系上自然也是得心应手。当时英国的社会状况决定了女性生存空间的狭窄，因此女性能够在有限的空间内，相互帮助、鼓励，应对生活中的种种问题，是非常好的形式。尽管简·奥斯汀的小说主要表现男女青年之间的爱情，但对于人物之间的其他情感关系简·奥斯汀也有很好的呈现。小说中，女性之间也会为彼此的情感困境的解决提供帮助，有时是对行为的劝诫，有时是帮助对方进行理性分析。因为在创作初期的简·奥斯汀看来，女性在生活与爱情中需要理性的思考与帮助。不过，简·奥斯汀笔下的人物也不都具备理性光芒，人物性格的差异决定了人物形象的多元性，因此也就不可避免地呈现出不同的性格特征。女性之间的互相帮助，就能够很好地利用彼此的性格特征，帮助彼此解决生活中的困境与难题。

小说《傲慢与偏见》中的简与伊丽莎白互相分享着在爱情中的感悟、欣喜与痛苦。通过两人之间的交流、信件往来，让读者看到了在简温柔、端庄外表下蕴含在心灵深处的炽热情感，也让读者看到了伊丽莎白对于爱情和婚姻的深入思考。伊丽莎白和简两姐妹，是简·奥斯汀在小说《傲慢与偏见》中极力凸显的两类女性人物形象。这两个人物形象性格有巨大差异，她们在爱情选择和婚姻选择的过程中遇到了不同的阻碍和困境，分别体现出了简·奥斯汀不同的情感观念。但这两个性格有着明显差异的女性，却在彼此成长的道路上互相支持、帮助和鼓励，让小说在专注女性成长、女生爱情的主题的同时，也表现出女性互帮互助的美好姐妹情谊。

《傲慢与偏见》中的简与伊丽莎白是思想与精神上相互支撑和鼓励的姐妹，而《理智与情感》中的两姐妹埃莉诺和玛丽安之间的帮助，更多的是体现在生活上。故事围绕着两姐妹的感情生活展开，同时也对两姐妹的日常生活境遇进行了描写。在经历了父亲去世的打击后，母女四人搬到了一个小农舍定居。埃莉诺和玛丽安两姐妹共同遭受着社会的歧视，也一同分担着生活中包括经济、婚姻在内的种种压力。埃莉诺和玛丽安会计划家中的开支，在爱情方面也会陷入自卑的情绪中。两姐妹都有着对未来生活的渴望，在稳定的物质生活和理想的爱情以及婚姻生活中，两个人都坚定不移地选择了后者。尽管在坚持理性和初心的过程中，两姐妹也遇到了很多阻碍。玛丽安因为经济原因，只能眼睁睁地错失自己的爱情，而埃莉诺也因为家庭出身和经济原因，心中暗暗倾心于爱德华却始终不敢表露半分。与埃莉诺不同的是，玛丽安更加浪漫、充满幻想，在姐妹两人的爱情失利后，她能把自己完全释放到失恋的痛苦中，而埃莉诺只是默默痛苦。姐姐埃莉诺给了玛丽安情感上的帮助与支持，同时也给予了玛丽安理性的力量。而活泼开朗的玛丽安，也在埃莉诺面对爱情抉择的过程中，给予了她很多帮助。从总体上而言，还是埃莉诺对玛丽安的照顾更多。

此外，两姐妹也承受着社会中对于孤儿寡母家庭的歧视，因为在当时的社会背景下，埃莉诺与玛丽安的出身和家庭条件存在着很大的缺陷。本来未婚女性在社会中就得不到尊重，两人又心存对爱情的憧憬与理想，不肯贸然进入婚姻，自然会在生活中承受来自世俗的压力。好在两姐妹的处境相同，命运相似，两个人能够一同承担这样的歧视与偏见，在彼此的陪伴与支持下，最终走向自己梦想的幸福生活。

与《傲慢与偏见》和《理智与情感》中能够互帮互助的姐妹情谊不同，小说《爱玛》中的爱玛自以为是，总是按照自己的意愿行事，很少接受别人的意见。优越的社会地位导致爱玛不负责任地安排别人的命运，总是主观地把任意两个人聚集在一起。在哈丽埃特的婚事当中，爱玛经历了很多次的失败，每一次失败后，爱玛都会进行反思。也正是哈丽埃特的婚事促使爱玛不断改正自己的判断，一步步走向思想的成熟。爱玛和哈丽特之间也有亲密的女性互帮互助的情感联系，但爱玛与哈丽特之间存在着阶级差距，两人之间的地位并不对等。除此之外，两个人互相帮助的表现形式也与简和伊丽莎白、埃莉诺和玛丽安之间的互动有着较大的差异。但爱玛依然热心为哈丽特介绍优秀的男性，也鼓励哈丽特勇敢争取自己的爱情，她希望哈丽特能够与有钱、有一定社会地位的男性结为夫妻，从而拥有更加优渥的生活。她的做法违背了哈丽特的个人意愿，还险些拆散了一对原本相爱的情侣。从这一层面来看，爱玛没有对哈丽特有过什么积极的帮助，其实这源于爱玛对爱情的不理解，不过她对哈丽特的帮助是出于好心，更是出于对哈丽特的保护。而哈丽特虽然没有为爱玛回馈过什么，但爱玛在她身上看到了真正的爱情的样子，这也促进了爱玛在思想与心灵上的成长。

除此之外，小说《爱玛》中爱玛和泰勒小姐之间也存在相对较为亲密的互帮互助的关系。泰勒小姐作为爱玛的家庭教师，与爱玛是亦师亦友的关系，她关心爱玛的学习、生活，同时也是爱玛思想的启蒙者。因为两个人的关系非常亲密，所以爱玛在泰勒小姐成为母亲之后，对婚姻和家庭生活有了向往。而爱玛与简·费尔菲克斯关系就更复杂一些，首先，作为爱玛的好伙伴，简·费尔菲克斯漂亮、聪明、多才多艺，年龄又与爱玛相当，是能够与爱玛心意相通、同行做伴的好闺蜜，两个人的生活经历也都在很长时间里相互交织。但身份地位的巨大差异使得两个人之间的关系一度陷入非常紧张的状态。爱玛家境优越，可以无忧无虑地生活，但简父母早亡，没有经济来源，只能当家庭教师聊以为生。因此，她生活得小心谨慎，充满着不安全感。生活状态的差异也导致了两个人在成年后渐行渐远。好在简·费尔菲克斯寻觅到了一段不错的婚姻，从此能过上相对安稳的生活，而在这一阶段，爱玛也在不断地成长中认识到了自以为是的毛病，为自己对简·费尔菲克斯的嫉妒和伤害而感到懊悔，到最后互相道歉而和好，两人才再次构建亲密的女性互帮互助的联系。之前，爱玛与简·费尔菲克斯之间能够分享彼此的情绪与思想以及对社会的一些看法，而随着两个人的渐行渐远，爱玛也失去了可以分享见识与思想的机会。从这一角度来讲，简·费尔菲克斯与爱玛也同样构建了亲密的女性互帮互助的关系。

小说《劝导》中拉塞尔夫人对安妮的劝导，尽管出于对整个家族利益的考虑，但考虑到当时的社会背景，拉塞尔夫人也是在帮助安妮理性审视这段爱情，是对安妮未来生活的关心与关注，毕竟在简·奥斯汀以往的小说中，爱情和婚姻都是需要理性对待的，但不曾想这份劝导为安妮带来了数年的相思之苦，甚至险些使她错失终生幸福。但无论如何，拉塞尔夫人对安妮的劝导，也是简·奥斯汀小说中女性互帮互助思想的体现。

简·奥斯汀的作品中女性间的互帮互助，不仅可以提高女性自身的能力，加快女性成长的速度，同时也扩大了女性的视野。在十八世纪前后的英国，女性生存空间的狭小决定了女性可以了解的事物和思想也相对较少，但因为有了相互帮助的女性同伴，两个人严酷的生存环境得以改善，压抑的心理得到了释放和缓解。这有助于女性意识的进一步觉醒，同时也促进了女性对社会更加多元的了解与认知。

五、对人物自身矛盾性的揭示

文学作品如何体现作为人的真实性？从某个角度来说，就是对人的复杂性和多面性的揭示与理解，尤其是通过正反对比，更能突出人性的矛盾，从而愈显真实。简·奥斯汀小说中人物形象的立体与鲜活，很大程度上就是以此为依据。小说《爱玛》中的女主人公，美貌、年轻、有才气、有一定的经济基础，是比较“完美”的女性形象。但她对于世事的洞悉并不深入，她不了解女性的经济和婚姻困境，只是对婚姻抱有极大的幻想。因为意识到这种幻想在现实中很难实现，所以她选择逃避婚姻。与此同时，她又极力帮助其他女性获取婚姻。这种对于婚姻的矛盾态度，揭示了她自身对金钱和社会地位的认可与骄傲，同时还兼具一些属于贵族女性的自以为是。对比同时期小说中的女性角色，爱玛是有独立思想的女性，而对比简·奥斯汀以往的作品中的女性形象，她又有很多缺点，比如骄傲自大、缺少同情心和社交智慧等。爱玛的这些显而易见的优缺点，即人物形象的矛盾性，使小说中爱玛的成长主线及最后的成长结果更加清晰。

小说最开始的时候，主人公爱玛并没有心仪的爱人，她和周围人的思想观念格格不入，对婚姻和爱情并不期待，不过她却积极地为哈丽特寻找爱人和合适的婚姻对象，因为她心中认定的观念是，像她这种“有钱”的女性不需要婚姻，而如哈丽特这样的女性则需要婚姻傍身。因此在对婚姻进行选择的时候，爱玛主张哈丽特的婚姻需要建立在物质基础上，这就是她为哈丽特挑选的都是有一定家业的男性的原因。从爱玛的婚姻观可以看出，她意识到了当时社会上的婚姻的本质，但她并没有选择屈服，而是利用这种属性来增加女性的幸福值。当然在小说最后，哈丽特还是与相爱的马丁走入了婚姻，这也使爱玛认识到婚姻中情感价值的重要性。此外，爱玛也逐渐了解到自己对奈得利先生的爱慕情愫。小说中爱玛对待爱情的前后矛盾性，代表了女性真正意义上的对爱情和婚姻的期盼，故事摆脱了简·奥斯汀以往小说中有关女性经济和婚姻困境束缚的主题，强调了从感情上喜欢一个人才是女性遵从自我内心的真正爱情。在小说中，简·奥斯汀对奈得利先生的身份和社会地位没有过多的赘述，以突出爱玛的选择更多的是出于对奈得利先生的真心爱慕。这与爱玛在小说开始时为哈丽特择婿时注重门第观念和男性财富的思想有了极大的反差，而这种观念上的矛盾性恰恰说明了爱玛在这一过程中的成长，以及她在对待爱情与婚姻观念方面产生的巨大变化。

《傲慢与偏见》中的伊丽莎白在经历、性格、才华上与简·奥斯汀有极大的相似性，因此深受广大读者喜爱。其实，伊丽莎白这个形象自身也具有非常大的矛盾性。她虽然看似“完美”，却不符合当时社会对女性美德的要求。她反对基于金钱至上的婚姻，但最终嫁给了有钱又有社会地位的达西。她渴望真爱，却不会勇敢追求自己的爱情。诸如此类的矛盾性破坏了伊丽莎白的“完美”，使读者看到了她被禁锢在时代中的无奈，反而使这个人物更具真实性和社会意义。

简·奥斯汀在描写主要人物的矛盾性时，主要侧重于对人物语言和心理活动的描摹，以此来细腻地塑造各具其貌的人物形象，这些形象描绘了十九世纪前后英国社会非常全面的女性形象图谱，其中不仅仅有美丽、聪慧、思想前卫的年轻女性，也有经历过世事、深刻了解女性自身困境、深受男权父权社会体制与思想压迫的中老年女性群体，相对于较为年轻的女性，她们更能反映时代思想对女性心理和行为的压迫，也更能够凸显女性的现实困境。

《傲慢与偏见》中的班纳特太太就是其中的代表。奥斯汀把她描绘成一个见识浅薄的愚蠢女人，在小说中也有多次描写与叙述。在人际交往过程中，班纳特太太经常通过外貌和衣着来评判别人，而她的无知总导致这种评价过于肤浅，没有任何价值。小说中作者对班纳特太太的神经也有着嘲讽性的刻画。班纳特太太一不称心，就开始念叨自己的神经。例如，在第一章与自己的丈夫为女儿们的婚事吵架时，她说：

“我的好老爷，你怎么舍得这样糟蹋自己的新生亲生女儿？你半点儿也不体谅我的神经衰弱。”而班纳特先生则回敬道：“你真错怪了我，我的好太太。我非常尊重你的神经。它们是我的老朋友。”①

班纳特太太虽然是小说中一个时常令人发笑的配角，但其言行与心理都存在着极强的矛盾性，作为一个母亲，她爱护自己的子女，将女儿的婚事视作自己为之奋斗的使命。不过，她只注重男方的经济基础，根本不介意不管束他们的行为，也不重视对女儿的教育，只要她们能够顺利结婚，而且是与有钱的男性结婚，她就心满意足。这让她在伊丽莎白和简这些追求自由与真爱的女性形象面前，看起来尤为可笑，加上简·奥

① 简·奥斯汀，李继宏译．傲慢与偏见[M]．天津：天津人民出版社，2016：3.

斯汀在塑造这个人物时增加了很多轻视的语气，加强了班纳特太太身上的反派属性。

同时从人物形象塑造的表面上来看，班纳特太太对女儿们的爱护是有条件的，也会因为她们身边男性的经济基础而发生改变。她只认得物质利益，根本不知道儿女们还需要在感情上和精神上得到关注和照顾。但事实上，并不是班纳特太太对女儿的内心感受全然不在意，而是因为在当时，婚姻是女性的必然归宿，班纳特太太期望自己的女儿能够拥有更好的未来和生活，因此一再要求娶自己女儿的男性要有好的经济基础。她有五个女儿，如果在丈夫逝世之前，女儿们没有出嫁，那么她们的处境将是非常糟糕的。班纳特太太见多了同阶层的女性因未婚而所受到的经济压力，因此，班纳特太太对女儿们的压迫，是基于男权父权社会体制和思想下对女性思想的压迫，也是对母性的压迫。这最终形成了班纳特太太对女儿们的情感与行为之间的矛盾。同时，这样的压迫也使她没有多余的心力再去思考女儿们的其他需求。在她眼中，婚姻与爱情无关，却与女性的生存息息相关。也许伊丽莎白和简所谓的尊严，在她眼中就是不切合实际的，如果没有经济来源，所谓的尊严也是空中楼阁。

班纳特夫人是一个中产阶级家庭的太太，既没有非常显赫的家世，也没有经营家庭的智慧，更没有得到丈夫的尊重，其实她也渴望拥有管理家庭的权利。内心的欲望和残酷的现实，让她每每想表达自己的见解时，却总是得不到重视。她在家庭中没有地位，争取不到话语权，就无法真正处理家中的事务。所以她总是神经质般地胡思乱想、喋喋不休，面对女儿莉迪亚与维克汉姆的私奔，班纳特夫人也在主张两人结婚和借助班纳特先生解决维克汉姆保护女儿之间左右摇摆。因为在女儿选择私奔后，好的婚姻选择项就更少了，于是她在渴望保护女儿以及希望女儿嫁人的两个心愿的选择时出现了矛盾。而且，当女儿匆匆结婚时，这种唯利是图的解决矛盾的态度让全家人蒙羞，她却根本顾不上觉得羞耻。小说对此进行了详细的描写：

班纳特太太已经有两个星期没有下楼，遇到今天这么快乐的日子，她欢欣若狂，又坐上了首席。她并没有觉得羞耻，自然也不会扫兴。远从吉英十六岁那年起，她的第一个心愿就是嫁女儿，现在她快要如愿以偿了。她的思想言论都完全离不了婚嫁的漂亮排场：上好的细说纱，新的马车，以及男女佣仆之类的事情。

她说："要是戈丁家能迁走，海夜花园倒还合适；斯托克那幢大房子，要是会客室大一些，也还可以，可是阿西渥斯离这儿太远！我不忍心让她同我隔开十英里路；讲到柏卫别业，那所假三层实在太糟了。"

每当有佣人在跟前的时候，她丈夫总是让她讲下去，不去岔断她的话。可是佣人一出去，他可老实不客气地跟她说了："我的好太太，你要为你的女儿和女婿租房子，不管你要租一幢也好，或是把所有的房子都租下来也好，都得让我们事先把问题谈谈清楚。邻近的房子，一幢也不许他们来住。他们不要梦想，认为我会在浪搏恩招待他们！"

这话一出口，两人便争吵不休；可是班纳特先生说一不二，于是又吵了起来；后来班纳特太太又发觉丈夫不肯拿出一文钱来给女儿添置一些衣服，不禁大为惊骇。班纳特先生坚决声明，丽迪雅这一次休想得到他半点疼爱，这实在叫他太太弄不懂。他竟会气愤到这样深恶痛绝的地步，连女儿出嫁都不肯优待她一番，简直要把婚礼弄得不成体统，这确实太出乎她的意料。她只知道女儿出嫁而没有嫁妆是件丢脸的事情，至于她的私奔，她没有结婚以前就跟韦翰同居了两个星期，她倒丝毫不放在心上。①

在小说中，班纳特太太对女儿们疏于管教，从当时的社会文化环境和背景来看，也只是遵从社会思潮的结果，因为班纳特夫人没有教育女儿们的能力和意识。但当班纳特先生嘲讽自己的女儿时，班纳特夫人也始终维护着她们，再结合班纳特夫人对女儿婚事的执着，读者能够感受到班纳特夫人对女儿未来的美好期待，以及对女儿们的爱护。但她这样的心态无法教育女儿们拥有更好的专业技能，甚至无法将家族的遗产分给女儿们，只能由外人来继承班纳特家族的事业，因此也可以说是社会体制和思想观念造成了班纳特夫人行为和思想的矛盾性。

简·奥斯汀是一个细腻的作家，她清楚明白地洞察人性，小说《傲慢与偏见》充分展现了她对于班纳特夫人这一类的女性人物形象的厌恶，并通过一系列讽刺的语言形式塑造班纳特夫人的愚蠢与见识浅薄以及在家庭中的尴尬地位，以此来表现男权父权社会体制与思想下女性地位的

① 简·奥斯汀，李继宏译．傲慢与偏见 [M]．天津：天津人民出版社，2016：65.

尴尬以及女性思想的扭曲与矛盾性。班纳特夫人具有“反派人物”的一切特征，但这样的“反派人物”却并不令人憎恶，甚至增加了小说对读者的吸引力。简·奥斯汀塑造这样的人物形象、嘲讽她们的行为的本意是嘲讽英国男权父权社会思想与制度，以及这种制度对女性思想和行为的压迫。如果深入探究班纳特夫人心理和行为的成因，就能够发现这一人物形象愚蠢到令人发笑的背后，是非常残酷的社会现实。班纳特夫人的成长与行为都受到男权父权社会体制与思想的压迫，致使她早已失去自我思考以及判断的能力，只能被动迎合当时社会的主流思想观念。即便如此，她也没有得到家庭和社会，甚至是自己丈夫的尊重。这一角色尽管是小说中不可或缺的“喜剧化”人物，但实质上却有着“悲剧”的精神内核。好在小说的最后，班纳特夫人的五个女儿都嫁出去了，并且有三个都嫁给了有钱的男性，也算是实现了她的心愿，让这个“悲剧”人物的结局不至于太过悲惨。

《傲慢与偏见》中还有一个自私势利、充满资产阶级贵族式矫揉造作特质的女性形象——凯瑟琳·德布尔夫人，她也是小说《傲慢与偏见》中的又一“反派人物”，她的身上展现出简·奥斯汀对另一种“喜剧化”女性人物形象的刻画方式。与班纳特夫人不同的是，凯瑟琳夫人是出身于高等贵族家庭中的女性，在社会和家庭中都具有一定的地位，因此长期身居高位的她，在过度的奉承和顺从以及过高的社会地位中不断形成、而且自然而然地带有一种上位者的姿态。她对周围人的心理和生活也极为漠视，导致她会为了满足自己的利益需求而牺牲他人的情感。她在生活中持续寻找那种高高在上的感觉，因此，渐渐对周围人的行为和生活也产生了指点的兴趣，并最终形成了骄傲自满、自私自利且爱管闲事的心理。

小说中凯瑟琳夫人的行为代表了英国十九世纪前后中上层资产阶级自私自利的本性，因此，简·奥斯汀将凯瑟琳夫人自以为是的行为塑造得异常可笑。从常理判断，拥有更高社会阶层的女性应该会受到更好的教育，更具有生活智慧和社交智慧，但凯瑟琳夫人的行为并没有让我们看到她的生活智慧，她对女儿的教育是缺失的。不可否认的是凯瑟琳夫人对女儿的疼爱与爱护。她关心女儿的婚事和日常生活，但对女儿日常教育的方式与结果，她从不关心和过问。德布尔家族是贵族家庭，雇用了家庭教师，但她并没有对德布尔小姐的教育上心，反而像保姆一样照顾着德布尔小姐的日常生活，“她的工作一是听德布尔小姐说话，二是管住德布尔小姐的眼睛，不让小姐看到不该看的东西”①，抑或是成为凯瑟琳夫人炫耀家族社会地位和经济实力的一个“装饰品”。她并不重视女性的教育和知识，只在乎能否彰显自己的社会地位，展现自己的优渥生活。这种人物行为上的矛盾性，更突出了她爱慕虚荣且自私的本性，同时也进一步展现了男权父权社会思想下女性教育的缺失。即便是当母亲拥有了很好的社会地位和支撑女儿教育的财力基础之后，也依然对女性教育保持忽视。

在社交活动中，凯瑟琳夫人展现出了上位者的风采，因为总想占据话题的中心地位，所以在社交活动中，总是很尴尬又很积极地表现自己

① 简·奥斯汀，李继宏译，傲慢与偏见 [M]. 天津：天津人民出版社，2016：44.

以彰显她的社会地位。凯瑟琳夫人数次强势干涉伊丽莎白的感情生活。尽管这出于对女儿婚姻的关注和争取，但无视其他女性的婚姻幸福的手段依然体现了自私自利的性格特征以及对待他人和自己女儿态度的矛盾性。在爱情婚姻观方面，凯瑟琳夫人与班纳特夫人很相似，她们都希望女儿能够嫁给有钱的男性。凯瑟琳夫人也很注重男性的社会地位，选择达西是基于达西的社会地位和经济实力，但她忽略了达西与伊丽莎白之间的感情，更忽视了达西和自己的女儿德布尔小姐的意愿，只一味强调个人的想法。作为上流社会的一员，她的行为只能让自己没有退路、丧失体面。行为与结果的矛盾性也展现了凯瑟琳夫人这一角色的悲剧性。相较于班纳特夫人，凯瑟琳夫人的形象更加具有“反派人物”的特点，因此，简·奥斯汀塑造这个形象时，其讽刺性的语言也更加犀利，表现了她对凯瑟琳夫人这一类型的上层社会群体的态度。小说最后部分，凯瑟琳夫人与伊丽莎白的对话就充分体现了她的性格特征：

“我的女儿和我的姨侄是天造地设的一对。你这样一个小妮子，无论家世、亲戚、财产，都谈不上，难道光凭着你的痴心妄想，就可以把他们拆散吗？这像什么话！这真是太岂有此理！假如你脑子明白点，为你自己的利益想一想，你就不会忘你自己的出身啦。”①

《理智与情感》中的达什伍德太太，是一位优柔寡断、毫无主见的

① 简·奥斯汀，李继宏译，傲慢与偏见 [M]. 天津：天津人民出版社，2016：3.

单身母亲。她对生活上的琐事漠不关心，即便是周围的事物有什么变化，也很难会引起她的情绪起伏。她始终沉溺于失去丈夫的悲痛，生活中唯一的乐趣就是关注男女之间的浪漫爱情。尤其是对男女青年之间的互动，她总是过度脑补，认定他们陷入热恋，继而马上期盼着他们尽快成婚。甚至还会鼓励自己的女儿玛丽安与威洛比的恋爱，丝毫没有劝导自己的女儿远离这样毫无担当的男人的意识。达什伍德太太在行为和思想中的矛盾，代表了英国十九世纪中年女性广泛存在的性格特点。简·奥斯汀在对达什伍德太太进行刻画的时候并没有展开深入的性格描写，却通过她的处境展现了那一时期很多女性在丈夫身死后所要面对的必然的结局。她对于现实生活的无知无觉、麻木，也体现出了那一时期女性在生存困境中的麻木。她们早已习惯了这样的生活，也不会有任何想要改变的意愿与想法，只能日复一日重复着，只能紧紧依靠着身边的人。

由此可见，简·奥斯汀笔下的女性人物形象自身的矛盾性，来源于人性本身的矛盾心理、人性欲望的矛盾以及被父权男权社会制度与思想的侵蚀和压制的心理，同时也来源于人物的成长经历造成的前后思想观念的巨大差异。作品通过对人物自身矛盾性的刻画，展现的不仅仅是时代背景下有关妇女的社会问题，更指出了造成这种问题的社会根源和思想观念。同时，人物形象的矛盾性也体现了简·奥斯汀对女性群体的态度。在小说的创作中，她直观地表现了社会现状及社会的主流思想，但同时也表达了对女性的期望。她肯定女性的先天智慧，也希望女性都能拥有理性的智慧，获得美好的生活。不过，她也默认了社会的现状和固有思想，例如在达什伍德先生去世后，达什伍德太太和埃诺莉玛丽安被人抛弃后的悲惨境遇，等等，都表现出了简·奥斯汀对社会现状的认可。简·奥斯汀指出，女性在男权父权社会中作为“他者”，没有追求梦想、自由的权利，只好将身份、地位的提升以及生存困难、经济困境的解除寄希望于婚姻。这也导致了女性在社会中身份的转变是由女儿向妻子、母亲的转变。但实质上，女性依然没有摆脱“他者”的身份，始终缺少真正的自我和独立。这也是简·奥斯汀的小说无法摆脱的时代局限性。

六、对女性成长过程的描写

从现代女性的视角来看，简·奥斯汀笔下的女性角色缺少女性的独立意识，也缺少先进的女性思想。尽管作者在小说中揭示了女性的经济困境、婚姻困境等问题，也表现了对妇女命运的深切关怀，但对于社会的压迫抨击的力度有限，对传统男权思想的抨击也稍显无力。小说中的女性角色对女性自身的命运知之甚少，因此对命运的抗争也是有限的。再加上简·奥斯汀的很多女性角色都是通过婚姻来改变自身的命运，并最终都因为爱情嫁给了有钱有社会地位的男性，因此从这一角度来看，简·奥斯汀笔下的女性对时代的抗争也软弱无力。事实上，简·奥斯汀对女性人物形象的塑造是从女性情感和婚姻的角度展开情节的，这样才能够更好地与当时的女性读者产生共鸣，同时也更加符合女性追求美好生活的愿望。而且以女性的婚姻和爱情为主要叙事情节的小说，更能吸引当时英国的女性阅读。

即便在作为十九世纪女性“入世指南”的《诺桑觉寺》中，简·奥斯汀也没有通过简单的说教对女性的行为加以规劝，或者通过鲜明的思想主见对读者的女性意识进行引导。她塑造了一些不那么完美的女性人物形象，她们大多二十几岁，缺少阅历和经验，所以只能在生活和社交活动中不断认识人生和自我，导致小说的题材与女性的成长和教育密切相关。简·奥斯汀的小说描写的对女性的教育并不指对她们的学识、专业技能的教育，而是针对人生经验与历练的教育，主要培养的是她们的人生经验与思想上的独立和成长。小说不乏对女性人物性格中的种种缺陷予以嘲讽和批评，通过把她们在生活、爱情、社交活动中犯下的种种可笑的错误作为借鉴，对十九世纪的女性行为和思想进行引导。简·奥斯汀用这种看似残酷的艺术语言，表达了女性只有拥有充分认识自我、认识周围事物与人物的能力，建立起正确的人生态度和行为规范，才能够步入婚姻的殿堂，走向幸福的未来。

简·奥斯汀笔下的女性人物形象大相径庭，她们有的是中产阶层的小姐，有的出身富贵家庭，有的聪慧美丽且有独立的思想与见解，有的传统温柔、有的思维活跃口齿伶俐、有的活泼可爱、有的拘谨内向……通常来说，故事开始时他们对婚姻的理解是浅薄的，例如爱玛曾坚信婚姻对于女性只是提升地位和获得金钱的工具，如果是有一定物质基础的女性，就不需要为此与男性结婚。这一点从爱玛总是为哈丽特介绍贵族男性的这一行为就可以看出。爱玛对于婚姻的看法来源于她的出身，她总是基于自己的判断来做出决定，但她的判断也不完全正确，甚至在很多时候都会看走眼，例如她把丘吉尔先生看作是一位品行良好的青年才俊，并且认为丘吉尔先生是她丈夫的最佳人选。但当丘吉尔的秘密曝光之后，爱玛才意识到自己的判断是错误的。在情节展开过程中，爱玛犯过多次类似的错误，但她善于自我检讨，同时也会在犯错后积极思考、尽力弥补错误，从而不断获得思想上的成长。

对于爱情，爱玛非常固执地认为她并不会爱上其他人，宣称她会一直单身，因为在她的思想中，周围人的意识并不能够与她相匹配。在小说初期，爱玛认为身边还没有出现这样的人，因此她既不期待爱情，也不憧憬婚姻。但随着故事的展开，当哈丽特表示出对奈特利先生的好感后，爱玛才逐渐意识到了自己对奈特利先生的感情。爱玛在成长的过程中，读者看到女性的经济困境，看透女性婚姻本质的“人间清醒”，那就是重视爱情中的情感与思想理念上的彼此满足，重视婚姻中的门第观念，鼓励贫苦的女性利用婚姻实现社会阶层的提升，在获得一定的物质基础后，逐渐转变婚姻中的情感价值，减少对婚姻中门第观念的执着。可以说，爱玛的成长不仅仅是女性自我意识的提升与发展，这一过程中，她逐渐认识到了自己曾经的自以为是并不能为自己和其他女性的婚姻带来积极的帮助，女性的婚姻需要建立在情感的基础上，而不是物质基础上。她也改变了原来不知变通的个性，在坚持女性自我意识和勇于质疑、反抗男权父权社会制度与思想的基础上，更加懂得体会和尊重中下社会阶层女性的情感需求。

简·奥斯汀的小说大多以婚姻为题材，但《诺桑觉寺》中的女主角凯瑟琳在小说中的成长主线，则更多体现在对自我意识和周围环境的理解以及社交智慧的提升方面。小说的一开始，简·奥斯汀就明确指出，凯瑟琳对社交生活一无所知。她的“蒙昧无知”与简·奥斯汀以往的女性形象有着很大的差别，这也凸显了英国乡村女性在上层社会交际活动中的缺陷，同时也意味着简·奥斯汀笔下的女性有了探索更广阔的世界的愿望。凯瑟琳的成长主线不再是以简单的乡村女性的日常和情感生活为主，而是开始聚焦更加广阔的英国社会，因此，整部小说展现出来的社会问题也更加多元。

首先是英国女性群体的教育问题的凸显。在英国传统社会制度和思想制约下，女性几乎没有接受正规、系统的教育的机会，在家庭中的地位也比较低，发展空间有限，很少与外界进行交流和沟通。这种情况导致了一部分女性群体缺少社交智慧，她们如同小说《诺桑觉寺》中的女主角一样，长久的乡村生活使凯瑟琳对于自我以及周边环境的理解都很欠缺，她既不了解自己的真实需求，也不了解身边人的需求，还无法识别谎言以及周围人虚假、伪善的面孔。因此，凯瑟琳在早期的交往活动中总是受到别人的操控和利用。在与约翰·索普的交往过程中，凯瑟琳仅能理解他说的话的表面意思，而不能察觉到其真实含义，看不透他在她面前的表现以及想要和她共乘的意愿，反而还非常热心地提醒他詹姆斯和伊莎贝拉驾驶的马车有危险。在她看来善意的提醒对约翰·索普来说是非常无奈的，因此约翰·索普不断地以谎言粉饰谎言，而在詹姆斯和伊莎贝拉看来则更是莫名其妙。凯瑟琳总是陷入这样尴尬又窘迫的社交中，不仅无法与他人进行良好互动，同时还使得自己错漏百出，无法得到身边人的喜爱与尊重。小说《诺桑觉寺》中的伊莎贝拉，是一个非常典型的表里不一的人，在凯瑟琳与伊莎贝拉的交往过程中，凯瑟琳没有识破伊莎贝拉的伪善和表里不一，也不理解伊莎贝拉的反语和暗示，因此无法配合伊莎贝拉的“表演”。伊莎贝拉数次表示自己对哪一类型的男性抱有好感，还故作“矜持”地表示，不想让其他人知道她的喜好，而实际上就是希望凯瑟琳将她的喜好透露给她感兴趣的那一类型男性，从而吸引他们对她的追求。而在与异性的相处过程中，伊莎贝拉也故作“矜持”地展现自己的女性“美德”。她一面与詹姆斯表示自己的“矜持”，表面与凯瑟琳亲近，但事实上是伊莎贝拉在不断地冷落凯瑟琳。与此同时，伊莎贝拉在社交活动中直言自己不喜欢男人的注视，实际想要通过欲擒故纵的手段来吸引男性的追求。很显然凯瑟琳无法识别伊莎贝拉这一做法的真正用意，反而真的帮伊莎贝拉躲开男人无礼的注视。之后，凯瑟琳因为不能被伊莎贝拉很好“利用”而与伊莎贝拉渐渐疏远，凯瑟琳也开始不断反思自己在社交活动的言行。

在对周围人的认识方面，凯瑟琳也不能够分辨出他们的性格特点和真实面貌，她总是从她阅读的哥特小说的视角去“臆想”周围的人以及周围发生的事件，这样的行为让她在社交活动中显得格外另类和可笑，同时完全暴露了她的不谙世事和见识浅薄。凡此种种，造成了凯瑟琳在社交活动中处处受挫，最终导致社交失败，而这样的经历让凯瑟琳十分苦恼。凯瑟琳在小说中的成长，几乎都是在探索世界的过程中四处碰壁，又因为受教育有限，完全不能够发现自身问题的症结所在，只能不断被他人操纵和欺骗。与简·奥斯汀笔下其他的女性形象不同的是，凯瑟琳并不是主动发现了自身的问题，而是在经历挫折后，经过亨利的点拨才意识到自身性格的缺点，以及自身行为的问题。随后在亨利的指引下，一步步改正了自己的错误观点，并积累了在社交活动中的经验，逐渐从涉世未深的小女孩，成长为一名在社交活动中游刃有余的女性。可以说凯瑟琳的成长极具教育意义，尤其对同时代的女性群体而言，不仅能够借助凯瑟琳的经历和眼睛，窥见更加广阔的世界，同时能意识到女性在社会中的价值和积极作用，向往另一种光彩夺目的生活方式。这对于英国十九世纪刚刚觉醒的女性群体来说，是非常好的激励。

简·奥斯汀笔下的女性人物形象在困境中逐渐成长为有独立思想、独立自我的新时代女性。她们在面对爱情的选择和待人接物的过程中出过错，也险些让自己陷入婚姻、道德的困境中，但幸好她们充分认识到了自身的不足之处：伊丽莎白在与达西的相处过程中，逐渐化解了对他的偏见；玛丽安在经历过痛彻心扉的感情后认识到了理性的重要，并接受了真正属于自己的爱情；少女时代的安妮不懂爱的珍贵，听从了拉塞尔夫人的“劝导”，差点铸成终身的遗憾，而历尽相思之苦的安妮，终于认识到了爱情的可贵，并最终遵循自己的内心，选择了自己的爱情；凯瑟琳认识到了自己在社交活动中所缺乏的社交智慧并积极改正，最终赢得了周围人的尊重；我行我素、自负自大、势利傲慢的爱玛，也在不断控制他人的感情失利中接受教训，最终幡然悔悟，认识到自己的错误……这些角色的成长，让读者看到了简·奥斯汀笔下的女性人物形象从单一到成熟和多元化的发展过程。

第五章

第五章 简·奥斯汀作品中的女性形象塑造成因

简·奥斯汀塑造了各具特色的女性人物形象，这些文学成就的获得既取决于特定的时代背景和社会观念的变化，也得益于女性意识的不断觉醒。十八到十九世纪英国社会的进步与经济、政治、文化领域的变革，以及身为女性的性别特征，使奥斯汀更容易感受到当时女性的生存困境，对女性的弱势地位感同身受。

十八世纪末期的英国社会处于经济高度繁荣的阶段，工商业快速发展导致新兴资产阶级开始兴起，国内圈地运动盛行，国外殖民扩张加剧。圈地运动是对英国本土农民的剥削，殖民经济是对殖民地人民劳动力、资源和财富的压榨，这种带血的掠夺与剥削，损害了英国本土穷苦百姓和殖民地人民的利益，造成英国城市与农村的贫富差距日益拉大，加剧了英国社会没落贵族阶级与新兴资产阶级之间巨大的社会矛盾。

简·奥斯汀出生于1775年，英国正处于第一次工业革命的时期，英国社会从传统的农业社会转变为工业社会，工厂代替了手工工场。人们生活和工作形式的改变，带来了思想意识的变化。简·奥斯汀在小说中嘲讽和谴责了当时因为社会变革以及阶级结构变化而产生的恶劣的社会风气，谴责了贵族阶层唯利是图、自私自利的人性缺点，用嘲讽的语言讽刺了他们的滑稽和可笑，同时揭露了社会结构变化后产生的激烈的社会矛盾。凯瑟琳夫人、沃尔特爵士、埃德蒙夫人以及蒂尔尼将军等都是处于这种矛盾漩涡中的具有代表性的人物形象。

小说《傲慢与偏见》中看似高高在上的凯瑟琳夫人，不仅有着传统贵族固有的社会等级观念，还非常自私，因为达西与伊丽莎白的订婚让自己女儿的婚事落空后，就“摆出一副很不礼貌的神气”前往班纳特的家中，嘲讽伊丽莎白出身的平庸以彰显自己的高贵身份和优渥的经济实力。她甚至还羞辱伊丽莎白是“出生寒微、门户低微”的女子，因为在他的眼中正是这个“出生寒微、门户低微”的女子，“阻挡”了他的女儿与达西先生的婚姻，“破坏”了她的女儿美好的婚姻生活。她丝毫没有顾及伊丽莎白在社交活动中的优秀表现，以及自己的女儿、瘦弱和缺乏管教的德布尔小姐。确切地说，此次凯瑟琳夫人来到班纳特家中的举动，只是在得知坏消息时气急败坏的反应。但她忽略了伊丽莎白的勇敢与坚毅，这份勇敢与坚毅不仅让她吸引到了出身高门贵族的达西先生，更让她对凯瑟琳夫人趾高气扬的傲慢行径做出有力的反击。同时，简·奥斯汀也讽刺了很多精于阿谀奉承的人，例如《傲慢与偏见》中的柯林斯，面对颐指气使的凯瑟琳夫人极尽谄媚和奉承，小说中两个人的互动为读者带来了很多笑料。首先，柯林斯在给班纳特先生的信件中，无缘无故地表达了他对凯瑟琳夫人的仰慕与赞美之情，言辞更是极尽肉麻。甚至在与班纳特先生的交流过程中，他还一脸严肃地感念凯瑟琳夫人对他的恩情。面对凯瑟琳夫人对其家庭事务的干涉，柯林斯也是如获至宝，小心翼翼地迎合着凯瑟琳夫人的态度，以实际行动奉承着这位贵族太太。在塑造这些人物的时候，简·奥斯汀始终利用幽默嘲讽的语言进行调侃，并对此进行了夸大处理，从而使故事情节更具冲击力，人物形象也更加立体和鲜活。但在字里行间，读者也能感受到简·奥斯汀对于平等观念的重视，她希望社会各个阶层都能以平等的姿态共处，但现实是社会等级分明，贵族绝对不会轻易抛却自己的地位，底层的人也妄图通过一些便利手段获得他们梦寐以求的贵族生活。在金钱权力的欲望推动下，道德、教养早就已经被抛之脑后了。

简·奥斯汀的小说创作必然离不开十八世纪末期的文学艺术作品的影响。当时的小说创作随着社会经济的繁荣，展现出蓬勃发展的姿态，并在资本主义社会制度的影响下，孕育了文学艺术的理性精神。这种表现十分细微，读者可以从人物的对白中窥见时代的影响对于人与社会之间的关系以及人看待事物的观点的变化。而小说作为反映现实的最直观的艺术手段，深刻反映了当时社会各个阶层的矛盾，因此当时的英国小说具备了理性主义和现实主义相结合的特点。传奇式故事逐渐被摒弃，取而代之的是突出展现个人在时代中的命运演化的故事形式。当然，社会经济形态对当时的社会思想有着潜移默化的影响，工业化和城市化摧毁了宁静的乡村生活，人们开始沉浸在感伤的怀旧情绪中。但在简·奥斯汀的小说中却很少出现这样的情绪，反而是对秀美的乡村风光、宁静的乡村生活有更加深入的刻画和表现，而这也与她的生活环境息息相关。在工业快速发展的十八世纪，英国乡村的发展明显滞后，尤其是作为英国最繁荣也最稳定乡村之一的史蒂文顿，虽然工业革命对当时的英国社会产生了较大影响，但这里不仅保存着优美的自然景观和浓重的传统文化，更远离种种社会矛盾。再加上此时的简·奥斯汀与同时期作家联系不多，对外界的了解相对滞后，所以她的作品相对更多地继承了十八世纪现实主义传统，既用真实可信的文笔描写她所经历的乡村生活的社会变革，又用调侃嘲讽的语气反映当时的传统社会遗留的弊端。而简·奥斯汀塑造的女性人物的生存背景以及小说中的生态女性主义的特征也源于此。尽管简·奥斯汀的作品从未有过对时代背景的大规模叙述，但之前处于英国小说主流地位的感伤主义小说、哥特小说和现实主义小说，也利用现实生活中的残酷以及对未知事物的荒诞、夸张的想象表达对生活的不满和对资产阶级发展的恐惧，以此来不断刺激读者脆弱敏感的神经。这种叙事和创作手法，对简·奥斯汀的文学创作造成了很大影响，例如，小说《诺桑觉寺》就是在哥特小说的内容和故事情节表现形式的基础上进行创作的。作品用嘲讽的语气讽刺了只会胡乱瞎想的凯瑟琳，是对资产阶级过分想象、擅长夸大渲染这一弊端的嘲讽，也以此揭露了当时流行小说的矫揉造作和虚伪。简·奥斯汀的作品摆脱了浮华、感伤的语言风格，呈现出写实的英国乡村生活图景以及形形色色的众生百态。读者在阅读小说的过程中，可以体会到作品对不道德的行径的谴责以及对所谓贵族阶层的嘲讽。

不过，随着人生阅历的积累以及创作手法的成熟，在之后的作品中，简·奥斯汀不再执着于此，也没有像当时的流行小说那样用感伤和神秘的方式来逃避现实社会的无奈和恐惧，而是更加注重展现女性在社会中的生存现状，表现她所熟悉的英国乡绅阶层的情感故事。与同类型的女性主义小说相比，简·奥斯汀的道德小说也极具特色，首先是其对人物形象的颠覆，对小说中女性传统道德说教观点与形式的避让。她的笔下没有世俗眼中的完美女性，也并没有对女性的道德进行说教，而是以日常生活的形式展现女性在社会中的生存、爱情与婚姻。因此她的人物形象相对更加真实，她的小说也改变了十九世纪前后英国小说给人留下的总是充满泪水的印象。因此从某种意义上讲，简·奥斯汀的小说起到了承上启下的作用，既有对现实生活的反映，也有浪漫主义的情怀，同时还关注女性、自然，因此能创作出六部非常经典的女性主义文学作品绝对不是出于偶然。

尽管简·奥斯汀的小说表现了女性的生存困境以及当时的文化和社会现状，也致力于在小说中展现女性从对婚姻的物质追求逐渐向情感需求和平等需求转变，但毕竟受限于时代以及女性意识的觉醒程度，简·奥斯汀小说中的女性意识的表现并不过于强烈。即便如此，她的小说依然在十九世纪的英国造成了极大的社会影响力，为女性的思想解放运动和婚姻观念的改变产生了积极影响。

在人物形象的塑造中，简·奥斯汀致力于突出女性的性格特点，以及她们对婚姻和爱情观的不同理解。几乎每一部小说中都有数段不同的爱情线，作者力图向读者传达感情在婚姻中的重要性，也表现了简·奥斯汀本人对以利益和家族荣耀为基础的传统封建婚姻的抨击与批判。如果只是对婚姻观念和爱情观念的表达与批判，简·奥斯汀的小说或许无法成为世界经典文学作品。更重要的是，简·奥斯汀笔下的爱情和婚姻与人物形象有着密切的联系。不同的女性形象，都有着各自的恋爱经历和成长，因此她们的婚姻结局也截然不同。简·奥斯汀的小说关注女性形象在人物性格、人生经历与成长以及爱情选择中的特征和表现，从而使整个小说中的女性形象呈现出多元化、复杂化的特征，力求多维度地描画出人物成长的曲线和情节发展的逻辑线。

简·奥斯汀的创作在很大程度上尊重了时代以及时代背景下的文化和思想困境，并且尊重了这一时代的每一个女性群体。作为出生于英国十八世纪时期的女性，她的人生也充满着阻碍，好在阅读为她带来了一个非常广阔的世界，加速了女性意识的觉醒，让她更客观地看待时代女性的困境，并致力于塑造更加独立的女性人物形象。简·奥斯汀的作品描绘出很多女性敢想却不敢做的事，承载着她们的梦想与对自由新生活的向往，但实际上简·奥斯汀笔下的故事也是她臆想中的故事，是她未曾实现过的美好生活。她在创作过程中融入了很多自己对爱情和婚姻的浪漫向往，同时也通过对人物形象的塑造，表现出了自己对于爱情和美好婚姻生活的憧憬。她了解女性的困境，深谙当时的女性无法完全掌握婚姻自主权、缺少经济来源的事实，因此她希望婚姻可以建立在爱情与金钱的双重基础上。简·奥斯汀在小说中提出了女性需要理性审视婚姻的态度，并对所有有主见、有理性思考能力的女性人物形象进行了赞美。她认为，所有获得美好幸福婚姻的女性人物都是怀揣着爱情幻想的，同时其内心深处也闪动着理性的光芒。于是，读者能够在简·奥斯汀的小说中，看到对爱情怀揣着浪漫幻想但最终依然成长为能够理性看待婚姻和爱情的玛丽安，也能够看到成熟、稳重、理性的简，在矜持得体的表象之下，也有一颗炽热的爱人之心。

一、现实世界对女性身份与地位的压迫

十八世纪的英国妇女不受尊重是既定的事实。此时的男性群体和社会思想普遍认为女性的智力是有限的。而这样的思想观念想当然地剥夺了女性的受教育权和人身自由权，直接造成了女性在成年后人生选择的局限性。一般来说，此时的女性群体，不论是贵族阶层还是中产阶级，抑或是平民阶层的女性，只有结婚，最好是跟与自己的家庭地位和财产相当，或比自己地位更高、更有钱的男性结婚。如果找不到有钱有地位的男人，那也要结婚，因为在当时的社会女性没有独立生存的能力。如果不选择结婚，那么女性就只有成为家庭教师，终身服务于中产阶级或贵族阶级家庭；再或者就是成为终身未嫁的老女人。后两种人生选项显然是最差的，也是很多女性所惧怕的人生结局。因为这两类选择，不仅意味着将在以后的人生里丧失经济来源，失去平稳的生活，还意味着将永无出头之日。

简·奥斯汀笔下的女性人物形象塑造，与她所处的社会时代以及其

家庭背景紧密相关。十九世纪前后的英国，门第观念盛行，很多贵族的子女通常会选择与自己门当户对的伴侣，贵族家庭的子女也会与其他贵族阶层联姻，从而维护家族的荣耀，进一步增强家族的经济实力。而像伊丽莎白这样的中产阶级家庭子女，按理也应该在中产阶级中选择结婚对象，达西这样的贵族公子并不是她能够高攀的，因此小说《傲慢与偏见》中的凯瑟琳夫人对伊丽莎白的“指导”，也是有依据可循的。

伊丽莎白也曾被威克姆诱惑（《傲慢与偏见》好莱坞 1940 年版）

而伊丽莎白也曾经受过达西这位贵族公子的傲慢对待，简也曾因为自己的出身而在与宾利的相处中自卑、怯懦，也会在奔向爱情与幸福婚姻的道路上踌躇不前。没落的贵族小姐夏洛特，也基于自己身份的尴尬，选择接受了没什么才华与趣味但却有着牧师的身份和地位并继承了班纳特家族的柯林斯的求婚。由此可见全社会对婚姻中的门第观念的认同和遵从。

除了对女性生存空间的压迫以及对女性地位的漠视，传统的英国社会还加剧了对女性的经济剥削。当时的法律规定，妇女没有继承房产的权利，家族房产一般由男子来继承，女性仅能继承少部分的钱财。如果这个家族中没有男性继承人，就有可能由男性亲属来继承。《傲慢与偏见》中的班纳特家族有五个女儿，所以家产也只能让远亲柯林斯继承，即便柯林斯的才华和智慧也曾遭受到班纳特先生嘲讽，但按照法律规定也只能如此。如果此时女性处于未婚状态，那么她很有可能被驱逐出原来的家庭，拿着很少一部分财产独立生活。而女性自身不具备独立生存的技能和条件，因此在社会上谋生是一件非常难的事情。可以说，英国当时的法律加剧了十八世纪妇女的生活困境。小说《傲慢与偏见》中的宾利先生出身于贵族家庭，每年又有四千到五千镑的收入，宾利先生继承了遗产，再加上他的丰厚收入，足以支持他富足的生活，然而，他的妹妹一共只有两万镑的收入；达西先生每年收入一万镑，而他的妹妹一生只有三万镑。因此，相对经济基础优越的男性，没有经济能力的女性需要控制好日常支出，以保证有足够的钱来应对未来漫长的生活。

由于经济也受到了现实世界的诸多限制，很多女性只能选择以婚姻来保证后半生的幸福。女性不断物化婚姻导致英国十八世纪的婚姻市场竞争更加激烈，很多女性年龄超过二十五岁之后几乎就没有任何竞争机会了。因此，女性都会尽可能地提早打算，早一点开始社交，早一点接触异性，为了未来的经济来源和稳定生活，大多会妥协于这样利益交换的婚姻。而那些年龄超过了二十五岁的女性则更有可能因为金钱而选择婚姻。例如，小说《傲慢与偏见》中的夏洛特明白获得婚姻也不一定代表获得幸福，也深知她与柯林斯先生并不相爱，但她需要柯林斯先生为她未来的生活提供基础保障，确保自己日后不会挨冻受饿。在当时的社会中，像“伊丽莎白”这样幸运的女孩儿终究是少数，更多的就是如“夏洛特”这样的女性，她们在谨慎选择婚姻的同时，也在婚姻中谨小慎微地生存。

伊丽莎白与夏洛特（《傲慢与偏见》好莱坞1940年版））

但在家族利益、社会权利错综交织的婚姻格局中，受限于家庭生活和男权父权社会体制下的女性，始终都处于弱者地位。出嫁前她们必须依靠父亲，而出嫁后她们只能依靠丈夫，而如果他们没有生下儿子，或者生下儿子但丈夫去世，她甚至还有可能被逐出家门。就像小说《理智与情感》中的达什伍德夫人，如同简·奥斯汀自己的母亲，在丈夫死后他带着两个未嫁的女儿，离开了原本的家，此后只能依靠儿子给的微薄的生活费独自生活。简·奥斯汀母亲的结局尚可，因为他的儿子也就是简·奥斯汀的哥哥付给她们生活费，尽管不多，只能勉强支撑母女三人的基本生活，但相较于《理智与情感》中的达什伍德夫人完全被停掉生活费的境遇来说，已经十分幸运了。但无论是简·奥斯汀的母亲，抑或是达什伍德夫人，她们都属于英国十九世纪中产阶层的妇女，生活水平和社会地位相较于很多普通民众要高出很多，不过即便如此，很多女性也在丈夫去世后，失去了经济来源，进而失掉了稳定的家庭生活。

简奥斯汀时代的妇女服饰一览

英国社会的婚姻观，也是影响女性生活的一个重要因素。由于当时的英国对于社会阶层等级的划分非常严格，门当户对的婚姻观念盛行，致使很多女性即便是想要通过婚姻来实现社会阶层的上升也非常困难。

很多中产阶级家庭中的女儿都面临这样的困境，例如现实生活中的简·奥斯汀。尽管满腹才华，但依然由于出身不高，家境不算优渥，而被爱人的家族所嫌弃，最终没有与初恋走进婚姻的殿堂。此时的英国社会处于变革阶段，中产及以下的社会阶级对现有生活和社会地位日益不满，同时对现实生活中资本主义的剥削以及传统土地贵族的侵蚀又产生了强烈的恐惧感。很多中产阶级也逐渐成为剥削的对象，弱小的他们无法对抗日益强大的新兴资产阶级贵族和传统的土地贵族，因此只能陷入悲伤的自怨自艾和对未来的惶恐不安中。社会上如达西这样具有一定社会地位和财富的年轻男子，可以选择的婚姻对象有很多，找一个有地位并且有钱的妻子当然是更好的选择，而他们的社会地位和财富，也意味着他们有资本实现这个目标。即便是像柯林斯这样愚蠢、虚荣谄媚的人，也因为他的牧师身份以及能够继承班纳特家的遗产而可以娶到没有财产却是爵士之女的夏绿蒂·卢卡斯。简·奥斯汀对这一对夫妻形象的塑造以及二人的婚姻结局的叙述体现了她对于这种基于社会风气而导致的商品交易似的婚姻关系的无奈，进而展现了女性在婚姻选择中的困境，谴责了在金钱利益的驱使下迫不及待地完成恋爱与婚姻的虚伪，以及婚姻中商业性的利益交换。

在这样的社会大环境下，很多中产阶级对于婚姻的选择更为慎重，金钱和社会地位成为首要的选择条件，从而进一步加深了中产阶级对婚姻关系中的门第观念的认可与遵从。简·奥斯汀的小说深刻地反映了这种在人们心中根深蒂固的等级观念，各色人物也对应了这种社会结构的变化。小说《傲慢与偏见》中，伊丽莎白在与达西订婚后，达西的姑妈也因为伊丽莎白的身份，而痛斥伊丽莎白高攀自己的侄子，由此可以看出，当时人们对社会阶层婚姻的重视。这样的局面进一步加深了女性在家庭和生活中种种困境，女性无法得到社会和家庭的关注。

婚姻不仅仅是女性对未来、对幸福的一种美好寄托，更是一种必须做出选择的生存选项。当时的社会思想也赋予门当户对的婚姻以浪漫温暖的色彩，致使很多女性能“心甘情愿”步入婚姻殿堂。英国城市地区因为第一次工业革命的爆发，纺织业大规模发展，女性逐渐在城市中积累了独立生活的资本。然而这一时期的乡村，受限于地区发展的不平衡以及传统思想的遗存，女性仍生存于男权父权的社会体制的压迫之下。这样的割裂情形，让女性感受不到生命的存在意义和自我价值。小说《理智与情感》中的班纳特先生和班纳特夫人之间的夫妻关系，就展现了女性在婚姻生活中的冷落与漠视。班纳特先生瞧不上班纳特夫人的行事做派和浅薄思想，不会对班纳特夫人进行劝导和沟通，只会一味冷落她、忽视她，甚至是嘲讽她。在家庭生活中班纳特先生处于“隐形”状态，不仅对妻子漠不关心，对家庭生活也毫不在意，更重要的是他对女儿们的态度也很恶劣，经常挖苦她们。无论是作为丈夫还是作为父亲，他都不称职。简·奥斯汀对班纳特先生这一形象的塑造，具象化地展现了父权男权社会对女性的压迫，无论是妻子还是女儿，都是其压迫的对象。小说借助这个角色以及他们和女性之间的关系，进一步凸显了男权父权社会体制下男性对于女性剥削的全面和无法逃脱的特点，展现了女性形象在现实生活中的无奈。

作为一名有思想的女性，简·奥斯汀希望女性能够摆脱男权父权社会体制的限制，也希望女性都能够成就美好的婚姻，可现实中优秀的男青年非常少，而且这些优秀的男青年也大多不会与中产阶层的女性结婚，这就是很多英国中产阶级女性在婚姻选择中的困境。但同样作为女性，简·奥斯汀没有能力改变这样的局面，只能将自己的思想倾注于文字中，用温和方式对抗现实社会中的传统思想，对有损女性权益的思想观念进行抨击和讽刺。从现代人的眼光看，简·奥斯汀是当之无愧的女性现实主义文学大家，但在当时的社会环境下，简·奥斯汀的作家身份并没有为她带来多么大的帮助和荣耀。尤其是在英国十八世纪末期，成为一名小说家，尤其是一名女性小说家，有着很多的限制条件，她们没有独立的可以用来书写的房间，甚至很多女性作家都不敢透露自己的性别。而到了十九世纪初，小说这种艺术形式被更多的读者所接受，女性小说家的身份也逐渐被社会认同，数量也在逐渐增长，然而女性小说家的创作内容、稿酬和社会地位等方面，仍然遭受到了不公平的待遇。首先是创作内容方面，女性小说的题材、故事形式以及主题都受到了极大限制，作者必须回避历史和政治等题材，只能聚焦于婚恋家庭生活，作品也只能适用于读者的日常消遣。还有，小说内容不能表现与男权对抗的思想观念。因此，十八世纪末期的女性主义文学，大多是以男女主人公的恋爱与婚姻为中心的婚恋主题，这些内容和主题丝毫无法触犯男性权威。这或许也是简·奥斯汀的小说中缺少社会宏观思想的主要原因。

英国十九世纪的女作家的稿费待遇与当时男性作家的待遇相比，几乎是九牛一毛。简·奥斯汀发表小说《傲慢与偏见》的时候，只是小有名气，因此得到了大约110英镑的稿费，相当于今天的7000多英镑，《理智与情感》是大约140英镑的稿费，而根据英格兰银行之前曾公布的研究结果来看，《曼斯菲尔德庄园》使简·奥斯汀赚得了310英镑，约等于今天的2.2万英镑。而人生的最后六年，她创作的收入大概是每年100英镑左右。据记载，简·奥斯汀与姐姐、母亲三个人每年加在一起的固定支出，大约是400英镑，而简·奥斯汀个人一年花在礼物、慈善、娱乐上面的花销大约是10镑；服装及个人用品的花销是40镑。由此可以看出，通过写小说获得的稿酬收入根本没有办法支撑家庭生活。通过简·奥斯汀与其他人的书信往来，能够看出她的家庭生活的拮据，“钱”是她常常提到的词。但同时期的男性小说家，诸如福斯特等，则可以拿到女性小说家稿酬的两倍，甚至是三倍。相对而言，简·奥斯汀能够获得稿费已经算十八世纪末女性作家中较高的了，更多的女性作家，例如十九世纪中后期创作小说《简·爱》的夏洛蒂·勃朗特，在小说出版后获得了微薄的稿费，因此她与妹妹艾米莉·勃朗特，一边通过写作赚取微薄的稿费，一边与其他一百多位女作家向皇家文学基金会申请资助，终身过着简朴的生活。

在社会地位方面，英国十八世纪末期到十九世纪初期的女性小说家，也受到了整个社会和文学界的排挤，尽管有所成就，但始终处于边缘地位。女性小说家的作品，也很少受到英国文学界和艺术界的认可与赞美。

甚至在英国小说的发展历史等著作也常常将包含简·奥斯汀在内的这些女性作家排除在外。可见，在十八世纪的英国，即便是女性作家的生存空间也在被挤压。很多男性作家还会针对女性作品中表露出来的对生活的美好愿望以及对社会百态的思考进行谴责，因为这些女性作家的行为，违反了传统女性安静、顺从的“美德”。

在这样的社会风气和意识形态下，女性作家的创作之路步履维艰。她们只能选择温和的方式来谴责现实社会的弊端，因为那些勇于站在女性的思想立场来感受和描述社会、大胆暴露社会矛盾与问题的女性作家，非常容易受到社会和大众的抨击。例如，活跃在英国十七世纪末到十八世纪初的女作家贝恩、曼丽、海伍德，她们的作品就曾因为表现女性视角、表达女性对生活的美好愿望，而受到同时期英国现实主义小说家理查逊的说教与谴责。尽管此时已经有很多女性觉醒了女性主义意识，但在这样的社会环境下，也只能刻意遮掩以免被当成“异类”，以免承受社会和大众的抨击。简·奥斯汀抑或勃朗特姐妹等女性作家始终在家庭、婚恋等主题内容上进行创作，巧妙避开了对社会思想、意识和背景的叙述。即便如此，很多女性作品仍被批评为逾越了女性应有的尺度，遭到羞辱。很多男性作家斥责女性作者不守妇道，把作家这个本来应该由男人从事的职业当成谋生的技术。传统思想的根深蒂固以及男权父权社会对女性生存空间、思考与智慧的压迫可见一斑。

男权社会体制对女性思想的压迫是多层面的。首先是否定女性的智慧，让她们接受身为女性的“缺点”与“不足”。当时社会流传着一些所谓的“科学观念”，认为女性如果用脑学习，身体的生育机能就会受损。这么荒诞可笑的言论不仅有人宣扬，更有人相信，因此就更坚定了女性智慧不如男性的固有观点，进一步束缚了女性的才能。其次是限制女性的受教育权。在女性没有接受教育的时候，他们主张女性不应该接受教育，也不必要接受教育。即便是需要，也要在他们所允许的范围内接受教育。再次是剥夺女性的生存能力，让女性只能成为男性和家庭的附庸。最后，针对已经觉醒了女性意识的女性，尽可能贬低、抨击、谴责，贬低他们的才华与思想，抨击他们的理念，谴责他们追求自由独立思想的行为，甚至对她们进行羞辱，给她们贴上具有侮辱性意味的标签，控诉她们没有道德。而女性所要承受这一切的缘由，就是她们没有女性的“美德”。时至今日，男权社会对女性的压迫，也没有完全得到破除，很多控制女性的手法如出一辙，尤其是对女性才华和成就的漠视，以及对女性名声的羞辱方面无所不用其极。道德羞辱、性别羞辱，是男性诋毁女性最常用的手段。尽管面对重重困境，十八世纪的英国女作家们和女性权益者，依然在家庭和有限的社会领域内，激励了一部分女性的意识觉醒，遗憾的是没有拓展到深入而更广泛的社会领域即政治层面。不过简·奥斯汀小说旺盛的生命力，却将这种影响力缓慢但持久地扩散开来，在潜移默化间影响着时代女性，进一步推动了女性意识的觉醒。之后，愈演愈烈的女权运动纷至沓来，逐步推动了男女平等、同工同酬等思想观念的扩展。尽管这一过程并不顺利，不仅遭受到了传统女性思想观念的束缚和影响，同时英国政府毫无愧疚之心地利用女性劳动力发展战时经济，却又在战后劝说女性再次回归家庭，回归母亲与妻子的“天职”。这般过河拆桥的行为也一度限制了女性意识的进一步觉醒。但正是在女性意识不断觉醒又被不断压制的过程中，女权运动的发展和思想纲领也越来越成熟，最终引发了一次又一次的女性革命，也正因为一代又一代的女性专注于激发女性意识、推动女权意识的觉醒，才有了女权思想的发展，使得很多女性能够摆脱传统思想以及男权父权的诸多束缚，成为独立、自由的新时代女性。

二、父权文化下女性价值观的影响

性别观念主宰着社会的性别意识形态，“男尊女卑”的父权文化下，女性永远都只是“附属品”，因此，女性的价值观念都受到了不同程度的影响。传统的、刻板的性别观念强调男女之间的性别差异，树立了父权社会以男性为尊、以男性为先的社会性别制度和角色分工等方面的合理性，也论证了女性的生存困境和从属于男性的地位，加深了社会上男女性别之间的不平等现象。为了进一步巩固男性在男权社会中的统治和尊者地位，以男性为主的社会精英群体，限制女性的受教育权、婚姻自主选择权，剥夺女性的经济权，并向女性灌输“男尊女卑”的思想观念，迫使女性被动接受这一“真理”和“事实”，以此限制女性的思想，让她们始终奉行此种“真理”，为女性制定专属“美德”。英国传统的思想观念认为女性顺从就是最好的美德，卢梭在《爱弥尔》中对女性形象的刻板定义，成为女性性别意识的样板。在这样的女性美德观念及道德模范的引领下，英国的女性群体有了可以学习的楷模。在性格品性方面，提倡女性无私、温柔、忠贞、顺从、柔弱，因为这些美好的品格能够更好地为家庭付出，成为丈夫的好陪伴，增加丈夫在家庭中的幸福值。此种思想观念得到大众的普遍认可，被宣扬和利用到了极致，不仅在女性的社交圈起到了积极的作用，更渗透在这一时期的小说、诗歌、散文等文学作品中，进一步增加了对女性的道德驯化以及价值观念的影响。此种观念很多劳动群众在工会等组织的演讲中甚至也有所涉及。这种“美德”最终得到很多女性的内心认可。当时的流行作家写道：“丈夫在外奔波操劳，妻子在家无微不至地服侍他”；“男人过激烈竞争的日子，充满收获与失落，而女人在宁静的家园休养。”可见当时的社会风气和思想观念，都鼓励女性要以男性为尊。这种刻板观念始终维持男性在社会中的尊者地位，并完成了对女性的统治。但是，为了巩固男性在社会中的尊者地位，思想观念上的洗脑还不够，还要设立对女性的诸多限制。

首先在教育层面，这一时期的女性没有受教育的权利，因为当时的社会主流思想认为“不该教授女性有用的知识”，因为这会让她们失去女性的特点，即便是以女性为主的教育，也是专注于艺术、音乐等才艺，实质上就是未来限制女性的自由和思想。而在如此教育模式下成长起来的女性群体，不可能拥有独立的思想，也不能够拥有较强的理解能力和判断力。不仅如此，当时的社会文化观念还认为女性是愚笨的，甚至认为女性的大脑结构和男性的大脑结构存在极大差异，因此女性不仅智力普遍低于男性，更无法像男性那样理解事物，并以此来再次说明女性无受教育的必要性。英国早期的女性主义者玛丽·阿斯塔尔曾对当时英国社会的女性教育提出质疑：难道女人一生最高的理想就是找丈夫吗？简·奥斯汀也曾经写过一部短篇小说《凯瑟琳》，作品对当时社会对女性的刻板偏见进行了强有力的反击。小说中六岁的卡米拉聪慧、机敏，受到非常出色的教育，但因为女性的身份，她的学习范围仅限于绘画、意大利语、音乐等，从来没有接受过非常系统的知识类学习，因此即便他成年后才貌出众，也只是一个没有独立思想、只能附庸男性生存的传统女性。小说《爱玛》中也有对女子寄宿学校的描写，简·奥斯汀形容那里是“出售淑女技艺”的地方。可见作者对这一时期女性教育的否定。无论是女性集体教育还是女性家庭教育，教育的内容决定了女性无法挣脱男权父权社会的控制。简·奥斯汀笔下的很多女性都深受其害。或许她们深谙各种才艺和社交技巧，懂得如何做到优雅、彬彬有礼以赢得男士的青睐，擅长于服务家庭。但她们缺乏知识，因此不具备思考能力和判断力，只注重外表，把吸引男人当作人生追求，甚至会为自己能多吸引几个男性的目光而沾沾自喜。比如《诺桑觉寺》中的伊丽贝莎和《傲慢与偏见》中的丽迪雅，她们即便想要吸引男人，也没有判断男性是否有独立思想的能力，而是仅依靠他们的金钱、社会地位去衡量。而这样简单粗暴的选择标准正是被简·奥斯汀所唾弃的，她认为这是缺少理性的选择，是女人见识浅薄、缺少思考能力和判断力的表现，而造成这一现象的原因，就是女性缺乏教育。因此简·奥斯汀痛斥中产阶级女性的教育不尽如人意。如果女性接受系统教育，就不可能像目前这样温顺。女性只有彻底失去思考能力，失去冲向自由的翅膀，才能甘于在家庭中奉献、主动围绕男性生存，或者说讨好和奉承，以满足男性的统治权和控制欲。所以说，当时很多女性的价值观都是畸形的，她们想要过得更好、得到男性更多的欣赏和赞扬甚至是青睐，为此积极表现自己的“美德”，逐渐变成男性的附庸。

舞会上听到达西傲慢的言谈（《傲慢与偏见》好莱坞 1940 年版）

其次是限制女性生存空间。十八世纪的人们普遍认为家庭是女性的全部，女性唯一的归宿就是婚姻，因为结婚是女性最为体面的人生结局。但当时女性的思想言行都受到男权文化的压迫和限制，她们不仅被原生家庭剥夺经济继承权、受教育权等，而且根本不受法律的任何保护，因为女性一旦选择进入婚姻，就与她的丈夫成为一个整体，法律只保护这个整体的权益，而不承认已婚女性在丈夫之外的人格和身份。换言之，除了女儿、妻子、母亲这三个身份之外，法律不承认女性还有其他身份。只有当女性和她的丈夫这一整体的权益受到侵犯时，她才可能会因为丈夫的身份而获得权益的维护。即便如此，女性的婚姻选择依然非常困难，一方面因为父权文化下的女性价值观念认为女性的“美德”与才艺可以吸引男性的青睐，但无权对男性进行选择，因为矜持也是女性的重要“美德”之一。另一方面，十八世纪适婚男女青年的比例失调，男青年的初婚时间因此被推延。这种局面增加了很多未婚女性之间的敌意，因为她们在婚姻市场中想要脱颖而出，就要互相竞争，尤其是面对更加优质的男性时，女性之间的竞争将更加激烈。小说《傲慢与偏见》中，班纳特太太会因为女儿的婚事而要求丈夫，有儿子的宾利先生也将同样家中有女儿待嫁的朗格太太视为敌人。围绕在达西先生身边的女性竞争也十分激烈，不仅有伊丽莎白的爱慕，宾利小姐为得到他的青睐而用尽手段，凯瑟琳夫人也把他当作未来的女婿人选。还有一个不容忽视的原因也来源于男权父权社会制度和思想对女性价值观的影响。此时的英国社会不仅灌输给女性结婚的“好处”和“积极作用”，同时也想尽办法恐吓她们，找不到或者失去丈夫就会失去依靠，更将女性能够维持生计的职业定义为“低贱”职业，例如女家庭教师等，让她们自然而然地形成对职业女性的抵触，并赋予那些已婚并安于家庭生活的女性“家庭天使”等荣誉称号，肯定她们的付出，赞美她们的生活与选择。实质上，这是在借助这两种类型的女性群体构建女性社会等级的分化，让女性的身份形成阶级性，从而使女性更加有意愿进入婚姻中，并更加心安理得地依附于男性生存。同时，这也是一种安慰、安抚的手段，因为在长期的精神压抑下，总会有一些女性能够意识到自身的困境及源头，这样的做法可以让女性再次认识到自己的“作用”，并通过他人的肯定，让自己感觉到生活的意义，从而来满足成就感和被需要的重要性，而她们最终的结局就是继续被围困于婚姻，持续维护着以男性为尊、“男主外女主内”的生活方式。

当时，英国的宗教宣称家庭是社会安定的基础，而妻子和母亲是家庭的核心。同时期的英国精英男性，也在赞美着家的神圣与平和。很多中产阶级家庭和贵族的女性也总是悠闲地享受生活的美好，看起来好像有无数的郊区豪宅、仆人、车马陪伴。当时的社会思想也是这样，妻子越悠闲，丈夫的事业就越成功，更有人认为：“有身份的妇女应当远离生产劳动。”女性有闲有钱的状态，被形容为是一种非常高贵且优雅的事。但这都不能改变十八世纪末英国女性地位极低的现状。十八世纪末的英国女性在家庭中的地位很低，甚至低于以前的任何时代，女性的生存的困难导致很多女性在一定程度上出现病态的心理。她们更加渴望目光和注视，也更加渴望被爱，这样的诉求在当时的社会难以实现，以至于很多女性在生活中和爱情中总是失利。例如小说《傲慢与偏见》中的班纳特夫人总是喋喋不休的状态，就是一种父权社会压抑下的心理障碍。班内特太太一生都被禁锢在家庭中。在经济上，婚后她的嫁妆属于丈夫，甚至她自己都是丈夫财产的一部分，在情感中，班内特先生不仅总是无视班内特太太说的话，而且经常挖苦他、贬低他。在这样的重压下，任何一个有情感需求的人都会倍感压抑。同时家庭生活对女性情感的漠视以及对女性个人需求的压抑，也导致很多女性极度渴望爱情，但又缺少对爱的辨别能力，总是毫无保留地陷入爱中。“恋爱脑”是时下对这一心理很形象的概括。而拥有“恋爱脑”的女性，她们的最终结局也是非常潦草且荒凉的，因为她们并不会在爱中得到想要的东西，反而会因此受到不同程度的伤害。例如《曼斯菲尔德庄园》中的玛利亚和《傲慢与偏见》中的丽迪雅都是在极度渴望爱的情况下，抛却理性义无反顾地与男人私奔，她们最终的结局无疑是令人唏嘘的。不过。通过她们的行为，读者也能感受到女性也有自己的情感需求，并且希望得到社会和家庭的认可，而如果她们在父权体制下的家庭并没有给予他们足够的关注，那他们会被迫丢掉所谓的理性和社会道德的束缚，奔向他们想要的爱与自由。在小说中简·奥斯汀对这一类型的女性形象的嘲讽在于认为他们没有理性，但实际上这也与当时男权父权社会制度和思想的压迫有极大关联。

此外，十八世纪的英国存在大量“剩女”现象，这些“剩女”也进一步加剧了女性进入婚姻的难度，也加深了对父权男权社会对于女性的压迫与束缚。这时期，由于资本主义的出现和工业化的快速发展，很多男性的生活有了翻天覆地的变化，尤其是原本处于社会底层的男性，他们有了新的生产方式，日复一日地城市化生活，也让他们对婚姻的需求有所下降，这就导致男性群体结婚年龄的推后。这时期英国开展了大规模殖民运动，战争不时发生，在无形间消耗着大量男性青年，进而引发了十八世纪英国社会男女比例的失衡，社会上一度出现大龄女青年过剩的现象。《维多利亚黄金时代人口资料》记载，1851年英国女性适婚人口比男性适婚人口多出55万。在女多男少的情况下，女性的婚姻进入困难期，女性想要获得婚姻而与其他女性竞争的行为也就不难理解了。没有财产的女人想要过上安定的生活，最便捷的方式就是找一个家产殷实的男人，否则就会沦落无法生存的境地，成为《爱玛》中描写的那个没有财产，没有美貌，没有智慧，受人嘲笑的老女人贝茨小姐，抑或终身从事薪水微薄、毫无出头之日的教师行业。而相对而言收入还算可以的小说家，也不是大多数女性能够实现的职业选择。

当时社会中的剩女现象也导致了英国十八世纪末期的诸多社会问题。在婚姻选择中女性之间的竞争仅是其中一个，更多女性无法进入婚姻中，从而导致社会上的大龄未婚女性逐渐增多。她们没有经济来源，也没有稳定的居所，很多穷困的女性为了生存而步入歧途，对社会安定造成消极影响。因此，英国十八世纪末也诞生了专注女性道德说教的小说或书籍，通过文学的教育作用，把对女性“美德”和“礼仪”的标榜灌输给女性，此类文学作品被后世称为“教育文学”。但这些“美德”和“礼仪”的教育，根本上不过是再一次的强调女性应该具有温良、顺从的品质，要求女性保持自己的贞洁，其实质仍然是对女性个人情感需求的再次压制，对女性行为和思想的进一步束缚。“教育文学”再次引领了社会文化和思想，本质上再次忽视了女性的生存和情感需求，很多女性在不知不觉间陷入了道德和生存两难的困境，加深了女性在现实生活中的痛苦。

伊丽莎白与达西（《傲慢与偏见》好莱坞 1940 年版）

理查逊的《帕美拉》关注适龄未婚女子的贞操与美德，小说的另一个标题《美德有报》就体现了女性因贤德而最终获得的财富和幸福的道德标准。小说的女主人公帕美拉成为英国女性模仿的典范，女性纷纷以她为荣，向她学习，人人怀揣能一跃拥有丰厚财富和美满婚姻的梦想。但梦想永远不可能变成现实，教育文学的本质教育女性按照男权父权社会的制度和思想生活，但丝毫考虑不到女性生活的实际困境以及梦想幻灭的落寞情感。

长期的偏见使社会对女性的看法并未改变，甚至有才华和智慧的女性还会得到男性不怀好意的嫉妒。这样的畸形观念影响着女性的思考以及对教育的认识。女性缺少教育最主要的后果就是，女性被排除于社会所有职业之外，只好被迫走入婚姻。当时的社会背景下，女性没有什么其他职业可以选择，如果不结婚，那就只能选择写作或当教师。写作的结局显而易见，即便有才华如简·奥斯汀，得到的稿费也不能够满足家庭的日常开支。而当教师收入更低，而且永无身份和经济条件提升的空间。这一时期女性的工作环境、生活环境也非常差，学校里时常会有传染病蔓延，这对女性的生存造成极大的威胁。简·奥斯汀与姐姐在学校教学期间，都曾患上传染病。而小说《简·爱》中的罗武德学校，80名学生中有45名感染风寒，这并不是夏洛蒂·勃朗特的夸张叙述，而是对曾经真实情况的再现。简·奥斯汀也曾在小说中借助小说人物表达了对于成为教师的否定态度。而如果成为像泰勒小姐那样的家庭教师，也并不是更好的选择，首先女性的教育不受重视，很多贵族家庭和中产家庭聘请的家庭教师地位也只比一般的女仆高一些，很多家庭教师仅仅只是一个照顾女儿日常起居的高级保姆，而她们在这个家庭中存在的意义，也仅仅只是用来展示家庭的经济条件和社会地位，甚至是营造一种良好的家教氛围，因此在雇佣家庭中家庭教师也不会得到尊重。就像《傲慢与偏见》中德布尔小姐的家庭教师，每次说话都是小心翼翼，低声细语。其次就是家庭教师的薪水确实不高，十九世纪初贵族的家庭教师年薪大概在25镑，有的每周不超过5先令。小说《爱玛》中的泰勒小姐因为过低的生活水平最终选择嫁给了邻近的威斯顿先生作续弦。由此也可以看出，教师不仅是一个不体面的职业，也并不好当。此外，当时女性不工作已经成为普遍认知，已经对女性的价值观念产生了强烈影响，有工作的女性会被排除在社交圈外，这也是很多女性不工作的又一原因。这样的思想观念影响非常深远。英国十九世纪后期随着社会经济和工业化的发展，女性有了更多的机会和职业选择。例如，南丁格尔为了成为一名优秀的护士而学习护理，与整个英国社会和当时的社会主流思想观念抗争了十年，最终成为护士这一职业的奠基人，成为那个时代的先锋女性，扭转了人们对于护士这一职业的偏见。但在她成为一名护士之后，却坚决反对妇女从事医生职业，认为这与女性身份不符，只有男人才能当医生。这与她曾经面对的偏见和阻碍如出一辙，但南丁格尔却依然故我。可见男权社会思想对女性价值观念的影响是多么根深蒂固。

伊丽莎白也曾被威克姆诱惑（《傲慢与偏见》好莱坞 1940 年版）

简·奥斯汀在爱情与婚姻中的经历让她对十八世纪英国女性的婚恋问题以及社会问题感同身受。她也和同时期的作家一样，相信文学的教育作用，因此在她的作品中也存在很多对女性的“道德”说教。不过，简·奥斯汀的说教也与十八世纪同时期的小说作家笔下的说教存在巨大差异，主要体现在对女性道德的标准认定方面。她塑造的最终收获美好婚姻结局的女性，无不出于自身的才华和理性，但她主张女性不应该一味顺从传统的“美德”，而是需要更加理性地去审视自身的困境和需求，并坚持对于爱情的追求。她在叙述过程中，直面女性在现实生活中的婚姻困境、经济困境、教育困境和道德困境，并以讽刺的语言回击造成女性困境的根源，并为喜爱、欣赏的女性提供一种美好的结局。埃莉诺、玛丽安、伊丽莎白和简等女性形象无不出自这个模式。在塑造正面人物之余，简·奥斯汀提供了一大批反面人物进行对比，让读者相信理性的作用。《傲慢与偏见》中的丽迪雅和《曼斯菲尔德庄园》中的玛利亚就是此类的对比角色。如果在爱情和婚姻的选择中，缺少理性的主导，只一味地遵循内心的情感，就会两者皆失，既没有稳定的婚姻结局，也不能获得美好的爱情。

父权社会中女性的刻意讨好和曲意逢迎，不仅对女性的思想观念产生影响，对男性也有消极作用。女性为了能够吸引到更加优质的男性，在婚前都会积极表现，展现英式淑女的“美德”，但在结婚之后，因为已经获得了结婚这一保障，真实的本性就会暴露出来。很多男性在结婚后发现了自己的妻子有很多的缺点。比如，班纳特先生最开始的时候被班纳特太太的青春美貌所吸引，但婚后不久，班纳特太太就原形毕露，夫妻关系越发疏远，逐渐变成一潭死水。班纳特先生始终都在逃避家庭的情感责任以及作为丈夫的责任。他嫌弃班纳特太太粗俗、浅薄，总是否定她的意见、忽视她的想法。面对班纳特先生的忽视，班纳特太太因为受到的教育有限，不能理解班纳特先生态度变化的真正原因，只能将他情感态度变化的原因归结于班纳特先生性格古怪。未找到真正原因，就无法真正改善两个人在婚姻中的情感状态，无法满足彼此的情感需求，最终导致两个人的婚姻关系日益僵化。即便班纳特太太理解了班纳特先生对婚姻的失望，见识浅薄的她也无法解决这种局面。尽管，两个人的矛盾有一部分是班纳特太太思想的原因，但班纳特先生明知道妻子的诸多缺点却没有积极引导她改正，反而选择了逃避，甚至经常羞辱班纳特太太，漠视班纳特太太的情感需求，致使班纳特太太的精神世界更加空虚。班纳特太太的婚姻状态代表了英国十八世纪的大多数女性的婚姻状态，由于婚后的琐事、孩子的日常起居等原因，女性失去很多属于自己的思考时间，造成夫妻之间沟通的减少，不利于夫妻感情的建立与巩固，再加上当初的婚姻本就缺少丰厚的感情基础，所以在结婚之后，由于与丈夫思想价值观不统一、缺少日常沟通等，女性与丈夫之间的关系也就不尽如人意。从出生一直到死亡，她们无时无刻不受到男权父权社会制度和思想的压迫，幼年时得不到良好教育，成年后没有得到理性引导，再婚后也没有得到丈夫的重视和理解，她们也因此渐渐变得更加无知和庸俗。

从某种意义上讲，男权父权社会文化对女性思想、价值观的改造非常成功，不仅十八世纪末的女性惯性地依附于男性生存，以不劳动、不事生产为荣，十九世纪初在工厂有了稳定工作和收入的很多女性，依然会向往依附于男性的生存方式，甚至还有女性裁缝帮工抱怨当代女性被剥夺了当母亲的权利和义务，误导她们与男性竞争来摧毁工人的劳动价值。在工厂工作的女性因为男性社会文化的影响得不到与男性劳动相同的报酬，加上劳动本就十分苦闷、单调，导致很多女性形成了不健康的价值观念，以至于当女性获得自由之后，依然怀念被囚禁于富足生活这一牢笼中的状态。女性被长久的社会思想禁锢很深，很多女性习惯了在小圈子中生活的方式，这导致英国后期女权运动发展缓慢和反复，甚至很多女性还会认为女权运动的参与者“没有女人味”“不像女人”，以此来反对女权运动、羞辱女权斗士。

三、深谙女性生存处境

长久的男主外女主内的生活、生产模式，形成了以男性为中心的社会形态，而广大女性群体则被社会边缘化。处在社会边缘的女性在社会生活和家庭中逐渐缺少话语权，并逐步丧失家庭地位，十八世纪时期的女性生存困境逐渐形成。

简·奥斯汀继承了范尼·伯尼的写作题材，也继承了英国现实主义文学的特点，但又注重表现英国乡绅阶层的家庭生活以及女性在生活中的成长与情感选择。作为一名出生于十八世纪、成长于十九世纪之际的英国女性，简·奥斯汀对这一时期的女性生存处境尤为了解，并通过当时的婚姻看到了婚姻、情感与金钱和社会地位之间的关系。当时的社会环境中，女性的生存空间非常狭小。即便在自己家中，女性也没有独立的个人空间。小说《傲慢与偏见》中，班纳特先生收入尚可，但家中他拥有一间大书房的同时，他的五个女儿们就都生活在一个不大的起居室内。简·奥斯汀自己也没有一个独立的房间用来写作。除此之外，女性不能选择结婚对象，没有独立生活的能力，没有体面的工作机会和基础保障……凡此种种，都造成了女性逃避不了的生存困境。随着年龄的增长，简·奥斯汀对于女性困境的了解也逐渐加深。在长时间的未婚生活中，简·奥斯汀感受到了女性在社会中求生的艰难。如果说早期的简·奥斯汀着力刻画不同类型的女性人物形象，并通过叙述她们的爱情故事、婚姻结局向读者展示十八世纪的主流婚姻观念，那么随着时间的流逝，简·奥斯汀开始着重表现女性的个人成长，也更加注重婚姻中的情感基础，并逐渐将婚姻中传统的门第观念摒弃掉。小说《劝导》中的安妮最终能与初恋再次相遇并走进婚姻的殿堂，正是体现了简·奥斯汀对爱的肯定，以及对传统婚姻关系中门第观念的动摇。

十八世纪的英国，女性的身份很简单，而且每一种身份都承载着一定的责任，却很少享受到与之相应的权利。这种不平等权利与责任关系造就了女性深深的生存困境。作为女儿，她们不能自主选择自己是否接受教育，也不能自主选择婚姻。简·奥斯汀的家庭就很注重女儿的教育，尽管简·奥斯汀没有上过学，但依然在家中得到了良好的知识教育，并在父亲和母亲的支持下培养了阅读这一爱好。但很多同时期的女性就不那么幸运了。《理智与情感》中班纳特家族也属于中产阶级家庭，和现实生活中简·奥斯汀家庭情况差不多，但由于班纳特太太自身知识水平较低，也没有接受过良好的教育，因此对子女的教育并没有概念，反而对各种社交活动非常重视。而班纳特先生虽然是一位比较有文化的乡绅，但由于他较少参与家庭生活，因此对女儿们的教育漠不关心，而这也导致班纳特家族中的五个女儿，大多缺少家庭教育。大女儿简温柔贤惠，具有一定的理性思想，但也缺少智慧，小女儿丽迪雅追求金钱享乐，奉行物质至上，又不具备理性的头脑。只有伊丽莎白在一定程度上受到班纳特先生的影响，喜欢阅读，善于思考，在富有理性的同时，也富有一定的智慧，这就导致了她比同时期的女性拥有更好的洞察力和判断力。她透过父母的婚姻，认识到男女平等在婚姻和感情上的重要性，而在之后的婚姻选择中，伊丽莎白也始终坚持着男女平等这一观念，并最终收获了自己想要的爱情。简通过理性的思考，在父母不幸的婚姻中，看到了婚姻中情感关系的重要性，更加向往以感情为基础的婚姻生活。但班纳特家族其他的女儿就不那么幸运了，丽迪雅因为缺少理性教育，最终选择与轻浮的威克姆私奔，其行径令整个家族蒙羞，也让自己陷入无法逃脱又无法获得幸福的婚姻牢笼中。此外，同样是家庭成员，在父亲过世后，未出嫁的女儿只能分到遗产中的一小部分，如果这个女性还是家族中的长女，她不出嫁的话，妹妹们也不能进行社交活动，她们就更可能成为剩女。因此，很多女性迫于现实压力，只好选择进入婚姻。伊丽莎白的好友夏洛特就是因自身的经济条件、年龄，以及在自己之下还有很多未婚的妹妹，无奈选择与柯林斯结婚。

步入婚姻以后，女性的身份就从女儿转变到了妻子，照顾家庭、生儿育女是女性的职责，也是她的义务。在进入婚姻之前，女性在家庭中的地位已经可以预见，结婚后还会得到其他的利益吗？答案是否定的。

女性即便在婚姻中付出了一切，也不会得到男性的尊重，得不到任何回报，甚至有可能在婚后失去仅有的嫁妆，从父亲的附属品转变为丈夫的附属品，从父亲的姓氏改为丈夫的姓氏。面对这样的事实，很多女性默默地接受了，甚至在结婚仪式上，女性也要宣誓一生顺从自己的丈夫。充满讽刺意味的是，当时的法律并不保护女性的合法权益，甚至不肯定其女性身份，女性一生都是属于她丈夫的“个人财产”，她所有的个人物品也都会成为丈夫的物品。换句话说，英国十八世纪时期的婚姻关系中，女性根本不算是一个人。法律不仅不会保护女性，还在女性宣誓后，规定她要一生信守誓言。已婚女性甚至不如单身女性自由，法律没有规定女性的身份和经济自由，但赋予她一定的权利，例如女性可以支配个人财产以及收入。因此女性的婚姻选择，并不利于对自由和真我的追求，甚至不能保护自己的财产，只能说为自己找到了一个靠山，在靠山的庇护下躲避着生活的困境。可悲的是，很多女性从来没有意识到她的生存困境，是以男性为尊的社会制度和思想一手造成的。

女性在婚姻中没有任何保障。当时没有一条法律能保护女性在婚姻中的合法权益。只要不离婚，她们就能有满足生存的基本条件，但如果想要争取更多的权利、经济条件、自由和爱，是绝无可能的。这就导致很多女性在婚姻中，仅能满足自己对生存的需求。简·奥斯汀对班纳特太太、达什伍德夫人这一类型的女性人物形象的塑造，体现出在爱情和婚姻中缺少关怀的女性的真实生活状态，结合对夏洛特等女性人物形象的婚姻结局的描写，进一步展现了英国十八世纪的女性的生存处境。但英国十八世纪的女性在婚姻中的困境并不止于此。在家庭生活中，夫权的不断加强也会增加家庭暴力的可能性。处在社会和家庭边缘、底层的女性，自然就是家庭暴力的唯一受害者。英国女性经常遭到丈夫的打骂，这在当时非常普遍，人们见怪不怪。但简·奥斯汀对这一现象的描写很少，他的小说更多的还是展现了英国十八世纪到十九世纪比较浪漫柔和的一面。

当女性成为母亲之后，就需要承担起对儿女的教育责任，组织成年子女的社交活动，并积极为儿女们物色结婚对象，为他们的相处创造机会。当然，更多的时候母亲是在为女儿筹谋这些事情，因为当时很多中产阶层和贵族阶层的男性都在英国公学读书，他们的教育自然会有父亲管理和监督。在英国十八世纪的思想观念中，母亲要对儿女进行照顾，但却子女却没有义务照顾母亲，承担母亲未来生活的责任，这就导致很多女性为整个家族操劳了半辈子，却在丈夫去世之后，失去了曾经的家和经济来源。如果继承家业的是她的亲生儿子，她还有可能得到儿子的生活补助。简·奥斯汀的母亲就是这种情况。如果继承家业的是远房亲戚，或者是丈夫与其他女性的儿子，那么女性有可能得不到任何补贴，就像《傲慢与偏见》中伊丽莎白和简的母亲以及《理性与情感》中的达什伍德夫人，她们都因为没有自己的亲生儿子，在丈夫去世之后得不到生活补助，导致经济一度陷入困顿。作者在叙述这种类型的情节时，丝毫没有表现出对这一现象的不满，但通过巧妙的语言对达什伍德夫人的继子与他的妻子自私自利的一面进行了嘲讽，这种嘲讽是带有一定趣味性的，既减弱了话语中的攻击性，同时又起到了嘲讽社会现状以及人性黑暗面的作用。

由此可见，女性由于身份不同，所面临的生存处境也大不相同，但相同的是，无论属于何种身份，女性的生存处境都不容乐观。简·奥斯汀笔下的女性形象是虚构的，却代表和影射了现实生活中女性真实的生存困境。不过，深谙女性的生存处境，不代表简·奥斯汀认可这样的女性生存现状。她主张女性追求自由、平等、情感至上的婚姻，她为不同年龄阶段的女性提出了不同的解决方案，那就是以理性的视角审视和经营得之不易的爱情和婚姻。针对那些青春年少的女性，她主张应该更理性地看待爱情、思考自己的需求，根据实际需求和现实状况来选择婚姻。简、伊丽莎白、埃诺莉、玛丽安等均属于此类情况；针对那些已婚的女性，简·奥斯汀也认为应该在婚姻中积极展现自己的才华，争取在婚姻中的话语权。就像《劝导》中的克罗夫特夫人，虽然嫁给了克罗夫特将军，但真正做到了与丈夫平等相处，能够与丈夫共同进退，也能够参与到丈夫的社交活动中，对生活有规划、有想法，并在婚姻中争取到了一定的话语权。简·奥斯汀借助这一女性人物形象，在女儿、妻子、母亲的身份之外，重新定义了女性的社会职能，在那些以往只有男人施展才华的活动领域，留下了女性活动过的痕迹。在某种层面上说，克罗夫特夫人也许就是伊丽莎白等追求平等婚姻关系的女性的未来的样子，她们在结婚后，没有受限于传统英国社会对女性的固有身份认知，而是积极参加社会活动，发挥着自己的作用。

简·奥斯汀的作品映射的是对于女性生活的理解和自己所能看到的女性生存现状。作为英国十八世纪的先锋女性，简·奥斯汀对于当时女性的生存状态并不认可，希望女性群体通过理性的智慧改变这一现状。但在作品中读者却难以看到简·奥斯汀对女性生存处境的不满。她的语言犀利，但观点并不鲜明。究其原因，是简·奥斯汀的文字带有很强的障眼法。她通过趣味性的嘲讽语言，看似在嘲讽事件本身，但也在暗讽造成这一事件的根本原因，以及隐藏在视线之下的社会弊端。毕竟在当时女性作家的地位还比较低下，女性小说家不太可能通过激烈的言辞与整个世界的思想观念进行对抗，因此即便是得到后世广大赞誉的简·奥斯汀，在创作中也需要对人物对白严谨措辞，以避免社会舆论的谴责。简·奥斯汀小说中的障眼法无处不在，例如《诺桑觉寺》中，亨利赞美英国社会的安全，不会有凯瑟琳阅读的哥特小说中那些恐怖的事件发生，并说“各种渠道和新闻会把一切都公之于众”。而正是这样一句对英国社会的赞美，读者仔细琢磨才能发现文字中暗含的深意。既有对社会真实情景的映射，同时也有对新闻界的暗讽。这种方法既可以方便她发表言论，也可以减弱文字中的尖酸刻薄的味道。毕竟在十八世纪的英国，很多危险的事件并没有得到有效公开。通过这种障眼法，简·奥斯汀既表现了对于整个社会现状的认知以及自己的观点，同时也没有引起读者的愤怒，更不会引起社会的广泛关注。这或许也是简·奥斯汀的小说能够跨越百年时间，依然成为很多读者心目中的经典的主要原因。

小说《诺桑觉寺》中，亨利认为凯瑟琳幻想出来的恐怖事件根本就不存在，讽刺她总是以哥特小说的故事脉络来看待现实事物的方式是错误的。这个情节是为了体现凯瑟琳在社交活动中的稚嫩和见识的浅薄，不过时下也有学者在研究简·奥斯汀作品时发现，凯瑟琳的幻想并不是完全没有依据的，这或许是对现实生活的真实反映。毕竟流行于十八世纪英国社会的哥特小说，本来就是社会各阶层矛盾的产物，其内在核心是人们对未来的未知恐惧，以及对当下资本主义压迫的恐惧。作为社会的弱势群体，身为女性的凯瑟琳必然会比身为男性的亨利更加敏感，而凯瑟琳在面对未知事件以及人物时的那种草木皆兵的状态，或许也代表了简·奥斯汀暗讽社会环境中令人忧虑的女性生存困境的态度。

四、女性自我意识的觉醒

现代工业的诞生和发展为女性的独立创造了先决条件。女性意识的觉醒既依托于先进的社会文化思想，同时也与不断变化的社会形态息息相关。在传统的英国社会中，女性只能依靠男性生存，活动空间仅限于家庭，毫无地位和自由，但工业革命的爆发后的十八世纪六十年代，棉纺织业飞速发展，越来越多的女性有了新的身份——工厂女工，大量女性进入工业，带动了英国社会进步的步伐。但此时的女工收入还比较低，短时间内在社会中的地位也没有得到提升，然而毕竟经济方面的改变，使女性有了一定的可以用来独立支配的经济积累，即便没有婚姻的保证也能在社会中生存下去，进而掌握自己的人生。而随着第二次世界大战的爆发，越来越多的女性走出家庭、走进社会，参与到社会生产活动中。而女性在经济活动中所获得的经济和财富，也促使她们要在家庭和社会中拥有更多的话语权，从而促进了社会女性自我意识的进一步觉醒，女权运动逐渐风起云涌。尽管二战后英国社会也鼓励在工厂中工作的女性再次回归家庭，但短暂的独立和自由并没有在家庭生活中被磨灭，而是在社会中愈演愈烈，逐渐形成了追求两性平等的社会思潮。如果说英国十八世纪之前裹挟在新兴思想观念中的女性独立思想与意识只激励了一些受过教育的中产以上的女性群体，那么源于社会发展带来的女性意识的觉醒，则激发了全社会女性对于自我意识和权利的追求。而简·奥斯汀笔下的女性和爱情故事，就是基于女性刚刚觉醒自我意识，她们既认识到自己的现状和需求，也在为此积极改变，如同《傲慢与偏见》中的伊丽莎白那样，努力通过阅读与学习，提升自己的知识水平，从而获得思想上的成长。

简·奥斯汀在创作早期，通过阅读和思考，觉醒了自己的女性意识。作为一个接受了良好家庭教育的女性，同时又具备良好的经济基础，她创作了众多优秀的小说作品，成为被世人称颂的小说家。简·奥斯汀的作品从女性的视角表现自身感受，同时也离不开对时代的渲染以及对传统小说创作形式和人物构造的沿袭。而流行于十八世纪英国社会的哥特小说，“灰姑娘”视角的女性主义小说等小说创作形式和人物形象，得到了读者的喜爱与追捧。在简·奥斯汀的小说中，这种片面的“灰姑娘”形象，得到了更细微和新颖的刻画，更具有时代突破性。简·奥斯汀笔下的女性人物形象，拥有更加主动的个性，懂得追求真正的自我与自由。这既代表了作者对于女性自我的认知，同时也呈现出了女性想要挣脱时代思想束缚的心理。传统的灰姑娘是一个受虐待的女性被爱情拯救的故事。但在简·奥斯汀的小说中，她们不再仅仅是被继母虐待，被原生家庭抛弃，等待被王子拯救的小可怜，也不再是需要王子的拯救才能够改变自身命运的“灰姑娘”，而是主动在社交活动中结交异性，寻找属于自己的爱情，并希望自己来主宰婚姻的智慧女性。尽管在人物形象的塑造上，简·奥斯汀笔下的女性形象与灰姑娘式的童话故事和哥特式小说中的人物形象有一定的相似之处，但简·奥斯汀的“灰姑娘”不再是受限于王子摆弄的女性，虽然深受父权文化的影响，但她们有自己的情感，不仅有对社会高阶层男性的倾慕与仰望以及对物质生活的向往，更重要的是“灰姑娘”能够与王子心意相通，能够用理性去看待感情，两个人之间不仅有深厚的爱情基础，更得到了王子的尊重，从而实现了简·奥斯汀对于婚姻和爱情中男女平等关系的追求。例如小说《诺桑觉寺》中的凯瑟琳怀有“灰姑娘”的纯真，尽管不聪慧也没什么才艺，与英国社会中传统的大家闺秀形象相差甚远。但这个女性形象更加具有真实的色彩，她的行为与情感才更能够打动读者以及那个贵族男孩的心，而也正因为她的真实、理智，才能够赢得亨利的尊重。

简·奥斯汀的小说中既有对深陷爱情的女性心理的刻画，同时也有对女性爱情选择、婚姻选择的心理描写。在不同的价值观念下，不同的女性有着不同的选择，从而有了不同的婚姻结局，但无一例外的是，简·奥斯汀笔下美满的爱情必然是建立在男女之间情趣相投、互相了解的基础上，更重要的是，女性要有一定的理性，才能够使爱情保鲜、持久且更加甜蜜。简·奥斯汀女性自我意识的觉醒，虽然没有让现实生活中的自己寻觅到美满的婚姻结局，但她将女性的自我意识灌注于人物形象上，赋予了她们追求爱情与婚姻的权利，从而实现了简·奥斯汀想要的婚姻自主选择权和美好的婚姻结局。但受限于时代，在小说中简·奥斯汀的女性意识并不强烈，对于改变女性社会地位的真正需求，也没有得到很好的体现。但这样温和的女性意识的呈现，也在得到了社会大众的认可和激发女性意识的层面得到了很好的平衡。在小说中，简·奥斯汀对当时社会中存在的女性生存现状、女性的婚姻观念等内容进行了探讨与表现。简·奥斯汀的女主人公是英国男权父权社会压迫下的女性代表，有着英国传统社会所固有的女性意识，这样的女性更能够被时代和社会所包容，也更能够被时代女性所理解。在社会中女性的价值始终得不到凸显和重视，更得不到应有的尊重，始终处于社会边缘地带，从而造成了女性在社会中被不断压迫的附属地位。不仅得不到同时代英国男性的教育权利和继承权，也没有得到在家庭和社会中的话语权以及独立生活的资本。

《浮出历史地表》中谈及那些现代文学史上的女作家时，有一个观点就是女作家需要“被看见”。因为只有被看见，她的思想才能真正影响女性，影响社会中女性思想的觉醒，甚至影响到女权运动的发展。而在社会中女性同样需要被看到，才能够拥有更多的话语权，获取更高的社会地位，得到社会的尊重，拥有更多的女性权利，女性对于社会地位、话语权的不断争取，才会更加顺理成章。“看不见的”的女性群体，只能默默承受世俗的偏见以及父权男权社会思想与制度的压迫。很幸运的是那一部分“被看见的”女性小说家，社会大众不仅看到了她的才情，更看到了她作品中表达的女性自我意识。

女性的整体生理素质决定了女性在体力劳动方面相比较同时期的男性更加弱势，在生产力决定社会地位的时代，女性逐渐成了被统治的阶层，而且女性的生育能力，又被赋予了母性的权益，使得女性受到了更多的来自社会的束缚和压迫。再加上长时间的地位和思想、社会文化的统治，致使女性的社会地位越来越低。英国的十八世纪面临着这样的局面：当时的欧洲已经有了更加先进的思想，但此时的英国还故步自封于英式传统，限制着女性的行为。英国城市中的一部分底层女性成了工厂女工，但乡村中的女性却始终被禁锢于家庭这个狭窄空间中。女性自由的缺失，不仅仅是对其自由人格和自我意识的剥夺，更造成了社会资源的浪费，制约了经济和社会的进一步发展。这些女性成为英国男人家中的陈设，也成为英国工业化进程中的“螺丝钉”，从某种层面来讲，他们都是社会中“看不见的”女性。这是女性自我意识发展中走过的一段弯路。然而，以简·奥斯汀为代表的女性力图打破这样的局面，创造出极具个性化的、有独立思想的女性人物形象，让这些“看不见的”女性得以被社会所看到、所重视。但在小说创造过程中，简·奥斯汀为了避免这些女性人物形象在社会环境中过于突出，所以有意通过描写女性在社交和生活中的错误来加以讽刺，凸显了女性自我意识在整个社会中的受限状况。总体而言，简·奥斯汀的作品通过对女性人物形象的精彩塑造，积极推动了当时女性自我意识的发展，也逐渐转变了女性的婚姻观念和爱情观念，促进了女性在家庭中话语权的提升，并进一步为女性自我意识的发展和女权运动的展开，提供了动力和社会思想基础。

五、个人情感经历的影响

简·奥斯汀的大半生都生活在史蒂文顿这个安静的小乡村，平静、安逸、富足。简·奥斯汀与外界的联系比较少，基本上都是通过对小说的阅读以及和身边人的聊天，用敏感的天性感知社会的动态。年轻的简·奥斯汀性格活泼开朗，是一个说话诙谐、言论犀利的人。父亲牧师的身份给她带来了平静安稳的生活，而父母亲对他的宠爱以及姐姐对她的照顾，秀美的乡村风光和闲适的乡村生活，都让青春年少时的简·奥斯汀拥有了一段悠闲又快乐的时光。除此之外，这一时期的简·奥斯汀热衷于与邻里及亲朋好友的交流，这为后期简·奥斯汀小说的创作提供了源源不断的素材。她通过与人交往感受到人性的粗俗、势利及平庸，尤其是上流社会人士的行为与地位并不相配，这些在简·奥斯汀的小说中都有所体现。在交流过程中，她也会有意关注到那些自私势利、傲慢无礼、矫揉造作的人，并仔细探究他们的行为与心理，甚至还会用犀利诙谐的语言加以讽刺描画。由此可见，简·奥斯汀确实是一个善于观察、善于思考，又非常聪慧的女孩子，她能够透过无聊的社交活动、人与人之间的小心机、小手段，看破人性的虚伪与做作，将上流社会人们的虚伪与矛盾表现在作品中。她本人十分排斥和抗拒这些行为，所以她通过讽刺的形式表现出来，既呈现出一种轻松幽默的语言风格，同时也对社会中的这一类型人物进行了挖苦和嘲讽。同时简·奥斯汀也是非常高傲的，她显然不能理解这些所谓的上流人士表现。她不仅不赞同他们的行为，还非常厌倦这样的社交活动。在之后的很多社交活动中，她也总是以讽刺嘲弄的不屑态度将自己置之事外，并与姐姐吐槽这些人的虚荣、粗俗与无趣。

同时，简·奥斯汀更是察觉到了社会对女性的压迫，她的作品中渗透着对社会形态和社会制度文化的不满，但在语言表达上并不像其他作品那样尖锐。小说在对现实世界的不满进行反馈的同时，也在语言表现形式和内在精神之间达到了平衡。可以说，简·奥斯汀的小说更像是一个窗口，一个帮助不同时代、不同社会制度和思想形态的读者了解十八世纪英国社会的窗口。她的小说与她的成长轨迹紧密相连，因此更能够反映出简·奥斯汀的个人情感。简·奥斯汀的六部小说，几乎都是关于年轻男女之间缠绵悱恻的爱情，以及他们最终或完美、或令人唏嘘的婚姻结局，同时也有对中产阶级男女的婚姻讽刺和对完美、平等的婚姻关系的向往。简·奥斯汀的小说对人物情感的描写极为细腻，小说中男女主角的相遇和相处，都非常甜蜜、浪漫，由此可见她对于爱情的美好向往。她渴望美好的爱情、期望得到美好、平等的爱情，但始终没有得到。因此，简·奥斯汀只能将自己对于爱情的期望，寄托于小说的创作中，借助那些女性人物的故事来实现自己的梦想。

现实生活中的简·奥斯汀终身未婚。年轻时候的她才貌双全，自然不乏众多男青年的追求。但与小说有很大差距的是，现实生活中出现在高傲才女身边的男青年，并不是出身高贵、英俊有礼的达西，他们大多都与简·奥斯汀的理想爱人有着很大的差距，更不能给予简·奥斯汀想要的爱情和婚姻生活。依据当时的社会环境和婚姻观念，即便存在这样的男性，也无法成为简·奥斯汀的良缘。在简·奥斯汀的青春时代，也曾经有过一个差一点就与之结婚的爱人，但现实生活中的地位阶层，是任何人都难以逾越的鸿沟。在之后的人生中，简·奥斯汀也遇到了其他比较优秀的男青年，但非常遗憾的是，其中有一位在与简·奥斯汀约定后就英年早逝了，而另一位被简·奥斯汀深入思考后拒绝。最终简·奥斯汀只得安于清贫，每天沉浸于阅读和小说创作中，观察他人探究着百态人生，审视人生书写着她心中的理想爱情和婚姻。

在创作中，简·奥斯汀一再表现了自己对于婚姻和爱情的看法，这其中既有简·奥斯汀对爱情的理解，也有其个人情感经历的影响。伊丽莎白、玛丽安和安妮，就是简·奥斯汀在人生的不同阶段最好的代言人。

《傲慢与偏见》中的伊丽莎白，聪明伶俐、性格倔强，她喜欢阅读，喜欢思考，性格与刚刚开始写小说的简·奥斯汀极为相像。可以说伊丽莎白就是这一时期简·奥斯汀内心最完美的女性，而在与他人的聊天中，

伊丽莎白与达西（《傲慢与偏见》好莱坞1940年版）

我们也可以感受到简·奥斯汀对伊丽莎白的喜爱。在小说中，伊丽莎白内心不仅闪动着理性的光芒，更有对心中理想爱情的坚定与执着，为了追求内心所向往的婚姻中的男女平等，她能够毫不犹豫地拒绝贵族达西先生的求婚。以下就是她拒绝达西求婚时的激烈言辞：

“几个月以前听了韦翰先生说的那些话，我就明白了你的品格。这件事你还有什么可说的？看你再怎样来替你自己辩护，把这件事也异想天开地说是为了维护朋友？你又将怎么样来颠倒是非，欺世盗名？”

达西先生听到这里，脸色变得更厉害了，说话的声音也不像刚才那

么镇定，他说：“你对于那位先生的事的确十分关心。”

“凡是知道他的不幸遭遇的人，谁能不关心他？”

“他的不幸遭遇！”达西轻蔑地重说了一遍。“是的，他的确太不幸啦。”

“这都是你一手造成的，”伊丽莎白使劲叫道。

“这就是你对我的看法！”达西一面大声叫嚷，一面向屋子那头走去。“你原来把我看成这样的一个人！谢谢你解释得这样周到。这样看来，我真是罪孽深重！”

伊丽莎白愈来愈愤怒，然而她还是尽量平心静气地说出了下面这段话：

“达西先生，从开头认识你的时候起，几乎可以说，从认识你的那一刹那起，你的举止行动，就使我觉得你十足狂妄自大、自私自利、看不起别人，我对你不满的原因就在这里，以后又有了许许多多事情，使我对你深恶痛绝；我还没有认识你一个月，就觉得像你这样一个人，哪怕天下男人都死光了，我也不愿意嫁给你。”①

可见，伊丽莎白身上既有英国传统女性所特有的“矜持”，也有新兴思想与女性自我意识，她不会选择传统的婚姻关系，不会满足于嫁给一个有钱的丈夫，从此依附他生活，她甚至会因为达西求婚时的傲慢姿态而拒绝一个一跃成为贵族太太的机遇，所以不会因为金钱而妥协于婚姻生活中。伊丽莎白正因为有了这样的思想，才显得格外特别，也格外

① 简·奥斯汀，李继宏译，傲慢与偏见[M]. 天津：天津人民出版社，2016：78.

动人，所以才吸引贵族青年达西逐渐爱上她，并最终在与伊丽莎白的爱情中主动放弃了贵族身份，实现了伊丽莎白所希望的婚姻中男女关系的平等。伊丽莎白与达西之间的爱情结局，体现了简·奥斯汀在创作早期就确定了的爱情与婚姻之间需要有紧密的联系以及美满的婚姻需要建立在丰厚的物质基础和浓厚的情感基础上的婚姻观点。但简·奥斯汀也没有过于强调金钱、财富在婚姻中的决定地位，而是更加看重男性的思想，以及两个人情感的关系。因此，伊丽莎白并没有答应有一定经济基础、只有牧师身份，但与之没有任何感情基础的柯林斯的求婚。简·奥斯汀在作品中表达了婚姻中情感、尊重、金钱都很重要，但最终情感与尊重是两个人婚姻关系的关键所在的愿望。

而简·奥斯汀的婚姻观的形成与她所身处的道德社会环境有着密不可分的联系，当时的女性需要与有一定社会基础和财富的男性结婚，如此才能保证后半生的安稳与幸福。简·奥斯汀的观念新颖，戳中了万千少女们内心最深处的期待，试问哪个妙龄少女不曾幻想与英俊伟岸的贵族男子相亲相爱，并一同走入婚姻的殿堂呢？《傲慢与偏见》的创作正是基于简·奥斯汀对爱情的向往与想象。尽管这样的婚姻观念和婚姻结局，多数只存在于小说或戏剧中，但不可否认的是，简·奥斯汀对爱情和婚姻的刻画，填补了一部分英国同时期女性在情感生活中的空虚，也给予了女性勇于改变自我的勇气。可以说这一时期的简·奥斯汀在小说创作的过程中，对婚姻和爱情还饱含期待，有浪漫的幻想，也有对理想爱情的想象。

《理智与情感》中的玛丽安是一个前后思想转变很大的角色。出场时，她是一个无知无畏、沉溺于爱情浪漫幻想的少女。

玛丽安各方面的才干都堪与埃丽诺相媲美。她聪慧善感，只是做什么事情都心急火燎的。她伤心也罢，高兴也罢，都没有个节制。她为人慷慨，和蔼可亲，也很有趣，可就是一点也不谨慎，与她母亲一模一样。[①]

她在秀美清新的乡村风光中与同样年轻的威洛比相知相爱，乡村温暖的阳光和闲适的氛围，为这段短暂的爱情赋予了唯美的浪漫色彩，但再唯美再浪漫的爱情如果建立在虚伪的利用关系上，那么最终的结局也会是非常潦草的。玛丽安与威洛比的爱情就是这样，开始美好而结局潦草。这段感情失利的原因在于她没有认清自己在婚姻中的劣势地位，没有认清女性在婚姻中缺乏主动权，也没有认清在爱情中金钱的作用，更没有弄清她的爱人威洛比是一个怎样的人。在这段失败的爱情结束后，玛丽安度过了一段非常难熬的压抑时光，一方面，她怀念着曾经的爱人，一方面又需要考虑顾及家人的感受，所以只能压抑内心中的情感。因而导致这时期的她意志非常消沉。

而玛丽安这一段感情经历，也与简·奥斯汀的感情经历极为相似，简·奥斯汀也是与曾经的爱人在美好的乡村生活中逐渐相知相许、相爱相伴，简·奥斯汀与爱人的分别，也是因为自己在婚姻中缺乏主动权，

① 简·奥斯汀，唐荫荪译．理智与情感 [M]. 北京：中国戏剧出版社，2005：2.

两个人的经济条件又不能满足家庭的期望，所以才惨淡收场。最重要的是与爱人分别后，简·奥斯汀曾经的爱人也迅速进入婚姻中，而结婚的对象是比她有钱的贵族小姐，简·奥斯汀曾经认为能与自己惺惺相惜的男人，竟然也会选择传统的婚姻形式，并最终将她抛弃，这对于年轻骄傲的简·奥斯汀来说，无疑是一场沉重的打击。

而小说《理智与情感》中的玛丽安，在经历过一段时间痛苦的感情之后，也终于凭借着自己的理性迎来了感情世界新的转机。最终取得了美满的婚姻，但现实生活中的简·奥斯汀却没有这样美好的结局，或许可能是因为在之后的生活中，并没有遇到像布莱登上校那样成熟稳重又有一定经济基础的男人。玛丽安婚姻结局，或许也带有简·奥斯汀对未来婚姻和爱情的期盼，她希望自己能够在之后的生活中遇到一个这样的男人。如果遇到他，或许也能心甘情愿地与之进入婚姻的殿堂。然而小说只能是小说，现实生活要比小说更加残酷，也更加真实。如布莱登上校那样成熟稳重又情深意切还很有钱的男人，一直也没有出现在简·奥斯汀的生活中。

与青春洋溢且对爱情和婚姻有着美好期盼的伊丽莎白相比，小说《劝导》中的安妮就显得更加清冷，好像她始终处于一种哀伤的氛围中。

安妮·埃利奥特几年前还是位十分漂亮的小姐，可是她早早地失去了青春的艳丽。不过，即使在她青春的鼎盛时期，她父亲也不觉得她有什么讨人爱的地方，因为她五官纤巧，一对黑眼睛流露出温柔的神情，压根儿就不像他。如今她香消色退，瘦弱不堪，当然就更没有什么能赢得他的器重。本来他就不怎么期望会在那本宝贝书里别的页上读到她的名字，现在连一丝希望也不抱有了。①

与心怀无尽浪漫遐思的玛丽安相比，安妮对爱情和婚姻的期待并不强烈，因为此时的她已经二十八岁，自认为没有合适的结婚对象，但更重要的是，她怀揣着对曾经爱人的无尽想念以及自己曾经因为他人的劝导而贸然离开心爱之人的歉疚与后悔。可以说安妮这一人物形象更加成熟、冷静，但同时也更加悲伤，更加令人唏嘘。

小说《傲慢与偏见》是简·奥斯汀的早期作品，这个时候的她青春洋溢，笔下的女性角色活泼可爱，所有的文字都透露着青春的气息，更怀揣着对生活的期望，但在创作小说《劝导》的时候，简·奥斯汀已经被生活磨砺成了一个清贫多年的大龄未婚女性，经济上的不富足，情感生活的空虚，都让简·奥斯汀的内心陷入痛苦，简·奥斯汀的病症和她的英年早逝，就是这种痛苦最有力的表现。小说中安妮所呈现出来的疲惫感，以及对生活理性、冷静但又略带消极的态度，都与这一时期的简·奥斯汀极度相似。安妮也曾经有过一个爱人，有过一段美好的爱情，但却由于听从他人的劝导，感受到爱情中缺少一定的经济基础，而最终与心爱的人分道扬镳，这与简·奥斯汀因为彼此的经济条件而分手的爱情结局，有一定的相似性。小说《劝导》中安妮这一人物形象的塑造也是基

① 简·奥斯汀，孙致礼、唐慧心译．劝导 [M]．南京：译林出版社，1996：3.

于简·奥斯汀个人的情感经历，以及在这时期简·奥斯汀对爱情和婚姻的理解。《劝导》始终笼罩于感伤的氛围中，安妮已经做好了孤寂一生的准备，因为在安妮看来两个人已经分别多年，尽管自己还想着曾经的爱人，但是重逢并重新相爱几乎是不可能实现的事情，因此当男女主角再次相遇的那一刻，安妮的内心异常激动。

霎时间，安妮心里引起的变化简直无法形容。明摆着，这就是他刚才匆匆忙忙在折叠的那封信，收信人为“安·埃利奥特小姐”，字迹几乎辨认不清。人们原以为他仅仅在给本威克中校写信，不想他还在给她安妮写信！安妮的整个命运全系在这封信的内容上了。什么情况都有可能出现，而她什么情况都可以顶得住，就是等不及要看个究竟。默斯格罗夫太太正坐在自己的桌前，忙着处理自己的一些琐事，因此不会注意安妮在干什么，于是她一屁股坐进温特沃思上校坐过的椅子，伏在他方才伏案写信的地方，两眼贪婪地读起信来：

我再也不能默默地倾听了。我必须用我力所能及的方式向你表明：你的话刺痛了我的心灵。我是半怀着痛苦，半怀着希望。请你不要对我说：我表白得太晚了，那种珍贵的感情已经一去不复返了。八年半以前，我的心几乎被你扯碎了，现在我怀着一颗更加忠于你的心，再次向你求婚。我不敢说男人比女人忘情快，绝情也快。我除了你以外没有爱过任何人。我可能不够公平，可能意志薄弱，满腹怨恨，但是我从未见异思迁过。

只是为了你，我才来到了巴思。我的一切考虑、一切打算，都是为了你一个人。你难道看不出来吗？你难道不理解我的心意吗？假如我能摸透你的心思（就像我认为你摸透了我的心思那样），我连这十天也等不及的。我简直写不下去了。我时时刻刻都在听到一些使我倾倒的话。你压低了声音，可是你那语气别人不，我可辨得清。你真是太贤惠，太高尚了！你的确对我们做出了公正的评价。你相信男人当中也存在着真正的爱情与忠贞。请相信我最炽烈、最坚定不移的爱情。

弗·温

我对自己的命运捉摸不定，只好走开。不过我要尽快回到这里，或者跟着你们大家一起走。一句话，一个眼色，便能决定我今晚是到你父亲府上，还是永远不去。

读到这样一封信，心情是不会马上平静下来的。假若单独思忖半个钟头，倒可能使她平静下来。可是仅仅过了十分钟，她的思绪便被打断了，再加上她的处境受到种种约束，心里不可能得到平静。相反，每时每刻都在增加她的激动不安。这是无法压抑的幸福。

她不得不竭力克制，想使自己恢复常态。可是过了一会，她再也坚持不下去了。别人的话她一个字也听不进去，迫不得已，只好推说身体不好。这时，大家看得出来她气色不好，不禁大吃一惊，深为关切。没有她，他们说什么也不肯出去。这可糟糕透了！这些人只要一走，让她一个人待在屋里，她倒可能恢复平静。可他们一个个立在她周围，等候着，真叫她心烦意乱。[①]

小说中无论孤独与失去还是重聚，以及对以往浪漫、温馨、甜蜜的旧时光的怀念，都是简·奥斯汀对爱情的感悟。内心已然成熟的简·奥斯汀懂得爱情不仅仅有甜蜜，更有爱而不得的苦楚，还有时代背景和社会思想的限制。

简·奥斯汀的婚姻观，对当代年轻人的爱情和婚姻，也有着非常重要的启示意义。在传统的英国社会，女性社会地位的低下限制了女性的生存空间，更限制了女性在经济方面的获取与增长，但在现代社会中，这些因素已不存在，女性可尽情追求自己的幸福，而男性也需要调整对爱情和婚姻的理解，从而实现婚姻和爱情中的男女平等与相互尊重。

年轻时候的简·奥斯汀创作出了活泼大胆有个性的伊丽莎白，但经过岁月磨砺之后的简·奥斯汀，创作出了更懂得在现实生活和人际交往中的察言观色的安妮。年轻时候的简·奥斯汀因为不喜欢虚伪的社交而选择远离社交的中心，在一旁用戏谑的眼神观察着众人的社交活动，多年后她笔下的女主人公依然还是会淡出大家的视线，活动在主要社交圈之外，但内心已经非常平和。伊丽莎白向安妮的转变，代表了简·奥斯汀内心的变化。安妮在整部小说中都非常冷静，但同时内心也在与爱人重逢后涌动着深藏已久的激情，她有着绝对的理性，但也有复杂的情感，但她也不会使自己沉迷于感情和对爱情的幻想中。她的自觉与聪慧是数

① 简·奥斯汀，孙致礼、唐慧心译．劝导 [M]．南京：译林出版社，1996：109.

年的孤寂生活形成的，在她独自生活的那几年中，她不断思考、不断观察，才培养出常人难以企及的智慧。

小说中的安妮总是很孤独，这源于其情感世界的荒芜，但同时她也是一个非常理性的人，在一个人的时光里，也没有过分的沉溺于孤独当中，而是在怀揣着对爱人温特沃思的思念，安静地品味着生活。即便是看着昔日的恋人与默斯格罗夫小姐越走越近，他也没有自怨自艾，甚至还会出门走走，不会辜负眼前的风景。从人物性格上看，安妮是一个内心强大的女人，她一方面有着温柔、细腻的情感，另一方面他也有独属于自己的坚强，这是过去简·奥斯汀笔下的女性人物形象所不具备的。以往的女性形象在爱情遇阻受挫后，要么是陷入深深的哀怨中，不断消沉意志，要么是故作镇定地维持着日常生活。无论怎样，都体现出女性对于情感的重视。但安妮不一样，她与简·奥斯汀以往女主人公对爱情的执着和坚定是一样的，在相爱的时光里，她好好珍惜。在独自一人的时光里，也不辜负美好的景色。这是一个女性在经历蹉跎之后最重要的成长。女性不会再完全依靠婚姻和爱情，而是想尽办法让自己在人生中获得快乐，实现自己的人生目标与理想，感受自己的生活。在故事最后，她依然不惧年龄的限制，接受其他异性的追求和求婚，与其他年轻的女性角色相比，安妮的选择更加具有勇气，同时也是强大的女性自我意识的表现。

在漫长的单身生活中，安妮也曾有过异性的追求，但她依然能守得住自己的爱情，坚守自己对爱情的执着，这与二十多岁的简·奥斯汀的个人情感也是极为相像的。在简·奥斯汀与初恋被迫分手几年之后，她不再执着于对爱情的渴望，开始面对新的生活；也曾有过几次短暂的爱情，也拒绝过自己不爱的结婚对象，因而放弃还算不错的婚姻结局，这说明了即便未婚生活清贫，她也始终没有因为婚姻而放弃原本对婚姻的看法与认识，始终坚定自己的理想。安妮也是如此，尽管年少无知的她因为经济原因放弃了自己的爱情与幸福，尽管独自一人的生活非常苦闷、孤独，但她依然没有想过为了驱逐生活的苦闷、填补生活的空虚和孤独而贸然选择结婚对象，她没有把自己的理想埋葬在世俗的标准中。

安妮逐渐走出了英国乡村的小圈子，融入更大的世界中，这是一个简·奥斯汀从来没有在小说中展现的世界。在这个世界中，人与人之间的情感联系不再重要，安妮这一人物形象的内心世界和她对于感情的理解，成为小说中更重要的主题。由此读者看到了安妮内心的成长与变化。在小说中，读者也看到了与其他中年婚姻状态截然不同的克罗夫特夫妇的婚姻关系。克罗夫特少将和克罗夫特夫人是安妮心中最完美的一对夫妻，他们之间的感情和相处模式满足了安妮对爱情和婚姻的想象，让安妮十分向往。但即便如此，她依然没有盲目追求爱情。她所反映出来的冷静与理性以及内心中被压抑着的情感，使安妮这个人物形象充满着人性的复杂与矛盾性，同时又格外成熟理智。安妮是一个成熟的女性人物形象，他对爱情怀着美好的想象和浪漫的憧憬，但也深陷于一个普通中产阶层的女性必然会陷入的婚姻困局中，并在人生中艰难选择。安妮是简·奥斯汀理想中的能够将理性与感情完美结合的女性，但也会因为自己的理性而错失美好爱情。由此可见，经历过一段时间成长的简·奥斯汀更加理解生活的真谛：并不是所有优秀的美德，都能迎来最好的结局，也不是所有的选择都是完美的。很多人都会在遗憾中不断成长，也都会与不完美的生活相伴终生。小说《劝导》的主基调是清冷孤寂的，但同时又充满着简·奥斯汀对于人生的理解与感悟，过境千帆的她不再憎恨生活，也不再以嘲讽他人为乐，更不会恃才傲物，而是更加平和地看待生活，珍惜生活中的每一处景色。

六、回归自然的本心

一直以来，英国人对乡村的自然风光都是非常崇敬和喜爱的，他们的生活与自然息息相关，那些无须在田野间劳作的庄园主、地主们，可以在乡野风光中尽情享受生活，即使是离开乡村多年的商人，也会在获得一定的经济基础之后，选择在乡下置地修建庄园，进一步丰富自己的生活。由此可见，乡村生活对每一个英国人来说都是非常重要的，大多数人对乡村生活都有着美好的愿景。十八世纪的英国乡村，也是英国社会的缩影，新兴资产阶级与传统旧贵族、新兴思想和传统思想，都在这里产生着激烈的碰撞。这时期乡绅阶层沉迷于对庄园的改建，侵占周边的土地，严重限制了农业的生产，危害了农民阶层的经济与财产。而在思想层面，以男性为主导的社会制度更为严苛地欺压传统女性，致使这一时期的女性地位一降再降。体现在很多小说作品中，因为当时社会对于女性的刻板印象，女性形象成为片面化、单一化的人物塑造，毫无人性的光芒。

简·奥斯汀的小说摒弃了传统以男性为中心的写作形式，反抗社会对于女性的压迫和剥削，注重男女之间的平等关系，并从不同的角度讽刺男权父权社会的体制与思想。许多作品都描绘了英国乡村秀美的自然风光，构建了自然与人物尤其是女性人物之间的联系，从而体现了较为和谐的自然观念。或许是因为童年的经历，简·奥斯汀对自然风光极为喜爱，在她的小说中，浪漫美好的爱情几乎都发生在优美的自然风光里。她一再强调女性与自然之间的关系，小说中的女性情感流露也与周围的景色和环境变化紧密相连。

男女生理结构上的差异使得男性成为原始生活、农耕生活中的主要生产力，并进一步影响了社会中男女的分工，但这不应该成为男女关系失衡的借口。在社会生产与生活中，男女有着不同的功能和作用，男女之间的关系需要在平衡的过程中共同发展，而不是相互对立，抑或是以某一性别为尊而压制另一性别的生存空间。但十八世纪的英国社是以男性为尊的父系社会，男性在社会中的经济活动得到了广泛的尊重和认可，但家庭中的女性却因为没有为社会做出贡献，不断丧失主导地位和话语权。这种现象并进一步加剧了男女性别之间的不平等。

工业时代对自然资源的需求量不断增长，自然环境被侵占，各种资源被用于生产生活中，从而引发了严重的环境污染问题，这是经济发展带来的副作用。在失衡发展的过程中，女性地位和话语权也逐渐下降和丧失。因此，简·奥斯汀的小说格外尊重自然，尊重自然状态下的男女和谐关系，并注重小说中女性与自然之间关系的呈现。

简·奥斯汀小说主要情节的展开，大多都集中在英国乡村的庄园中。一方面，英国社会对庄园的设计越来越重视，庄园的设计风格与形式更加成熟，另一方面，这些庄园的大小、设计风格，可以体现出庄园主的经济实力、社会地位，以及审美能力。因此，英国的乡绅阶层一直对庄园设计极为重视。简·奥斯汀生活的时期，庄园的建筑与景观设计更是融入了庄园主人对庄园的所有浪漫想象。这种对自家庄园进行规划与设计的流行风尚，也在简·奥斯汀的小说中有所体现，不仅在小说的书写中有对她自己长期生活的乡村景色、亲友庄园中的建筑和景观的细致描写，而且还有对城镇景观的书写。在她的笔下，无论是自然风光，还是乡村、城镇中的建筑，都具有强烈的美感，因此简·奥斯汀笔下的每一处庄园各有特色，有的浪漫唯美，有的庄严肃穆。而也正是因为庄园有着美妙景致，这里发生的爱情才显得格外唯美浪漫，格外动人。

与此同时，简·奥斯汀笔下的女性人物更是对这些庄园有着别样的情感，伊丽莎白、范妮，以及爱玛，都是先爱上了男主角的庄园。伊丽莎白更是直言从看到达西的庄园后就爱上了达西。小说《曼斯菲尔德庄园》更是以庄园的名称命名，这样的命名形式既点明了小说故事的展开背景，同时也点明了庄园在故事中的重要地位。由此可见，气派、精致的庄园在简·奥斯汀心中的重要性。而简·奥斯汀对乡村庄园景观和建筑设计的重视，也不仅仅源于当时的社会风气，更重要的是简·奥斯汀的舅舅托马斯教士承接了英国艾德稠普中的一部分庄园设计的监工，而舅舅托马斯教士在继承丽石庄园后，再次对丽石庄园进行了改造，这对简·奥斯汀的小说写作也提供了一定的帮助，增加了小说中庄园景观和建筑设计细节的描写，从而更好地体现出了英国乡村生活的美好图景。

十八世纪英国乡村中的庄园主们尤为注重对庄园自然氛围的营造，使庄园能够呈现出宛若天然般的美感。因此在简·奥斯汀的小说中那些能够令女主角一眼心动的庄园必然是精致美观又不失天然情趣的，甚至窗外的景观，能够随着人在房间中的走动而变换姿态。在庄园中生活的人们都能随时随地感受到庄园的美丽。庄园设计与改建时，也是英国乡村圈地运动大规模发展的阶段，在庄园改建的美好画面中，即使是对大量土地的“合理”占用，也有别于田野间劳动人民的日常生产与生活，有别于传统的教堂建筑，让当时的人们得到了一种全新的、“现代的”生活体验。而庄园的设计与改造也渐渐成为英国乡绅阶层保持身份、突出社会地位的方式。虽然简·奥斯汀对庄园的建筑和景观设计尤为重视，但也对扩建持否定意见。在小说《曼斯菲尔德庄园》中，有人曾提出对庄园进行改建，众人不仅纷纷认可这一提议，并提出了相应的改进策略。但只有小说的女主人公范妮对众人的提议持否定态度。

事实上，简·奥斯汀时期的英国乡村也在发生着剧烈的变革，这些变化都影响了英国乡村中原有的自然景观，造成了生产与地主、庄园主们生活场景的分化。小说中的自然景色着实是美好的，小说女主人公对男主角家中庄园的喜爱也出自内心的真实想法，但她也在小说中强调了庄园与自然环境和谐相处的观点，不能切割庄园与历史和自然环境的联系。如果在庄园的改建中一味地追求精致、唯美，并且大幅度改变的话，就是对庄园不负责任以及对自然环境的无理侵占。简·奥斯小说中对自然景观的描写凸显了她对于自然景观的爱重，这种爱重并不是出于对社会地位和经济实力的彰显，而是发自肺腑的喜爱，想要在如此优美的环境中度过安稳的岁月。但令人遗憾的是，离开乡村进入城市生活的简·奥斯汀再也没有回到乡村。她的作品，也表现了对这一现状的苦闷之情。

结　语

简·奥斯汀的六部小说横跨了两个世纪，展现了十八世纪末到十九世纪初英国存在的社会问题以及英国乡绅阶层的女儿们的日常生活。尽管是对家常琐事的描写，但读者在阅读小说的过程中并不会觉得枯燥乏味。即便当代读者读起来，也并不会对当时的社会背景以及男女情感的发展脉络等感到难以接受。这主要得益于简·奥斯汀在创作过程中，运用了大量的诙谐的语言来展现人物的不同个性，并对社会上出现的伪善之徒暗加嘲讽以增加小说的可读性，使小人物形象更加丰满和立体。毕竟在以往的作品中，很多人物形象都是非黑即白的，或者没有非常明显的道德倾向，人物形象也相对片面和简单。但简·奥斯汀的小说中即便是配角人物，也都呈现出了人性的丰满曲度。这种对于人物形象刻画描写的艺术形式并不是偶然形成的，主要还是归功于简·奥斯汀对身边的朋友和亲属的细微观察以及对周围发生的故事的深入思考。除此之外，英国十八世纪文学中兴起的嘲讽的语言风格也对简·奥斯汀的创作构成了极大的影响。十八世纪善于运用讽刺的语言写作的菲尔丁，就被简·奥斯汀所崇拜，因此菲尔丁的作品对简·奥斯汀的小说创作影响很大。

在创作过程中，简·奥斯汀不仅利用辛辣的语言对上层社会中虚伪的人极尽嘲讽，还对社会中那些随处可见的缺乏道德的行为进行了趣味化的呈现。她通过对人物、社会现象的暗讽，来隐晦地表达自己的思想与观念。在作品中，简·奥斯汀不仅巧妙嘲讽了贵族阶层的势利，而且还描绘了在资本主义经济不断发展的过程中贵族阶层无可避免的衰落趋势。中产阶层和新兴资产阶级贵族不断兴起，传统旧贵族之间的摩擦也日益增大，这种情况造成了多个阶层互相敌视但又不得不曲意逢迎的局面，这无疑增添了社交活动中不同社会阶层的人的虚荣与伪善。此种虚荣与伪善，在简·奥斯汀看来是非常有趣的，因此她才会用喜剧的笔法来反映英国社会的这种变化。

作为女性作家，简·奥斯汀在对社会问题和虚伪人士进行讽刺的同时，对于女性群体却有着极大的包容心。在人物形象的塑造方面，也更加全面地展现了人性中的光辉与黑暗面，从而成功塑造了一个又一个丰满立体的人物形象。简·奥斯汀笔下没有完美的女性，就连小说的主角也是在不断成长的过程中得以逐步完善，并最终成长为相对而言比较完美的女性，同时以收获了美好的婚姻和爱情的结局作为奖励。在成长过程中，这些女性人物往往都会出糗，也会因为在这一过程中所做的糗事而受到周围人的嘲笑，更重要的是简·奥斯汀也会毫不留情地嘲讽她们的行为，以展现女性人物成长的过程中所必然要承受的副作用。而在创作小说和塑造人物的过程中，简·奥斯汀着重展现了对女性人物形象内心的刻画，从而进一步丰富形象，让女性的成长主线变得更加鲜活。

同时，简·奥斯汀笔下的女性人物也超越了当时的社会思想以及对于女性形象的种种定位，她们可以没有才艺、可以不够矜持、也可以追求婚姻和爱情中的男女平等。但就是这些不具备传统美德的、中产阶级家庭中的女儿们，大多都收获了美满的爱情以及让中上层社会中的小姐们都非常艳羡的婚姻结局。当时的女性能嫁给有爵位、有丰厚的祖产可以继承的贵族子弟，抑或是嫁给牧师等神职人员，都是公认的好姻缘。因为这预示着这个女性的未来生活将是非常丰足的。因此简·奥斯汀的小说中的女主人公通常会面临与其他女性人物形象“竞争”男主角的境地。无论所谓的情敌有着怎样的家世背景，简·奥斯汀小说中的女主人公都会凭借着自己的才华与智慧，赢得男主人公的心。简·奥斯汀对这样的理想爱情和完美婚姻进行了高度的赞扬，同时也嘲讽了社会中那些为了金钱和社会地位而选择结婚的年轻男女。而对于那些因生活所困，被迫选择金钱而结婚的女性，简·奥斯汀也留有一份温柔的同情。

在简·奥斯汀的小说中，女性的智慧是被肯定的，甚至说是被高度赞扬的，简·奥斯汀鼓励女性人物争取与男性的同等社会地位。同时两性之间的关系也要从紧张的状态转为合作共赢的观念中来，只有两种性别相互理解，才能创造更加美好的未来。女主人公的身上也不再是非常刻板的偏见印象，而是无时无刻不在闪动着理性的光芒。女性也能够成为男性的精神导师，也能够在打理好家庭生活的同时，与男性一起参加各种社会活动，女性不应该仅仅局限于生活和家庭事务……简·奥斯汀为女性的生活提出了更多的可能性。即便在女性教育权益受到阻碍的时代，简·奥斯汀也鼓励女性通过阅读获取知识，提高思维能力和判断力，完成自我的成长，更重要的是实现女性自我意识的觉醒。简·奥斯汀的六部作品中的女主人公，无一例外都热爱阅读，她认为阅读是女性在成长过程中的必经之路，有助于她们了解世界、探索世界。但简·奥斯汀也针对女性的阅读行为提出了自己的观点，就是阅读可以增长见识，但却不能将生活中的事物套用在小说中，否则就会像《诺桑觉寺》中的凯特琳一样在社交活动中出尽洋相。

简·奥斯汀的小说虽然主要以十八世纪乡绅阶层的年轻男女的爱情故事为主线，但她在作品中也刻画了不同年龄阶层的女性人物形象，这在其他同时期作家的作品中实属罕见。不可否认的是，简·奥斯汀笔下的这些女性人物形象通常都是反面角色，作者通过对她们愚蠢的行径与思想的嘲讽，来控诉当时社会对于女性的压迫，以及男权父权社会体制和思想对女性思想的消极影响。这也是简·奥斯汀作品的人性光芒和深度的重要体现。

简·奥斯汀为女性主义的发展贡献了一生。她一直在追求男女平等的社会与婚姻关系。但当时男权父权社会体制与思想，对女性的意识成长以及女性文学作品的发展，都起着很大的阻碍作用，女权运动的发展也充满坎坷。所以她决心通过创作将觉醒、解放女性自我意识的观点向大众传播。简·奥斯汀创作的小说虽然不多，但每一部都是非常经典的女性主义文学作品，代表着女性意识觉醒的开端，体现着时代的发展和人类的进步。但困于时代的限制，简·奥斯汀在小说中也未能呈现出非常鲜明的女性自我意识与观点，又或者说，此时的简·奥斯汀即便描绘出了更加丰富多样的女性人物形象，也依然难以摆脱对于女性生存方式的传统认知，从而无法塑造出真正独立的女性人物形象。但这并不妨碍她成为激发女性意识的经典作家，她的作品中传达的爱情与婚姻的思想观念，不仅推动了一代又一代女性自我意识的觉醒，也实现了女性在家庭和社会中话语权的获得，值得现代人认真学习和总结。

后 记

近些年来，我们对以简·奥斯汀为代表的众多西方小说家的作品，一直保持着极高的研究热度。而这些作家的生活经历及其作品的艺术特色，也带给人们很多思考。阅读简·奥斯汀的小说可以使读者更加直观地了解到英国十八世纪中产阶级的生活现状以及普通人的家常琐事。当然，本书更倾向于借助生态女性主义的有关理论对简·奥斯汀笔下的女性人物形象进行剖析。作为十八世纪末期的英国小说家，简·奥斯汀在作品中反映了当时女性的困境以及女性的反思、成长与觉醒，于当今社会而言，有着怎样的意义呢？

笔者认为，除了女性视角、女性形象、女性主义观点等因素之外，现代人更应聚焦男性与女性之间的关系以及人与自然之间的联系。我们该怎样与这个世界相处？女性该以怎样的姿态与男性共处？女性需要怎样的生存空间？这些问题似乎更具时代意义。从某种角度来看，生态女性主义具有一定的理想性，它追求的是人与自然的和谐共生，但人类的欲望是无止境的，人类对于美好生活的追求也永远不会停止，这一切的代价几乎都是通过对自然的献祭来实现的。生态女性主义思想的提出，为人们提供了一种想象图景，但就这一图景而言，能否实现还是未知的，一如现在的性别关系，因为在很多国家，男女平等的理想至今也没有实现。长久以来的社会观念对性别平等意识的发展造成了极大限制，传统的生产模式和消费模式，也必然会对自然造成极大损害，人类文明未来的发展方向仍然无法确定。但无论如何，有关自然和女性的社会议题已经有了很多讨论的声音。这为人类与自然环境的关系走向和谐美好提供了积极的依据，同时也为女性运动的发展带来了更多的空间。

世界的发展远比想象更快，但本质还是没有产生特别大的变化，野心和欲望的无限扩张依然会压缩其他民族和文明的生存空间，对生命造成无可挽回的伤害。现今社会新冠疫情的蔓延，地缘冲突的加剧，社会贫富差距的进一步拉大，使人类无法快速解决所有问题。但正如简·奥斯汀曾经在作品中传达出来的女性意识一样，所有的思想都是在一代又一代的研究与推演中不断前行的，最终会适用于人类的发展与解放。人类应心存希望，充满信心地面向更加远阔的未来。

（本书为2020年山东省社科规划项目外国语言文学专项《英语专业课程思政体系中的“立德树人”建设研究（20CWZJ18）阶段性成果》）

参考文献

1.[英] 福斯特 . 小说面面观 [M]. 广州：花城出版社，1984.

2. 朱虹 . 奥斯丁研究 [M]. 北京：中国文联出版公司，1985.

3.[英] 弗吉尼亚・伍尔夫 . 论小说与小说家 [M]. 上海：上海译文出版社，1986.

4.[英] 纳什 . 英国古典小说五十讲 [M]. 王国富，缪华伦译，成都：四川文艺出版社，1987.

5.[英] 伊格尔顿 . 女权主义文学理论 [M]. 长沙：湖南文艺出版社，1989.

6. 杨江柱，胡正学 . 西方浪漫主义文学史 [M]. 武汉：武汉出版社，1989.

7. 黄伟合 . 欧洲传统伦理思想史 [M]. 上海：华东师范大学出版社，1991.

8.[英] 勃里格斯 . 英国社会史 [M]. 北京：中国人民大学出版社，1991.

9.[美] 伊恩・P・瓦特 . 小说的兴起 [M]. 北京：三联书店，1992.

10. 马缨 . 工业革命与英国妇女 [M]. 上海：上海社会科学院出版社，1993.

11. 罗经国 . 新编英国文学选读 [M]. 北京：北京大学出版社，1996.

12.[英] 简 · 奥斯汀 . 理智与情感 [M]. 上海：上海译文出版社，1996.

13. 李银河 . 妇女 : 最漫长的革命 [M]. 北京：三联书店，1997.

14.[英] 简 · 奥斯汀 . 爱玛 [M]. 上海：上海译文出版社，1997.

15. 朱虹 . 英国小说的黄金时代 [M]. 北京：中国社会科学出版社，1997.

16. 张岩冰 . 女权主义文论 [M]. 济南：山东教育出版社，1998.

17.[美] 安妮特 · T. 鲁宾斯坦 . 英国文学的伟大传统 [M]. 上海：上海译文出版社，1998.

18.[英] 简 · 奥斯汀 . 劝导 [M]. 上海：译林出版社，1999.

19.[英] 简 · 奥斯汀 . 诺桑觉寺 [M]. 上海：译林出版社，1999.

20.[英] 艾瑞克 · 霍布斯鲍姆 . 资本的年代 [M]. 南京：江苏人民出版社，1999.

21. 高奋 . 西方女性独白 [M]. 武汉：华中理工大学出版社，2000.

22. 阎照祥 . 英国贵族史 [M]. 北京：人民出版社，2000.

23. 刘霓 . 西方女性学 [M]. 北京：社会科学文献出版社，2001.

24. 陈曦文、王乃耀 . 英国社会转型时期经济发展研究 [M]. 北京：首都师范大学出版社，2002.

25.[美] 罗斯玛丽 · 帕特南 · 童 . 女性主义思潮导论 [M]. 武汉：华中师范大学出版社，2002.

26.[英] 简 · 奥斯汀 . 傲慢与偏见 [M]. 北京：华夏出版社，2003.

27. 罗婷等 . 女性主义文学批评在西方与中国 [M]. 北京：中国社会科学出版社，2004.

28.[英] 简 · 奥斯汀 . 曼斯菲尔德庄园 [M]. 上海：译林出版社，2004.

29.[英] 莱恩 . 简 · 奥斯汀的世界 [M]. 海口：海南出版社，2004.

30. 侯维瑞，李维屏 . 英国小说史 [M]. 上海：译林出版社，2005.

31. 王萍 . 现代英国社会中的妇女形象 [M]. 上海：江苏人民出版社，2005.
32. 潘迎华 .19 世纪英国现代化与女性 [M]. 杭州：浙江人民出版社，2005.
33. 张伯香，龙江 . 英美经典小说赏析 [M]. 武汉：武汉大学出版社，2005.
34. 朱立元 . 当代西方文艺理论 . 上海：华东师范大学出版社，2005.
35. 王晓焰 .18—19 世纪英国妇女地位研究 [M]. 北京：人民出版社，2007.
36.[英] 伍尔夫:《一间自己的屋子 [M]. 上海：上海人民出版社，2007.
37.[英] 阿伯特 . 简・奥斯汀 [M]. 大连：大连理工大学出版社，2008.
38. 裔昭印 . 西方妇女史 [M]. 北京：商务印书馆，2009.
39.[美] 霍顿 . 改变世界的女人 [M]. 长沙：湖南科学技术出版社，2010.
40. 李维屏 . 英国女性小说史 [M]. 上海：上海外语教育出版社，2011.
41.[美] 卡森 . 为什么要读简・奥斯汀 [M]. 上海：译林出版社，2011.
42.[英] 斯通 . 英国的家庭、性与婚姻 [M]. 北京：商务印书馆，2011.
43.[美] 肖瓦尔特 . 她们自己的文学 [M]. 杭州：浙江大学出版社，2011.
44. 黄梅 . 码字的女人 [M]. 南京：南京师范大学出版社，2012.
45.[英] 毛姆 . 巨匠与杰作 [M]. 上海：上海译文出版社，2013.
46. 黄梅 . 推敲“自我”[M]. 北京：生活・读书・新知三联书店，2014.
47. 王琼 .19 世纪英国女性小说研究 [M]. 合肥：安徽文艺出版社，2014.
48. 温晶晶 .19 世纪英国女性文学生态伦理批评 [M]. 北京: 国防工业出版社，2015.
49. 贺鹭 . 维多利亚时期伦敦社会分层研究 [M]. 南京：江苏大学出版社，2015.
50. 钱乘旦 . 英国通史 [M]. 南京：江苏人民出版社，2016.
51. 刘意青 . 英国 18 世纪文学史 [M]. 上海：外语教学与研究出版社，2018.
52. 黄梅 . 奥斯丁研究文集 [M]. 上海：译林出版社，2019.
53. 龚龑 . 奥斯丁学术史研究 [M]. 上海：译林出版社，2019.

54. 崔硕庸 . 简 · 奥斯汀的谋略 [M]. 上海：格致出版社，2020.

55. 朱虹 . 对奥斯丁的傲慢与偏见 [J]. 读书，1982（01）87-88.

56. 潘维新 . 奥斯丁作品中的妇女群像 [J]. 西南师范大学学报（人文社会科学版），1989（04）：55—58.

57. 林文琛 . 奥斯丁反讽艺术片谈——奥斯丁人物塑造、情节结构的反讽艺术 [J]. 外国文学研究，1991（04）：92—95.

58. 裘因 . 奥斯丁与英国女性文学 [J]. 上海大学学报（社会科学版），1996（06）：42—45.

59. 郑莉青 . 试论简·奥斯汀小说中的妇女婚姻观 [J]. 温州师范学院学报（哲学社会科学版），1999（01）：88.

60. 林文琛 .〈劝导〉简论 [J]. 外国文学评论，2000（01）：82—85.

61. 李宏伟 . 幸福，在高不可攀处吟唱——〈傲慢与偏见〉的婚姻透视 [J]. 山西大学师范学院学报，2000（02）：71—74.

62. 肖巍 . 生态女性主义及其伦理文化 [J]. 妇女研究论丛，2000（04）：67—69.

63. 何朝阳 . 简 · 奥斯汀的女性视点 [J]. 四川外语学院学报，2001（05）：32—35.

64. 王赳 . 维多利亚时期闲暇阶层出现的成因 [J]. 淮南师范学院学报，2002（01）：42—44.

65. 樊浩 . 理性的作家和作家的理性——论简 · 奥斯汀作品中的理性光辉 [J]. 连云港师范高等专科学校学报，2002（01）：66—69.

66. 李中英，贾秋彦 . 女权主义在〈理智与情感〉中的体现 [J]. 陕西师范大学学报（哲学社会科学版），2002（1）35-38.

67. 傅俊 . 试论简 · 奥斯汀的现实主义和女性视角 [J]. 镇江高专学报，2002（04）：4—9.

68. 周青 . 论〈诺桑觉寺〉的金钱决定论 [J]. 南京社会科学，2003（06）：

56—59.

69. 陆伟芳 . 近代英国妇女自我意识的觉醒 [J]. 江苏行政学院学报，2004（02）：70—73.

70. 彭应翃 . 走出困境——谈〈诺桑觉寺〉的主题意义 [J]. 广州大学学报（社会科学版），2004（03）：24—27.

71. 谭雪霏 . 卢卡斯小姐和奥斯丁的女性意识 [J]. 安康师专学报，2004（03）：67—69.

72. 周青 . 论简・奥斯汀非传统性的女主人公 [J]. 西南民族大学学报（人文社科版），2004（04）：49—52.

73. 刘戈 . 简・奥斯汀与女性小说家的"说教传统"[J]. 外国文学研究，2004（04）：62—65.

74. 陆伟芳 . 论 19 世纪英国社会性别角色观念 [J]. 思想战线，2005（04）：115—119.

75. 王晓焰 . 社会性别理论与 18—19 世纪英国妇女的社会地位 [J]. 四川师范大学学报（社会科学版），2005（06）：42—43.

76. 李仙琼 . 浅析简・奥斯汀作品中的女性意识 [J]. 湖南工业职业技术学院学报，2005（14）：98—99.

77. 赵媛媛，李建珊 . 人类与自然关系的多角度解说——生态女性主义思潮评析 [J]. 自然辩证法研究，2006（06）：46—48.

78. 刘霞敏 . 从浪漫走向世俗的新型女性——〈理智与情感〉中玛丽安的性格分析 [J]. 湘潭师范学院学报（社会科学版），2006（06）：79—82.

79. 刘霞敏 . 对立与和谐：论〈理智与情感〉的人物塑造艺术 [J]. 怀化学院学报，2006（10）：116—119.

80. 杜艳春 .19 世纪英国女性作家的文学创作与女权主义批评 [J]. 吉林师范大学学报（人文社会科学版），2007（01）：63—65.

81. 刘霞敏 .〈诺桑觉寺〉中的女性教育主题 [J]. 天津外国语学院学报，

2007（03）：62—67.

82. 赵冬梅 . 简·奥斯汀在〈傲慢与偏见〉中的婚姻观 [J]. 时代文学（理论学术版），2007（04）：109.

83. 陈明，肖庆华 . 生态女性主义理论及其文学探究 [J]. 文教资料，2007（05）：72—73.

84. 梁锦 . 生态女性主义视野中的女性与自然观 [J]. 湘潮（下半月）(理论)，2007（08）：28—29.

85. 高德新 .〈简·爱〉与〈傲慢与偏见〉中两个叛逆女性角色之比较 [J]. 电影文学，2007（18）：68—69.

86. 王波，魏乐琴 .〈劝导〉与简·奥斯汀的婚姻观 [J]. 重庆科技学院学报（社会科学版），2008（02）：147—148.

87. 周青 .〈诺桑觉寺〉的特色新解 [J]. 盐城师范学院学报（人文社会科学版），2008（03）：80.

88. 史凤晓 . 简·奥斯汀和她对女性问题的关注 [J]. 理论观察，2008（03）：128—129.

89. 刘霞敏 . 论简·奥斯汀的自然写作 [J]. 四川外语学院学报，2008（03）：89-92.

90. 黄梅 .〈爱玛〉中的长者 [J]. 外国文学评论，2008（04）：44—47.

91. 王敏 . 从情感到理智——论简·奥斯汀的女性审美转向 [J]. 重庆交通大学学报（社会科学版），2008（04）：98—100.

92. 张真 . 英国女性文学研究综述 [J]. 文教资料，2009（22）：34—36.

93. 叶岚 . 浅谈简·奥斯汀作品中的婚姻与奥斯汀的婚恋观 [J]. 才智，2009（30）：67—70.

94. 苏友芬 . 奥斯丁对传统婚姻叙事的解构与超越——〈傲慢与偏见〉与〈爱玛〉结局分析 [J]. 外语研究，2010（02）：78—79.

95. 易文琴 .〈傲慢与偏见〉和〈简爱〉中婚姻观之比较 [J]. 北方文学（下

半月），2010（03）：6-9.

96. 高雅.〈傲慢与偏见〉与乡村中的英国社会[J]. 文学教育(上),2010(10)：98—100.

97. 赵巧智．范妮·普赖斯：走出父权制樊篱的女性——对简·奥斯汀小说〈曼斯菲尔德庄园〉的女性主义解读[J]. 科技信息，2010（33）：66—67.

98. 杨文澜，蒋景阳．男权社会中的女性——〈傲慢与偏见〉中的聚焦[J]. 小说评论，2011（2）：27.

99. 李永霞．演变的憎恶——奥斯汀三部代表作中母亲形象的解读[J]. 南昌教育学院学报，2011（04）：13.

100. 张纯静．穿越“精神迷雾”——试论简·奥斯汀创作〈傲慢与偏见〉的心理动因[J]. 西南农业大学学报(社会科学版)，2011（04）：112—115.

101. 张仰媚．简·奥斯汀对英国小说的过渡作用[J]. 中国校外教育，2011（06）：36.

102. 王明丽．生态女性主义视野中女性形象的嬗变[J]. 西北师大学报(社会科学版)，2011（05）：82—83.

103. 田红，杨文胜．简·奥斯汀：无奈的现实主义——从夏绿蒂的婚姻“储藏室”说起[J]. 内蒙古民族大学学报，2011（06）：22—25.

104. 黄婷婷．浅析简·奥斯汀〈劝导〉中女主人公安妮·埃利奥特[J]. 科教文汇(上旬刊)，2011（09）：88—89.

105. 江蕙．人性透视与道德关怀——读简·奥斯汀[J]. 文教资料，2011(11)：33—35.

106. 邓庆昭．理性缘何而来？——对简·奥斯汀理性主义的探析[J]. 黑河学刊，2011（12）：23—25.

107. 黄梅．新中国六十年奥斯丁小说研究之考察与分析[J]. 浙江大学学报(人文社会科学版)，2012（01）：34—37.

108. 邹璐．生态女性主义视野中的女性与自然[J]. 语文教学通讯·D刊(学术刊），2012（01）：84—87.

109. 郭瑞萍，李俊婕．超越与创新——简·奥斯汀小说中的生态女性主义思想 [J]. 河北大学学报（哲学社会科学版），2012（02）：60—64.

110. 安琦．简·奥斯汀和她的曼斯菲尔德庄园 [J]. 短篇小说（原创版），2012（02）：73—76.

111. 刘云静．18—19 世纪英国女性意识的觉醒及其边缘化特性——以奥斯汀的〈傲慢与偏见〉为例 [J]. 山西师大学报（社会科学版），2012（04）：78—81.

112. 金铖．〈诺桑觉寺〉的理想婚姻之辨 [J]. 社会科学战线，2012（09）：82—85.

113. 宫桂梅．〈劝导〉中简·奥斯汀晚年婚姻观分析 [J]. 短篇小说（原创版），2012（10）：102—103.

114. 李阳．简·奥斯汀、勃朗特姐妹女性作家作品中女性主义思想研究 [J]. 时代文学（下半月），2012（12）：134.

115. 周桂英．成熟背后的岁月划痕——浅析简·奥斯汀〈劝导〉中隐含的晚年婚姻观 [J]. 名作欣赏，2012（15）：67—69.

116. 陈汤龙，乔梦铎．浅析生态女性主义理论在西方文学作品中的探讨 [J]. 鄂州大学学报，2013（1）48—50.

117. 夏孟丽．论简·奥斯汀的中产阶级女性婚姻观 [J]. 淮北职业技术学院学报，2013（06）：42—43.

118. 王强．浅析〈理智与情感〉与简·奥斯汀的写作风格 [J]. 语文建设，2013（17）：37—38.

119. 徐美娟．从〈理智与情感〉中欣赏奥斯丁的叙述技巧与语言风格 [J]. 新西部（理论版），2013（20）：125.

120. 林静．〈理智与情感〉中玛丽安的性格分析 [J]. 芒种，2013（20）：137—138.

121. 周媛，罗茜. 从小说〈理智与情感〉看英国社会的“思想之战”[J]. 艺种，2013（23）：80.

122. 杨欣瑶. 从〈傲慢与偏见〉的婚姻观看简·奥斯汀的女性意识 [J]. 现代企业教育，2013（24）：559.

123. 叶禾. “理智”与“情感”——〈理智与情感〉的女主人公性格分析 [J]. 才智，2013（27）：27—29.

124. 田疆丽.〈傲慢与偏见〉中简·奥斯汀婚姻观的体现 [J]. 青年文学家，2013（27）：77—79.

125. 王坤，闫晓云. 简·奥斯汀的现实主义和女性视角研究 [J]. 开封教育学院学报，2014（01）：22—23.

126. 张志成. 简·奥斯汀在〈傲慢与偏见〉中的艺术成就 [J]. 长春教育学院学报》，2014（02）：32—33.

127. 卞变. 从〈傲慢与偏见〉〈理智与情感〉——中看简·奥斯汀的女性主义观点 [J]. 统计与管理，2014（03）：176—177.

128. 姜雪梅.〈傲慢与偏见〉与卢梭的自然主义女性观 [J]. 大连大学学报，2014（04）：52—55.

129. 龚北芳. 论 19 世纪英国文学中的女性形象 [J]. 大庆师范学院学报，2014（04）：57—60.

130. 贾皓冰. 英国女性作家与女权主义 [J]. 科教文汇（中旬刊），2014（05）：49—50.

131. 祁雅文.〈劝导〉与简·奥斯汀的浪漫 [J]. 湖北科技学院学报，2014（05）：54—55.

132. 高维婷. 基于女性意识角度论简·奥斯汀的〈曼斯菲尔德庄园〉[J]. 大众文艺，2014（06）：38—39.

133. 邝江红. 解读简·奥斯汀小说〈傲慢与偏见〉中的女性主义 [J]. 短篇小说（原创版），2014（08）：42—45.

134. 曹安然 .〈红楼梦〉与〈傲慢与偏见〉婚恋观之比较 [J]. 林区教学，2014（10）：34—35.

135. 于淼 . 简·奥斯汀〈曼斯菲尔德庄园〉中的女性意识探析 [J]. 名作欣赏，2014（11）：67—68.

136. 许鹏 . 试论女性主义思想体现在〈夏玛〉与〈劝导〉之中的对比 [J]. 科技视界，2014（30）：125.

137. 罗卓琳 .〈劝导〉中安妮的判断力 [J]. 科技信息，2014（12）：72—75.

138. 康英华 . 女性主义视角下赏析小说〈傲慢与偏见〉[J]. 芒种，2014（18）：92—95.

139. 李容 .〈理智与情感〉和奥斯汀的心灵风景线 [J]. 电影文学，2014（23）：153—154.

140. 孙明 . 论简·奥斯汀〈傲慢与偏见〉的女性形象 [J]. 芒种，2014（24）：12—15.

141. 郭京红 . 西方生态女性主义与生态文学批评 [J]. 作家，2014（24）：178—180.

142. 左靖 . 解析简 · 奥斯汀的〈理智与情感〉中女性意识的转变 [J]. 短篇小说（原创版），2014（26）：73—74.

143. 李杨，胡杨 . 从感性到理性—〈理智与情感〉中简 · 奥斯汀爱情观的转变 [J]. 语文建设，2014（33）：22—25.

144. 朱励斯 . 解读简·奥斯汀的〈理智与情感〉的文化内涵及女权主义 [J]. 短篇小说（原创版），2014（33）：79—80.

145. 左靖 .〈傲慢与偏见〉中简 · 奥斯汀的婚姻观及成因探析 [J]. 短篇小说（原创版），2014（36）：133—134.

146. 张赛 . 浅析简 . 奥斯汀笔下的女性形象 [J]. 鸭绿江（下半月版），2015（03）：49—50.

147. 居勰 . 从女性文学视角探究英美文学发展之路 [J]. 吉林省教育学院学报(下旬)，2015(03)：134—135.

148. 杨莉 . 简・奥斯汀作品中折射的爱情观 [J]. 青年作家，2015(04)：89—91.

149. 季蓓蓓 .〈傲慢与偏见〉中简・奥斯汀的婚姻观分析 [J]. 陕西教育(高教)，2015(12)：13—14.

150. 张智明 . 女性主义理念中简・奥斯汀文学作品的语言风格 [J]. 语文建设，2015(14)：25—26.

151. 樊慧 . 从女性主义角度解读简・奥斯汀的〈理智与情感〉[J]. 语文建设，2015(24)：60—61.

152. 段美婷 .〈诺桑觉寺〉中的女性主义意识及其价值研究 [J]. 牡丹，2015(24)：72—75.

153. 丁润昕 . 女性意识的觉醒——解读简・奥斯汀〈曼斯菲尔德庄园〉[J]. 作家，2015(24)：126—127.

154. 乐萍 . 奥斯汀的语言哲学观——言语行为理论研究 [J]. 考试周刊，2015(57)：23.

155. 范小红 . 奥斯丁的爱情乌托邦与婚姻异托邦——以〈理智与情感〉和〈傲慢与偏见〉为例 [J]. 西安外国语大学学报，2016(01)：44—47.

156. 陈旭 . 论简・奥斯汀小说的讽刺艺术 [J]. 英语广场，2016(02)：12—15.

157. 贺雨涵 . 生态女性主义文学批评对自然与女性关系的思考 [J]. 内蒙古师范大学学报(哲学社会科学版)，2016(02)：32—35.

158. 于潼 . 奥斯汀笔下的苏格兰和大不列颠国民身份：从〈少作集〉到〈爱玛〉[J]. 外国文学评论，2016(04)：139—151.

159. 陈金燕 .〈理智与情感〉中的女性主义解读 [J]. 开封教育学院学报，2016(05)：9—12.

160. 谢芸，张小皎 . 从女性视角解读奥斯汀〈理智与情感〉[J]. 语文建设，2016（05）：60—61.

161. 陈宇兰 .〈劝导〉中的安妮·埃利奥特 [J]. 武汉纺织大学学报，2016（05）：72—75.

162. 彭琳 . 试从前后期作品看简·奥斯汀女性意识的变化 [J]. 保山学院学报，2016（06）：150—151.

163. 曾依雪 . 关于简·奥斯汀的女性视角和现实主义解读 [J]. 散文百家（新语文活页），2016（09）：40.

164. 康芬 .〈理智与情感〉中的女性性格分析 [J]. 北方文学，2016（19）：170.

165. 许颖，李忠霞 . 生态女性主义视角下的〈理智与情感〉[J]. 电影文学，2016（19）：136—138.

166. 韩娟 . 浅析简·奥斯汀的女性性格——以〈傲慢与偏见〉中伊丽莎白为例 [J]. 芒种，2016（22）：105—110.

167. 祝胜凯 .〈理智与情感〉中女性性格解析 [J]. 语文建设，2016（23）：29—30.

168. 赵萌 . 论简·奥斯汀作品中的女性意识 [J]. 戏剧之家，2016（24）：276.

169. 王玉哲 . 简·奥斯汀〈劝导〉中的间接引语与女性意识 [J]. 语文建设，2016（32）：47—48.

170. 孟洁，姚文娟，谢芸 . 简·奥斯汀〈傲慢与偏见〉中婚恋伦理观研究 [J]. 语文建设，2016（33）：44—46.

171. 李歌 . 女性教育主题剖析——品读〈诺桑觉寺〉中的女主人公凯瑟琳 [J]. 长江丛刊，2016（36）：72—75.

172. 梁永华 . 奥斯丁小说〈爱玛〉中的女性主义意识解析 [J]. 湖北函授大学学报，2017（01）：72—75.

173. 余秋兰 . 论〈理智与情感〉中的姐妹情谊 [J]. 巢湖学院学报，2017(02): 82—83.

174. 孙洁 . 浅析奥斯汀作品中的女性形象 [J]. 名作欣赏，2017（03）：150—151.

175. 高佳新 . 简奥斯汀的生活对其小说的影响 [J]. 农家参谋，2017（06）：50—53.

176. 黄福奎 . 简・奥斯汀后期作品中婚恋观变化刍探 [J]. 英语广场，2017（08）：32—35.

177. 李园 . 奥斯丁小说〈爱玛〉的反讽手法与女性主义阐述 [J]. 散文百家（新语文活页），2017（09）：66—69.

178. 高婷婷 . 从〈爱玛〉看简・奥斯汀的爱情婚姻观 [J]. 安徽文学（下半月），2017（09）：50-53.

179. 陈光先 . 简・奥斯汀的婚姻观及其对当代人的启示——读小说〈傲慢与偏见〉[J]. 边疆经济与文化，2017（07）：55—59.

180. 柯竹蓉 . 从现实主义角度看〈曼斯菲尔德庄园〉的女性形象 [J]. 现代交际，2017（19）：42—45.

181. 钟伟轩，覃春华 . 探析简・奥斯汀〈曼斯菲尔德庄园〉中的女性意识 [J]. 安徽文学（下半月），2018（01）：55—57.

182. 陈莹 . 论简・奥斯汀〈傲慢与偏见〉中伊丽莎白的女性书写 [J]. 黑河学院学报，2018（01）：163—164.

183. 江珊，朱宇丹 .〈爱玛〉中展现的 19 世纪英国女性的超前婚姻意识分析 [J]. 英语广场，2018（02）：6—8.

184. 黄青青 .〈傲慢与偏见〉揭示的女性教育缺失 [J]. 绍兴文理学院学报（教育版），2018（02）：116—120.

185. 朱晓红，胡桂丽，张君，陈麦池 . 西方生态女性主义思想述评 [J]. 哈尔滨学院学报，2018（03）：97—100.

186. 谷劲松.〈傲慢与偏见〉与〈飘〉中女主人公的女性意识比较研究 [J]. 北京城市学院学报，2018（04）：56—59.

187. 锡林图雅.对〈诺桑觉寺〉中女性主义意识的再认识 [J]. 内蒙古财经大学学报，2018（06）：132—134.

188. 何晴.〈理智与情感〉中的女权主义解读 [J]. 湖北函授大学学报，2018（07）：92—94.

189. 谢宏曼.简·奥斯汀〈爱玛〉中的女性形象建构及女性主义意识解读 [J]. 开封教育学院学报，2018（10）：36—37.

190. 苗莉珺.解析〈理智与情感〉中的情感观 [J]. 牡丹江教育学院学报，2018（11）：66—67.

191. 杨柳.〈爱玛〉的女性成长轨迹探究 [J]. 佳木斯职业学院学报，2018（11）：104.

192. 安旭红.〈傲慢与偏见〉——简·奥斯汀婚姻观的缩影 [J]. 艺术评鉴，2018（11）：185—188.

193. 刘彦欣.浅析简·奥斯汀在〈傲慢与偏见〉中的婚姻观 [J]. 学苑教育，2018（20）：13.

194. 崔莉，马成明.文化人类学视角下的女性婚姻观——以〈诺桑觉寺〉为例 [J]. 戏剧之家，2018（28）：230—232.

195. 陈莹.从生态女性主义视角解读〈傲慢与偏见〉中简·奥斯汀的女性主义观 [J]. 考试周刊，2018（40）：173.

196. 李文卓.浅谈〈曼斯菲尔德庄园〉对女性意识的呈现 [J]. 武汉冶金管理干部学院学报，2019（01）：91—93.

197. 朱海霞.〈理智与情感〉中的女性性格解析 [J]. 牡丹江教育学院学报，2019（03）：9—10.

198. 郭晓青."他者"的内在性与"自我"的超越性——简·奥斯汀〈傲慢与偏见〉中的女性形象解读 [J]. 安顺学院学报，2019（03）：32—35.

199. 纪楠 .〈傲慢与偏见〉中主要女性角色的婚姻观及其文化成因 [J]. 汉字文化，2019（03）：65—67.

200. 杜坤 . 知人知面亦知心——析〈爱玛〉中女主人公的自我完善 [J]. 外文研究，2019（04）：33—35.

201. 刘玉梅，方莎 . 论简・奥斯汀小说中的女性择偶空间 [J]. 重庆科技学院学报（社会科学版），2019（04）：64—67.

202. 陈蓓 . 读懂奥斯汀作品里的时代词 [J]. 科教文汇（中旬刊）,2019(05)：185—186.

203. 晏文娟 .〈理智与情感〉中简・奥斯汀的女性主义解析 [J]. 牡丹江教育学院学报，2019（08）：44—45.

204. 苏仕敏 . 成长小说视角下〈曼斯菲尔德庄园〉的女性意识探讨 [J]. 新乡学院学报，2019（10）：21—25.

205. 陈秋伶 .〈理智与情感〉中简・奥斯汀的女性主义观 [J]. 文学教育，2019（10）：29—31.

206. 陈洪铃 . 新古典主义、浪漫主义与现实主义：重读〈傲慢与偏见〉[J]. 海外英语，2019（10）：213—214.

207. 孔中敏 . 简・奥斯汀〈爱玛〉中女性意识的觉醒与缺失 [J]. 赤峰学院学报（汉文哲学社会科学版），2019（11）：80—82.

208. 魏淼 . 基于女性文学视角的英美文学发展之路 [J]. 黑河学院学报，2019（11）：173—175.

209. 陆妍 . 简・奥斯汀的爱情观念分析 [J]. 汉字文化，2019（16）：119—120.

210. 文莉秋 . 从女性主义视角解读〈诺桑觉寺〉的哥特元素 [J]. 海外英语，2019（19）：196—197.

211. 刘雅琼 . 简・奥斯汀小说中的音乐训练与女性的性别意识 [J]. 名作欣赏，2019（24）：12—14.

212. 王绍燕 . 简 · 奥斯汀笔下女性人物形象分析 [J]. 文化创新比较研究，2019（32）：52—53.

213. 张琳 . 从〈傲慢与偏见〉看简 · 奥斯汀的婚姻观 [J]. 汉字文化，2020（S2）：76-79.

214. 申卫华 . 浅析简 · 奥斯汀在〈傲慢与偏见〉中的婚姻观 [J]. 张家口职业技术学院学报，2020（01）：72—75.

215. 冯军，李健宁 . 凯瑟琳的心智蜕变之旅——为〈诺桑觉寺〉的女性成长主题辩护 [J]. 陕西理工大学学报（社会科学版），2020（02）：36—41.

216. 李东青 . 简 · 奥斯汀与夏洛特 · 勃朗特婚姻观的异同浅析——以〈简 · 爱〉中的简和〈傲慢与偏见〉中的伊丽莎白为例 [J]. 铜陵职业技术学院学报，2020（02）：52—55.

217. 徐琼 . 基于女权主义思想的奥斯汀〈傲慢与偏见〉解析 [J]. 吉林广播电视大学学报，2020（02）：112—113.

218. 邹晓蕾 . 张爱玲与简 · 奥斯汀的婚恋观分析 [J]. 牡丹江教育学院学报，2020（04）：55—56.

219. 李秀龙 . 陌生的简 · 奥斯汀 [J]. 上海文化，2020（05）：111—119.

220. 王秀娥 . 简 · 奥斯汀对女性平权的铺垫与推动——从〈傲慢与偏见〉角色设定视角分析 [J]. 英语广场，2020（07）：40—48.

221. 黄可歆 .〈傲慢与偏见〉的生态女性主义解读 [J]. 今古文创，2020（09）：14—15.

222. 叶良 .〈爱玛〉中爱玛的独立意识探析 [J]. 散文百家（理论），2020（10）：66—68.

223. 王心明 . 浅谈简 · 奥斯汀笔下女性形象的定义 [J]. 文学教育（下），2020（12）：28—31.

224. 马文峰 . 从小说中地点的变化看爱玛的成长过程 [J]. 现代交际，2020（12）：111—112.

225. 帅立娜 . 论〈傲慢与偏见〉中的中老年女性形象 [J]. 现代交际，2020（19）：98—100.

226. 张交交 . 浅析简・奥斯汀的婚姻观与现实之间的矛盾 [J]. 牡丹，2020（20）：106—107.

227. 兰倩，王雨诗 .〈傲慢与偏见〉与〈飘〉之比较研究 [J]. 名作欣赏，2020（26）：86—87.

228. 晋嘉唯 . 简・奥斯汀在〈爱玛〉一书中的温情 [J]. 青年文学家，2020（29）：22—25.

229. 祝彤琦 . 解读奥斯汀笔下的三位母亲形象 [J]. 校园英语，2020（50）：78—80.

230. 杨娜，张海涛 . 文学作品中婚姻观传播探析——以简・奥斯汀的〈傲慢与偏见〉为例 [J]. 新闻前哨，2021（01）：27—29.

231. 达蒙・扬，杨朝燕，魏钟毓 . 简・奥斯汀：查顿小屋的慰藉 [J]. 译林，2021（03）：50-53.

232. 范丽娜 . 简・奥斯汀婚姻观的成因探讨 [J]. 赤峰学院学报（汉文哲学社会科学版），2021（04）：20—21.

233. 吴静汶 . 小说〈爱玛〉中的女性性格分析 [J]. 英语广场，2021（06）：32—35.

234. 王静宇，徐丹 . 小说〈爱玛〉中的女性性格分析 [J]. 英语广场》，2021（06）：32—35.

235. 熊木清，杜坤 .〈诺桑觉寺〉的情感叙事与读者的审美焦虑 [J]. 外国语文，2021（06）：52—53.

236. 傅守祥，杨洋 . 现代女性意识的文学发动与两种革命——以〈傲慢与偏见〉〈简・爱〉为例的审视与反思 [J]. 云南大学学报（社会科学版），2021（06）：72—75.

237. 刘明星 .〈傲慢与偏见〉赏析——独特的视角和富有魅力的爱情 [J].

北京印刷学院学报，2021（06）：74—77.

238. 张斯尧．生态女性主义的双重维度解读 [J]. 吉林化工学院学报，2021（06）：79.

239. 杨双双．简析简·奥斯汀小说〈爱玛〉中女性意识的觉醒 [J]. 牡丹，2021（14）：89.

240. 丁旋．〈傲慢与偏见〉与中的女主人公爱情观的异同 [J]. 海外英语，2021（16）：248—249.

241. 霍晓静．分析外国文学作品中的女性意识——以〈傲慢与偏见〉为例 [J]. 新纪实，2021（17）：62—65.

242. 李思炎，戴雪芳，刘芷珊．从〈傲慢与偏见〉看婚姻中的女性主义 [J]. 英语广场，2021（20）：76—79.

243. 赵玉清．简·奥斯汀〈爱玛〉中“灰姑娘式”理想婚姻的成功因素 [J]. 名作欣赏，2021（21）：34—36.

244. 杨巧章．女性主义视角下的解读 [J]. 名作欣赏，2021（33）：22.

245. 葛艳萍．针对〈傲慢与偏见〉语言风格的研究 [J]. 今古文创，2021（38）：6—9.